KB013222

변론을 시작하겠습니다

국선변호사, 세상과 사람을 보다

변론을 시작하겠습니다

정혜진 지음

미래의창

빙산의 일각에서
본 풍경

형사 재판에서 변호인이 꼭 필요한 사건(피고인이 구속돼 있거나, 미성년자 혹은 70세 이상이거나, 농아 또는 심신장애의 의심이 있는 등의 경우), 혹은 그렇지 않더라도 변호인이 있어야 방어권을 충분히 행사할 수 있는 사건에서 피고인이 변호인을 스스로 구하지 못하거나 않을 때 법원에서 피고인에게 붙여주는 변호인을 '국선國選변호인'이라고 한다. 국선변호인 중에는 국선전담변호사도 있고, 그렇지 않은 변호사도 있다. 국선전담변호사는 국선 사건만 하도록 각급 법원장이 위촉하는 변호사로, 원칙적으로 일반 사건을 수임할 수 없다는 게 일반 국선변호사와 다르다.

이 직업은 2004년에 생겼다. 그때만 해도 변호사 자격증만 가지고 있으면 사건이 굴러들어오던 시절이라 국선 사건은 변호사들이 당번처럼 돌아가며 담당했다. 그러다 보니 변론을 무성의하게 하는 경우가 많았다고 한다. 가난하고 소외된 피고인 사건에서 헌법이 보장하는 피고인의 방어권 행사가 위태롭게 되자 대법원은 국가가 일정한 수입을 보장해주면서 국선변호만 전담하는 변호사를 따로 선발하기로 했다. 2006년부터 전국적으로 시행된 이 제도는 그 도입 취지에 걸맞게 국선변론의 수준을 대폭 올렸다. 내가 법에 대해 아무런 관심이 없을 때 일어난 일이다.

앞서간 이들이 이 제도를 굳건히 정착시키고도 한참 지난 2014년, 나는 어쩌다 국선전담변호사가 됐다. 이 직업은 국가에서 월급을 받지만 국가가 아니라 국가의 상대로 서는 피고인의 이익을 위해 일하고, 피고인의 이익을 위해 일하지만 당사자로부터 돈을 받지 않는 덕분에 당사자에게 휘둘리지 않는 독특한 구조를 취했다. 이 '이중적 독립성'이 변론의 수준을 높인 핵심일 것이라고 나는 생각한다. 검사 전관 변호사 로펌에서 일하다 국선전담변호사가 된 어떤 분은 국선전담변호사가 되니 진짜 변호사가 된 것 같다고도 했는데 그 말도 같은 맥락이었다. 사선변호인으로 일할 때는 객관적으로 유죄가 확실해 보이는 사건이라도 받은 돈(수임료) 때문에 자백을 권유하기가 어렵고 의뢰인이 원하는 대로 해줘야 할 때가 많았는데, 국선전담변호사는 법률 전문가로서 냉정하게 수사 기록을 평가한 의견을 피고인에게 먼저 말해주고 그 의견을 기초로 재판 진행에 관해 논의할 수 있어서 좋다는 것이었다(사선변호인이 의뢰인에게 다 휘둘린다는 뜻은 결코 아니다. 사선변호인은 국선보다 많은 시간을 들여 당사자와 소통하며 사건을 연구하기에 변론의 수준이 국선보다 높은 경우가 대부분이다).

그런데 국선변론의 수준을 높인 이중적 독립성이 한계를 드러내기도 했다. 예컨대 시간의 한계가 있다. 국선전담변호사는 피고인이 기소돼 1심 선고를 받기까지, 아니면 1심 결과에 불복해 항소심 재판을 하는 동안, 아주 잠깐의 시간을 함께할 뿐이다. 일반 변호사야 어떤 어려운 일을 당한 의뢰인을 위해 당장 현장에 달려가 증거를 확보할 수 있지만, 나는 사건이 벌어진 지 3~4개월, 대개 6개월이나 1년 후, 어떤 경우는 거의 10년이 지나서야 그 사건을 만난다. 항소심은 말할 것도 없다. 변호인이 관여할 수 없는 시간의 공백으로 아무것도 해볼 수 없어 좌절하게 되는 사건 수가 점점 늘었다.

영역의 한계도 있었다. 법은 형사, 민사, 행정, 심지어 기소와 불기소를 뚜렷하게 구별해놓았지만 사람들의 삶에는 그런 경계가 없다. 범죄는 형사 재판에서 다루는데 그 범죄와 관련해 현실에서 일어나는 법적 사안은 형사 재판에만 국한되지 않는다. 내가 변호하는 이들은 형사 재판에서 다루지 않는, 하지만 그 사건과 관련이 있는 어떤 법률문제를 마주하고 있을 때가 많다. 하지만 아주 간단한 사안이 아니면 나는 도울 수 없다. 매달 새로운 25건 내외의 사건이 차곡차곡 들어와 내 시간과 에너지를 원하고 있는데 본연의 임무가 아닌 '서비스'에 우선순위를 둘 수는 없는 노릇이었다.

사람들과의 관계는 분절적이었다. 피고인과 국선변호인이라는 관계는 일반적인 의뢰인과 변호사의 관계와는 달리 재판이 있는 동안 잠깐 만났다가 재판이 끝나면 작별 인사도 없이 헤어지고, 대부분 뒤도 돌아보지 않는다. 만나는 동안에는 가족에게도, 아주 친한 친구에게도 털어놓지 못하는 극히 사적인 부분에 관해 이야기하지만 그 범위는 변론을 위한 것까지로 극히 한정된다. 일반 국선변호사에게는 피고인이 나중에 의뢰인이 될 가능성도 있지만, 전담변호사는 수임이 금지돼 있어 맡은 사건에만 최선을 다할 뿐이지 당사자와 관계를 넓힐 노력 자체를 하지 않게 된다.

그러니 이 일을 하면서 보고 들은 범죄 안팎의 풍경은 너무나 작고 사소하고 조각난 것들이었다. 사건의 본질이 흐릿해질 즈음에 비로소 시작되는 아주 짧은 만남을 반복하면서 수면 아래 저 깊은 삶의 실체를 안다고 할 수는 없다. 그럼에도 썼다. 지금까지 이런 이야기가 별로 전해지지 않아서였다. 기자라는 전 직업의 정체성을 다 잃진 않았는지 써야 한다는 압박감이 들기도 했다. 신이 아닌 이상 모든 것을 다 볼 수 있는 직업이란 존재하지 않을 것이고, 정도의 차이는 있겠지만 다들 각자의 자리에서 조각난 이야기를 할 수밖에 없을 테다. 빙산의 일각에서 본 이 사소한 이야기도 분명 우리 사회의 모습이었다. 아무리 작고 보잘것없는 이야기라 하더라도 그 나름의 가치가 있을 것이라고 생각했다.

이 책의 모든 이야기는 내가 변론한 사건을 기초로 했지만 사건 관련자를 보호하고 변호인의 비밀 준수 의무를 유지하기 위해 일부 각색하기도 했다. 내가 성범죄 및 마약범죄 전담 재판부에 배정돼 일한 탓에 성性과 마약 범죄 이야기가 상대적으로 많이 나온다는 점을 미리 밝혀둔다.

차례

나도 이제 이 사건을

마음에서 정리해야 할 때였다.

젊은 할아버지의 거짓말에 넘어가

머리를 쥐어짠 시간 때문에

못내 억울했던 심정을

내려놓자고 마음먹었다.

지나고 보니 지금은 딸의 이름도

떠올리지 못하는 엄마가

자식들에게 당당하게 거짓말하던

그 시절마저 그립다.

1

.

그에게도
가족이 있다

각자의 시간

———

우리는 그의 시간을 전혀 알지 못한다. 그가 어떤 사람이었는지,
어쩌다가 중증조현병 환자가 돼 거리를 떠돌게 됐는지
아무도 말해줄 수 없다.

구치소 변호인 접견실에서 다시 만난 그는 왼손에 검은색 시계를
차고 있었다. "변호사님, 시계도 못 보는 애가 영치금으로 시계를
샀다는디 거기서 시계가 왜 필요해유? 시계 사느라 영치금을 다 썼
대유"라고 하소연하던 그의 어머니 전화를 받고 접견을 온 참이었
다. 그동안은 늘 그의 부모와 함께 만났기에 그와 일대일로 대화하
는 건 처음이었다. 그러고 보니 그가 수용된 후 처음 보는 자리이기
도 했다. 수용자용 하얀 고무신 위로 맨발이 먼저 눈에 들어왔다.

"추운데 왜 양말 안 신었어요?"

나는 아이에게 말하듯 물었다.

"양말이 없어요."

표정 없는 얼굴로 그가 말했다. 구치소에 들어가던 날 민원실에

서 양말과 내의, 속옷을 두 벌씩 사서 넣어줬다는 이야기를 그의 어머니로부터 분명히 들었는데 말이다.

"지난번에 엄마가 양말이랑 내의 넣어줬죠?"

"아, 내의, 있어요."

40대 중반의 덩치 좋은 남자가 스스럼없이 윗옷 수의囚衣를 펼쳐 내의를 보여준다. 그가 일곱 살 정도 지능을 가진 정신장애 환자라는 걸 알면서도 순간적으로 당황한 나는 급히 눈을 아래로 내리고 괜히 서류를 만지작거렸다. 양말은 같은 방 누군가에게 뺏긴 모양이다. 어리숙한 수용자에게 흔히 일어나는 일이다.

그는 폐쇄병동에서 벌어진 사소한 싸움으로 여기까지 왔다. 그가 과자를 먹는데 다른 환자가 뺏어 먹으려고 했고, 둘은 싸우다가 바닥을 뒹굴었다. 그가 일어나서 아직 바닥에 누워 있던 환자의 배를 걷어차고 과자를 지켜냈다. 그 환자는 심한 복통을 호소하다 이틀 만에 저세상으로 갔다. 얼마나 세게 찼던지 환자의 대장大腸이 끊어졌고, 그 자리가 세균에 감염돼 급성 패혈증으로 사망한 것이다. 그는 폭행치사죄로 기소돼 불구속 상태로 재판을 받았다. 이런 사건에서는 피해자 유가족에게 용서를 받는, 이른바 '합의'가 가장 중요한 양형 사유가 된다. 그런데 피해자 유족 중에 연락이 닿는 사람이 전혀 없어 애초부터 합의가 불가능했다.

아직 경험이 별로 없는 얼치기 변호인이었던 나는 선고 결과를 징역형의 집행유예로 예상했다. 사람이 죽긴 했지만, 피고인이 정신질환자이고 우발적 범행인 데다 무엇보다 합의할 유가족이 없는 사건이어서 '설마 실형이야 나오겠어'라고 생각했던 것이다. 내 예상은 보기 좋게 빗나갔다.

그는 징역 1년6월과 치료감호 명령(심신장애 상태, 마약류·알코올이나 그 밖의 약물중독 상태, 정신적 장애가 있는 상태 등에서 범죄행위를 한 자에 대한 보호처분)을 선고받아 법정구속됐다. 나는 당황했지만 그의 부모는 나를 원망하지 않았고, 변론을 진심으로 고마워했다. 미안한 마음에 다른 피고인을 접견하는 날, 이미 판결 선고까지 받은 그를 만나기 위해 변호인 접견을 신청했다. 그의 부모는 도시 중심부에서 좀 떨어진 작은 도시에 살았는데, 차도 없고 다리도 불편해 마음만큼 자주 아들을 보러 가지 못했다.

동갑내기, 그의 시간

시계를 왜 샀는지 그에게 물었다. 기초생활수급대상자인 그의 부모가 최소 한 달은 쓸 만큼 넣어준 영치금이었는데 시계를 사느라 일주일도 안 돼 다 써버리다니 황당한 노릇이었다.

"시간 알아야 해요."

"시간 알아서 뭐 하게요?"

"언제 나갈지… 시간 봐야… 하니까."

의미 없이 서류를 만지작거리던 손이 순간 멈췄다. 일곱 살 정신연령이라고 해서 폐쇄병동에 있든 구금시설에 있든 큰 차이를 느끼지 못하리라 생각했는데 착각이었다. 자유를 갈구하는 마음은 여느 수감자와 똑같았다. 하지만 몇 시인지 안다고 출소할 날이 빨라질 리 없었다.

그가 시계를 읽을 수는 있는지 확인하려고 지금이 몇 시인지 물었다. 접견실 벽시계를 보니 오후 1시 35분이었다. 손목시계를 보며 그는 미간을 찌푸렸다.

"1시… 1시… 55분."

"큰 바늘 한 칸에 5분씩이에요. 한 칸이면 5분, 두 칸이면 10분. 일곱 번째 칸에 바늘이 있죠? 그럼 몇 분이에요?"

"음…. 55분, 아니, 45분." 그는 끝내 35분을 맞히지 못했다.

그가 일곱 살 수준의 지능에 머물게 된 것은 스무 살 때 뺑소니 교통사고를 당하면서부터다. 밤에 외진 곳에서 사고를 당해 늦게 발견됐다는데 이미 엄청나게 많은 피가 뇌 안에서 응고돼버려 병원에서도 손을 쓸 수가 없었다고 했다. 유순했던 그는 아주 사소한 일에도 불같이 화를 냈고, 그렇게 잘 모시던 부모에게까지 주먹을 휘둘렀다. 그 후 그는 정신병원 입·퇴원을 반복했다. 병명은 기질성 뇌장애. 주치의 소견서에는 이렇게 적혀 있었다.

두부손상頭部損傷으로 인한 인격과 행태 변화를 보이는 환자로 지능 저하 및 인지기능 저하가 관찰되고 충동 조절능력이 결여되어 쉽게 흥분하고 충동 공격적인 행동을 할 가능성이 높은 환자.

그는 나와 동갑이다. 내가 살아온 만큼 그도 살아왔다고 생각하니 그 세월이 나와 전혀 동떨어진 것 같지 않았다. 하지만 40대 중반의 남자가 스무 살 이후로 흔히 겪었을 일, 군 복무를 하고, 먹고 살 일자리를 구하고, 결혼해서 가정을 꾸리고, 아버지가 되고, 가장의 짐이 너무 무겁게 느껴지다가도 자식새끼 자는 모습 보면 괜히 힘이 나는, 내 또래 남자들이 살아왔을 그런 평범한 삶을 한 번도 살아보지 못한 그다. 스무 살 이후부터 지금까지의 시간이 그에게는 어떤 의미일까. 폐쇄병동에서 과자를 놓고 싸우는 일상과 읽지도 못하는 시계를 자꾸 들여다보는 구치소에서의 일상은 본질적으로 무엇이 다를까. 무엇보다 그에게 1년6월은 형사 재판이 의도한 정당한 처벌과 반성의 시간이 될 수 있을까.

접견을 마치고 나오니 칼바람이 쌩쌩 불고 있었다. 구치소 민원실에 들러 그의 수용번호를 적고 면양말 두 개를 사며 속으로 되뇌었다. '동갑내기야, 이번에는 제발 양말 뺏기지 마라, 응?'

무연고 조현병 환자의 시간

과자를 뺏어 먹으려다 죽은 환자는 과자를 지켜낸 그보다 열 살쯤 많았다. 10여 년 전 그 병원에 입원할 때 제출된 입원동의서에는 보호의무자가 시장으로 돼 있었다. 기초자치단체장이 보호의무자라는 건 그에게 가족 등 보호자가 없다는 말이다. 의무기록에는 '조현병의 만성화', '충동적 공격성의 행동화 경향', '상황에 대한 이해력 저하', '자폐적 양상', '퇴행 행동' 같은 문구가 반복적으로 등장했다. 폐쇄병동 의무기록에 마지막으로 기재된 내용은 두 사람이 과자 때문에 싸운 날의 기록이었다. 배가 아프다고 해서 무슨 일이 있었는지, 어떻게 아픈지 물으니 다른 환자가 자신에게 욕을 한다는 등 횡설수설한다는 내용이었다. 자기가 왜 아픈 건지 의료진에게 설명을 제대로 못한 것 같았다.

그는 다음 날 아침, 근처 종합병원 응급실로 옮겨졌다. 장내 출혈이 의심돼 수술했는데, 배를 열어보니 대장이 잘린 상태였고, 세 곳에 구멍이 뚫려 있었다. 수술 후 중환자실로 옮겨졌지만 만 하루가 못 돼 사망했다. 직접적 사인은 '장 천공穿孔에 의한 패혈증'이었다. 종합병원의 변사 사건 발생 보고로 수사가 시작됐다. 병원에서 수사기관에 그 환자의 의무기록을 제출했다. 기록 중에 '복막염 및 혈복증 수술 및 전신마취 동의서'가 있었다. 동의서 제일 앞에는 '수술을 동의하시기 전에 반드시 두 번 이상 읽어보시고 승낙하시기 바랍니다'라는 문구가, 맨 뒤에는 '위의 사항들을 자세히 읽고 이해했으며 수술에 동의합니다'라는 문구가 적혀 있었다. A4 용지 두 장에 작은 글씨로 빽빽이 기재된 내용 중에는 수술 후 부작용으로 인한 사망 위험에 대한 경고도 있었다. 서류 맨 아래 삐뚤삐뚤하게 쓴 이름 석 자가 보였다. 그가 서류를 두 번 이상 읽어보고, 내용을 다 이해하고 서명했을까. 아마 자기 이름을 서툴게 써넣으면서도 자신의 삶이 끝나가고 있다는 건 알지 못했을 것이다.

시신은 부검을 위해 국립과학수사연구원으로 옮겨졌다가 시청 공무원이 인계받았다. 변사 보고서에 유족이 확인되지 않는다고 돼 있었다. '직계존속 부모는 모두 사망, 직계비속 아들은 거주 불명. 변사자의 형은 ○○년 사망, 변사자의 처는 ○○년 이혼 후 재혼했음.' 그는 유일한 혈육인 아들에게 연락조차 닿지 않은 상황에서 장례식 없이 누구의 애도도 받지 못한 채, 무연고자 시신 처리 절차에 따라 화장됐다.

그를 수술했던 의사가 폭행치사 사건 참고인으로 조사를 받으며 "누구한테 맞았다고 하더군요. 그런데 그 환자가 정신병이 있다 보니 시간을 구체적으로 표현 못하고 예전에 누가 때렸다고 했습니다"라고 진술했다.

환자는 우리 모두가 공유하는 시간을 알지 못했고, 우리는 그의 시간을 전혀 알지 못한다. 그가 어떤 사람이었는지, 어쩌다가 중증 조현병 환자가 돼 거리를 떠돌게 됐는지, 어쩌다가 하나뿐인 아들마저도 거주 불명이 됐는지 아무도 말해줄 수 없다. 병원에서 보낸 말년의 시간만 기록에, 그것도 자신을 죽음의 문턱으로 데려간 다른 환자의 형사 기록에 남았다.

부모의 시간

사건이 끝난 지 1년 반 정도 지난 어느 여름날, 수용된 동갑내기의 부모를 법원 앞에서 만나기로 했다. 그날 오전 재판을 마치고 어떤 피고인을 접견하러 충남 공주 국립법무병원에 가야 했는데, 그의 부모도 함께 가게 된 것이다. 과자를 지켜냈던 그는 확정된 징역

1년6월을 다 복역했지만 아직 집으로 오지 못하고 국립법무병원에서 치료감호를 받고 있다. 한 1년 전쯤, 형기가 종료되기 전에 국립법무병원으로 옮겨졌다는 구치소 측 연락을 받고 그의 어머니가 내게 전화했었다. "변호사님, 우리 아들이 수원에 있으면 그래도 가끔은 갈 수 있는데, 왜 저 먼 데로 갖다 놓는데유. 거길 어떻게 가냐고 물어보니 뭐라고 하는데 우리 같은 늙은이는 알아듣지도 못해유." 그때 통화가 생각나서 먼저 연락했다. 국립법무병원에 갈 일이 있는데 같이 가시겠느냐고.

재판을 마치고 나오면서 휴대폰을 보니 직원이 보낸 문자가 있었다. '변호사님, ××× 씨 부모님, 7시 반에 법원에 오셔서 벤치에서 기다리고 있다고 합니다.' 약속 시간은 오전 10시 반이었다. 벤치 근처에 계속 선 채로 기다리던 그의 부모가 보였다. 얼른 가까이로 다가가 왜 그렇게 일찍 오셨느냐고 물었다.

"아이고 변호사님, 안녕하셨시유. 우리는 길을 모르니께요. 물어물어 와야 하는디 늦어서 변호사님 기다리실까 봐. 태워주시는 것도 감사한데 늦으면 안 되지유. 그래서 새벽부터 나섰지유."

"어제 문자 못 받으셨어요? 수원역에서 법원까지 오는 대중교통편에 대해 우리 직원이 문자 보내드렸을 텐데요."

"문자 몰라유. 볼 줄도 모르고, 헐 줄도 몰라유. 우리 딸이 일단 수원역에 가서 물어보라고 해서 수원역에서 법원 가는 길 물어봤더니 젊은 사람이 친절하게 가르쳐주데유."

우리 엄마보다 훨씬 젊은 그의 어머니는 말씀을 참 편하게 잘하셨다. 그가 국립법무병원으로 옮겨진 뒤 출가한 막내딸을 졸라서 한 번 접견을 하러 갔는데, 그게 벌써 몇 달 전이라고 했다. 그날 어머니는 아들 주려고 떡도 해 가고 아들이 좋아하는 커피믹스와 과자도 사 갔지만, 외부 음식 반입이 안 돼 제대로 먹이지도 못하고 돌아왔다.

국립법무병원에서 각자 접견을 했다. 나는 내 피고인을, 부모는 아들을. 접견을 마치고 나오니 그의 부모가 나를 기다리고 있었다. 어머니는 접견실에 있는 자판기에서 아들에게 음료수 하나와 과자 하나를 사 줬다고, 접견실 면회 박스 작은 구멍으로 손도 한 번 만 져보고 왔다고 좋아했다. 언제 나가냐, 빨리 나갔으면 좋겠다고 졸라대던 그에게 "이놈아, 너 때문에 사람이 죽었는디 네 생각만 하면 되냐, 답답해도 참아야지"라는 말도 했단다. 과묵한 그의 아버지는 못 보면 못 봐서 걱정, 보면 안쓰러워서 걱정이라며 한숨을 쉬고는 더 이상 말이 없었다.

큰아들이 교통사고를 당한 이후로 부모는 늘 그를 기다리거나 찾아가는 삶을 살았다. 교통사고가 났을 때 그의 수중에 신분증이 없었고 혼수상태로 며칠을 누워 있어 부모는 사고가 나고 8일이 지나서야 연락을 받았다. 그 후 20여 년간 적어도 일주일에 한 번은 먹을 걸 싸 들고 정신병원으로 아들을 보러 갔다. 아들은 늘 집에 가고 싶다고 했고 그 투정이 너무 심하면 한 번씩 집으로 데려오기도 했는데, 그때마다 아들이 사고를 칠까 봐 늘 조마조마했단다. 사고 이후 화가 많아진 아들은 어디서 그런 힘이 나오는지 화를 낼 때마다 너무 세졌다고 했다. 때론 집을 나가 한 달씩 아무런 연락이 없었다(그의 범죄경력조회에 벌금 몇십만 원짜리 폭행 또는 상해 건이 수두룩한 걸로 보아 그때마다 노역장 유치 생활을 했던 것 같다). 기다리다 보면 언젠가 아들은 돌아왔다. 이번에도 아들은 돌아오겠지만 그때가 언제일지 아직은 모른다. 심신미약자에 대한 치료감호는 15년을 초과하지 않도록 돼 있는데 그 기간 내에는 치료감호심의위원회의 의결을 거쳐 치료 종료 판단을 받아야 출소할 수 있다. 그는 국립법무병원으로 온 지 6개월이 지나 처음 심사를 받았으나 통과하지 못했다.

그의 부모와 수원역에서 헤어졌다. 지하철을 타고 집까지 가는 길은 잘 안다고 했다. 어머니는 "변호사님, 오늘 너무 감사한디 준비한 게 이것밖에 없어서" 하며 가방에서 꺼낸 비닐봉지를 내게 건넸다. 집에 와 봉지를 열어보니 큰 바나나 한 송이와 오렌지 몇 개가 들어 있었다. 단돈 만 원의 여유를 부리기 어려운 그 집 사정을 잘 알기에 코끝이 아렸다. 과일은 더운 여름날 뜨거운 차 안에서 폭 익었는지 상태가 좋지 않았다. 얼른 바나나는 껍질을 벗기고 적당히 잘라 냉동실에, 오렌지는 찬물에 깨끗이 씻어 냉장실에 넣었다. 물러진 바나나는 얼려두었다가 우유나 요구르트에 넣고 갈아 마시면 되고, 오렌지는 과육만 갈아서 주스를 만들면 감쪽같을 것이다.

시든 과일의 시간은 이렇게라도 되돌릴 수 있는데 부모가 그를 기다리는 시간은 되돌릴 방법도 없고, 잡을 수도 없다. 늘 막막하고 아득했을 20여 년을 두 분은 지치지도 않고 묵묵히 견뎌왔고, 아마 앞으로도 그러시리라. 자식을 기다리는 모든 부모의 시간이 다 그렇듯이.

아이들의 편지

———

국가의 형벌이 한 가족에게, 특히 자녀들에게 어떤 영향을 미치는지
이 사건 전에는 생각해본 적이 없었다. 일개 국선변호인에 불과한 나로서는
도저히 감당할 수 없는, 너무 거대한 화두였다.

고등학교 2학년 딸과 중학교 3학년 아들. 한창 입시 공부에 치이거나 사춘기 반항으로 부모에게 대들 나이다. 그러나 그 애들은 감옥에 있는 아버지 건강 걱정에, 돈 벌어오던 아버지의 부재로 인한 생활 걱정에, 엄마 건강 걱정에, 이 상황에 놓인 서로에 대한 걱정까지 더해 매일 가슴 졸이며 살고 있다. 만나본 적도, 통화한 적도, 사진을 본 적도, 이야기를 들은 적도 없는 아이들이 내 마음에 들어오게 된 건 그들이 자기 아버지에게 보낸 편지 때문이었다.

사춘기를 지나기엔 너무 빨리 자랐다

두 살 터울 남매의 아버지는 필로폰을 투약해 1심에서 징역 8월을

선고받고 항소해 내가 그 항소심을 맡게 됐다. 필로폰 투약으로 형사 법정에 난생처음 섰던 몇 년 전의 그는 초범이라 집행유예로 풀려났다. 실형을 선고받은 건 이번이 처음, 그러니까 구금 생활을 처음 해보는 사람이었다. 사건만 보면 단순했다. 1심에서 그가 잘못을 인정했고, 훑어본 항소 이유서에 처벌받는 게 억울하다는 이야기는 없었다. 게다가 검사가 항소하지 않았다. 이런 사건에서 항소심 변호인이 할 일은 별로 없다. 특별한 변수가 없는 한 결론은 항소기각으로 정해진 사건이었다.

그를 접견하러 구치소에 가던 날, 그를 포함해 7명을 접견 신청했는데 어쩌다 그가 순서상 가장 마지막이 됐다. 접견 이후에는 또 재판 일정이 잡혀 있어 시간이 빠듯했는데 아니나 다를까 접견 시간이 예정보다 조금씩 지체됐다. 그를 접견할 차례가 됐을 때 나는 단 1분도 지체하지 않고 일어서야 재판 시간을 간신히 맞출 상황이었다. 그는 대기실에서 30분 이상 기다리고 있었을 텐데 말이다.

"오늘 접견을 7명이나 신청했더니 시간이 부족하네요. 미안하지만 재판 시간이 다 돼서 지금 나가야 해서요. 조만간 다시 오겠습니다. 많이 기다리셨는데 죄송합니다."

접견실로 들어오는 그를 일어나 맞으며 나는 최대한 공손하게 말했다. 부질없이 기다리게 했으니 당연히 미안한 마음도 있었지만, 그보다 그 사람이 화를 내면 어쩌나 하는 걱정이 앞섰다. 이런 일을 당하면 난리를 피우는 수용자도 있기에 솔직히 면피의 심정이 더 컸던 것이다. 다행히 그는 항의할 기색이 전혀 없어 보였다. 약간 우물쭈물했지만 괜찮다고 했다. 안도의 한숨을 쉬며 서류를 가방에 넣고 접견실을 후다닥 나오는데 그가 손에 큰 봉투를 들고 엉거주춤 서 있는 게 보였다. 변호인과 상담하려고 자료를 가져왔는데 접견도 못 하고 기다리기만 하다 도로 들고 돌아갈 그가 그제야 안쓰러워 보였다. 손에 들고 온 것의 정체를 물었다.

"우리 애들이 저한테 보낸 편지입니다. 판사님께 이런 편지도 낼 수 있을까 해서 변호사님께 보여 드리려고 가져왔는데….""

"그럼 제가 가지고 가서 읽고 필요한 부분을 복사해서 재판부에 내고 원본은 다음에 올 때 돌려드릴게요."

국가 앞에서는 범죄자이지만 자녀들에겐 하나뿐인 아버지일 테니 당연히 자녀들은 아버지를 보고 싶어 할 거다. 그런 내용의 편지려니 했다. 재판을 마치고 다시 사무실에 와서 봉투를 열었다. 큰 봉투 안에 두툼한 작은 편지 봉투가 여러 개 있었다. 편지를 다 복사해야 할지 일부만 복사해야 할지 판단하기 위해 무심히 그 편지들을 훑어보다 그만 마음이 무너져내리고 말았다.

편지 속에는 틈만 나면 술을 마시는 알코올의존 엄마가 있었다. 남편마저 없으니 거칠 게 없었다. 낮부터 술을 마시다가 자녀들이 학교를 마치고 집으로 돌아올 즈음에는 이미 술에 취해 제정신이 아니었다. 술병을 뺏는 자녀에게 욕하고 재떨이, 그릇, 쓰레기통, 물병, 선풍기 등 손에 잡히는 물건이 뭐든 아이들을 향해 던졌다. 집 안에 성한 물건이 별로 없었다. 애들이 도망가면 쫓아가서 머리채를 잡고 때리기도 했다. 심지어 목을 조르고, 식칼까지 들었다.

욕하고 소리치고 집 안 물건 다 때려 부수는 엄마가 너무 무서워서 방문을 잠그고 경찰에 신고했어요. 경찰이 올 때까지 동생을 꼭 안고 같이 울었어요. 이번이 두 번째 신고여서 우리를 엄마와 격리해준대요. 엄마가 치료받을 수 있게 3일 격리된대요.[1] 엄마는 경찰한테 붙들려 나가면서 안 간다고 발버둥을 쳤어요. 엄마가 끌려가는 걸 보니 불쌍해서 눈물이 났어요. 그래도 엄마가 치료받을 수 있다니 다행이에요. 그런데 3일만 된대요. 아버지가 와야 엄마를 병원에 장기 입원시킬 수 있대요. 경찰 아저씨가 엄마 처벌받았으면 좋겠냐고 물었어요. 처벌하지 말아달라고 했어요. 엄마인데 어떻게 처벌해요. 엄마가 치료를 잘 받고 술 좀 그만 마신다면 정말이지 더는 소원이 없겠어요.

딸은 거의 매일 아버지에게 편지를 보냈다. 엄마를 달래고 말리느라, 술 취한 엄마의 폭력으로부터 동생까지 지키느라 힘들 텐데 엄마 때문에 속상하다고만 하는 속 깊은 딸이었다. 엄마가 격리된 3일 동안 보낸 편지에는 빨리 돈을 벌어 아빠를 돕고 싶다는 이야기, 엄마가 병원에 보내졌다는 소식을 듣고 서울 사는 삼촌이 내려와서 햄버거를 사줬는데 정말 맛있었다는 이야기, 아르바이트 자리를 구하려고 하는데 스무 살 이상만 된다고 해 낙심한 이야기와 같은 평범한 일상이 담겨 있었다. 하지만 편지는 어느새 다시 고통으로 돌아와 있었다.

그저껜 엄마가 소주를 세 병이나 드시고 거의 아홉 시간 동안 난리치셨어요. 엄마가 술 드셔도 잘 달래드리면 난리를 덜 치는데 오늘은 특히 너무 심했어요. 제 목을 졸랐어요. 말리는 동생 목도 졸랐어요. 그날 이후로 저는 밥만 먹었다 하면 토를 했어요. 학교도 못 가고 물을 마셔도 토했어요. 낮에 엄마가 술이 깼는지 미안하다고 울면서 저를 데리고 병원에 갔어요. 신경성 장염이래요. (…) 엄마는 낮에 사과하고 술 다시는 안 먹겠다고 한 약속을 몇 시간도 안 돼 또 무시하고 술을 찾아요. 아빠가 없어서 죽고 싶어서 술을 마신대요. 아빠가 없어서 우리도 힘든데 엄마는 자기 힘든 것만 생각하고 술 마시니 너무 속상해요. 아빠 없는 집이 너무 무섭고 힘들어요. 너무 그리워요. 보고 싶어요, 아버지.

아들은 아버지가 없는 동안 본인이 집안에서 남자 역할을 해야 한다고 생각한 탓인지 너무 일찍 어른이 돼버린 것 같았다.

보고 싶은 아빠에게.

아빠, 밥과 약은 잘 챙겨 드시는지, 건강하신지, 이런 생각을 많이 합니다. 요즘 엄마가 술을 많이 마셔서 좀 싸우는 일이 많지만 누나가 엄마랑 얘기를 나누면서 잘 풀려고 합니다. 저도 누나를 도와 집안일도 합니다. 저희가 아버지처럼 잘할 수는 없지만 노력하고 있습니다.

중학교 3학년 남학생이 이렇게 의젓한 편지를 쓰다니 믿을 수 없었다. 술 취한 엄마가 매일같이 난리를 치는 데도 아버지가 걱정할까 봐 자세한 내용을 일부러 쓰지 않았을 아들의 마음을 생각하니

가슴이 더 아려왔다. 한참 사춘기를 맞아 반항해볼 법한 나이인데, 그 아들에게는 '삐딱할 수 있는 것'도 평범한 가정의 우산 아래 있는 사람만이 할 수 있는 사치나 권리로 느껴질 것 같았다.

아빠가 있는 동안은 잘 몰랐습니다. 아빠는 엄마 술 마시는 거 막아주는 사람으로만 생각했습니다. 아빠, 죄송해요. 아빠가 안 계신 지금에야 아빠가 얼마나 소중한지 알게 되는 것 같습니다. 있을 때 잘하라는 말도 있는데 아빠 계실 때 화내고 잘못한 거 너무 후회됩니다.
아빠. 저는 아빠가 빨리 나오시는 것만 생각합니다. 지금 집안은 좀 힘든 편이지만 그래도 모두 잘 버티고 있습니다. 너무 걱정 마세요. 아빠 나오는 날에는 아마 아들이 많이 울 수도 있습니다. 그때는 봐주세요. 기뻐서 우는 거니깐요.

자녀들이 눈물로 썼을 편지를 전부 복사하고 지방경찰청 112종합상황실에 문서제출명령을 해달라는 신청서를 작성했다. 그 집으로 경찰이 출동한 건에 관한 112사건처리표를 제출해달라는 신청이었다. 설마 아이들이 거짓으로 편지를 썼겠냐 싶었지만 그 말에 과장이 없는지 확인하고 싶기도 했고, 양형 사유로 주장하려면 편지보다는 객관적인 공문서가 나을 것 같았기 때문이다. 그가 항소이유서에 알코올의존인 아내 때문에 아이들이 너무 힘들어한다는 내용을 써놓아서인지 재판부는 내 신청을 받아줬다. 10여 일 뒤 회신이 도착했다.

접수 시각: 201×. ×. ×. 18:43:55

사건 개요: 엄마가 술을 먹고 / 신고자를 때린다 / 바깥으로 나왔다 /

칼은 숨겨놨다

종결 내용: 엄마가 술을 먹고 주정하여 시비한 것으로 분리 조치하고

종결

접수 시각: 201×. ×. ×. 18:56:43

사건 개요: 엄마가 지금 죽으려고 한다며 / 물건을 던지고 있다 /

집 안에는 엄마하고 누나하고 있다고 함

종결 내용: 술 취한 엄마가 자녀들에게 폭력을 행사한 것이나 피해자들

이 처벌 불원 / 권리 고지서 발부 후 종결

그가 항소심 재판부에 써낸 탄원서를 다시 찬찬히 읽었다. 아내와 결혼해 자식 둘을 낳고 아이들이 성장하는 20년의 시간 동안 아내의 알코올의존증과 우울증으로 인해 원만한 가정생활을 할 수 없었다고 적혀 있었다. 마음속에 늘 불안과 울분이 가득 차 있는데 자식한테 말할 수도 없고, 속 시원하게 터놓고 상의할 친구도 없었단다. 그래서 다시 약에 의존하게 됐다고 변명했다. '사랑하는 아이들과 밉지만 불쌍한 아내를 생각하면 다시는 마약을 하지 말아야 한다는 걸 잘 알면서도' 그 순간을 견디지 못했다고 했다.

그를 다시 만나러 구치소로 갔다. 지난번에는 죄송했다는 말을 먼저 건네고 아내의 알코올의존에 관해 물었다. 결혼 전부터 술을

좋아했던 아내는 계속해서 느는 주량에 우울증까지 겹쳐 두 번이나 입원한 적이 있단다. 아내의 병원 입원 기록은 1심 소송 기록에도 적혀 있었다. 알코올의존이 심하고 술을 마시면 폭력적 행동을 제어하기가 어렵다는 증상으로 보호자 자격이 되는 그가 아내를 입원시켰는데, 두 번의 입원 모두 한 달을 못 넘겼다. 그는 아내의 입원 기간이 짧거나 크게 나아지지 않더라도 입원 중에는 술을 못 마시니 그나마 낫지 않을까 생각했지만, 아내가 병원에서 답답하다며 매일같이 퇴원시켜 달라고 울었단다. 아내의 모습을 지켜보던 그 또한 날이 갈수록 힘에 부쳤다. 좁은 동네다 보니 소문은 날 대로 나고, 이야기할 곳이나 스트레스를 함께 풀 친구도 없었다. 그렇게 3년 전에 처벌받고 끝난 줄 알았던 마약 문제가 지금 다시 그를 덮쳐왔다.

그는 별로 말이 없는 사람이었다. 아들이 그를 닮은 것 같았다. 접견은 예상보다 짧게 끝났다.

'밉지만 불쌍한' 아내에 지친 아버지는 마약으로 징역을 살고, 무서워도 엄마인데 어떻게 처벌하느냐는 아이들은 그런 아버지가 하루라도 빨리 돌아오기만을 눈물로 기다리는 현실이 너무 기막혔다. 나는 피고인을 보지 말고 저 애들을 좀 봐달라, 아버지를 절실히 필요로 하는 자녀들에게 아버지를 조금이라도 일찍 보내달라는 내용으로 공들여 서면을 썼다. 항소심에서 수백 번의 양형부당 변론(형을 깎아달라는 변론)을 하면서 다소 기계적일 때가 많았지만 이번만큼은 가슴에서 변론이 우러나왔다.

하지만 머리로는 항소가 받아들여지지 않으리라는 걸 알았다. 1심에서 정한 형이 '현저하게 부당'하지 않는 한 항소심에서는 형을 바꾸지 말라는 게 대법원 법리였고, 이 사건에서도 1심의 형이 현저하게 부당하다고 할 수는 없었다. 아이들이 엄마에게 학대당하고 있는 사정은 1심 변호인도 간곡히 변론했던 내용이었다. 마약 사건을 엄하게 처벌하는 분위기도 무시할 수 없었다.

몇 주 후 선고 결과는 항소기각이었다. 예상했음에도 막상 결과를 확인하고 나니 맥이 탁 풀려 일이 손에 잡히지 않았다. 판사님도 내가 한숨을 쉬었던 바로 그 지점에서 한숨을 쉬었을 것이고, 그렇지만 그 이유로 형을 낮출 수는 없다고 애써 그 아이들의 편지를 외면했으리라 생각했다. 그래도 속이 상하고 괜히 재판부에 섭섭한 마음마저 들었다.

국가의 형벌이 한 가족에게, 특히 자녀들에게 어떤 영향을 미치는지 이 사건 전에는 생각해본 적이 없었다. 일개 국선변호인에 불과한 나로서는 도저히 감당할 수 없는, 너무 거대한 화두였다. 절절하게 안타까웠던 당시의 마음도 밀려드는 사건에 묻혀 기억에서 서서히 잊혔다.

죄는 그 자녀가 지은 것이 아니다

그러던 어느 날 신문에서 우연찮게 수용자 자녀의 인권에 관한 칼럼[2]을 읽고 그 사건이 다시 생각났다. '인권'이라는 단어 앞에서 눈을 동그랗게 떴다. 나는 아이들의 안타까운 처지에 마음이 아팠을 뿐 인권의 문제라고는 생각하지 못했는데, 이런 데 관심을 가지고 일찍이 기획 보도했던 언론과 정책 입안을 위해 나섰던 사람들이 있었다. 위기에 처한 수용자 자녀를 지원해주는 단체[3]도 있었는데 나는 전혀 몰랐다. 진작 알았더라면 그 단체에 연락해 도움을 요청할 수도 있었을 텐데 싶어 자책하는 마음까지 들었다.

그 선각자들 덕분에 2017년, 국가인권위원회에서 처음으로 수용자 자녀 인권 상황 실태조사를 했다. 이에 따르면 1년에 평균 5만 명이 넘는 아이들이 부모의 수감을 마주한다. 이들은 부 또는 모의 수감으로 가족관계 해체와 빈곤, 정서적 트라우마 등 다층적 위기에 봉착한다. 게다가 '범죄자의 자녀'라는 사회적인 편견과 낙인까지 감당해야 한다. 그래서 범죄의 대물림이 이루어지기도 하고, 수용자의 교화는 더욱 어려워지는 것이 현실이다. 그런데도 '형의 집행 및 수용자 처우에 관한 법률'이나 아동복지법에 수용자 자녀를 지원하는 아무런 규정이 없어 부모가 수용되고 난 후 위기 가정에 대한 복지와 아동 지원이 전혀 체계적으로 이루어지지 않는다고 한다. 그래서 아이들의 권리를 보장할 뿐만 아니라 범죄 대물림을 예방하고, 가정 보호를 통해 재범을 예방하기 위해서라도 수용자 자녀를 지원해야 한다는 내용의 보고서였다.

내 짧은 경험으로도 충분히 공감이 갔다. 국가인권위원회는 보고서를 토대로 정부에 여러 가지 사안을 권고했다. 그중 법원이 피고인에게 구금형을 선고할 경우 피고인의 양육이 절대적으로 필요한 아동 유무 등 환경적 요인에 대한 양형조사를 활성화할 것을 대법원장에게 권고했다는 내용이 있었다. 그의 사건이 그 권고 이후에 내게 왔더라면, 그리고 내가 그런 정책 권유를 변론에 인용했더라면 결과가 조금이라도 달라질 수 있었을까. 아니, 결과에 앞서 그의 구금 기간을 줄이는 것이 그 자녀들을 위해서는 물론 사회 전체의 이익을 위해서도 더 나은 방안이라고 충분히 설득력 있는 변론을 할 수 있었을까. 그런 변론이 결과에 반영될 수 있었을까. 지금 시점에 다시 생각해봐도 그리 자신이 서지 않는다.

두 번의 접견 후 그의 소식은 더 이상 듣지 못했다. 지금쯤 형기를 다 마치고 출소했을 텐데 아버지가 돌아온 그 가정이 이제 좀 평화로워지기를 기원하는 게 내가 할 수 있는 유일한 일이었다. 현실의 고통을 직면하기 두려워 약에 손댔다가 더 큰 고통으로 괴로워했던 그가 무엇과도 바꿀 수 없는 사랑하는 아이들을 생각해서라도 다시는 약에 의존하지 않겠다던 다짐을 이 악물고 지키고 있기를. 그의 아내는 다시 꾸준하게 치료받고 있기를. 무엇보다 그 어려운 환경에서도 대견하게 커온 그 아이들이 감당할 삶의 무게가 조금이나마 가벼워졌기를 바랄 뿐이다.

당당한 거짓말이 그리워질 때

———

"아버지가 그런 전화를 했으면서 사진을 실수로 보냈다고
주장하는 게 말이 된다고 생각하세요?"
내가 그의 거짓말에 감쪽같이 속아 넘어갔다는 게 억울했다.

한 중년 여성이 모바일 메신저로 야릇한 사진을 받고 화들짝 놀라
112에 신고했다. 보낸 사람은 '받지 않기'로 저장해둔 어떤 사람이
었다. 몇 달 전 새벽에 모르는 번호로 전화를 걸어온 중년 남자가
이상한 말을 해서 바로 끊은 적이 있다고 했다. 그 후로 한 번 더 비
슷한 일이 있어 번호를 '받지 않기'로 저장해뒀는데, 바로 그 번호
로부터 온 메시지였다. '받지 않기' 님의 프로필 사진에는 젊은 할
머니와 할아버지가 예쁜 아기를 안고 환하게 웃고 있었다. 중년 여
성은 사진 속 사람들이 전혀 모르는 이들이라고 했다. 경찰이 영장
을 받아 명의자를 조회하니 30대 남자로 나왔다. 그리고 경찰이 건
전화를 받은 사람은 명의자의 아버지이자 사진 속 아기의 할아버지
였다.

진실과 거리가 먼 감이 올 때

경찰서에 소환된 60대 젊은 할아버지는 모르는 사람에게서 이상한 사진을 받고 놀라 지웠을 뿐이라고 했다. 지우다가 실수로 그 사진이 전송됐을 수는 있겠지만 일부러 보낸 적은 없다고 했다. 경찰이 휴대폰을 봐도 되겠느냐고 하자 순순히 보여줬는데 할아버지 휴대폰에는 해당 앱 자체가 없었다. 전날 밤에 만지다가 다 지워졌다고 했다. 일부러 없앤 거 아니냐고 물으니 자기는 그런 걸 할 줄 모른다고 했다. 휴대폰을 다른 사람이 쓰기도 하느냐는 말에 아내와 둘이 사는데 아내가 가끔 자기 휴대폰을 보기도 한단다. 그럼 아내가 그 사진을 다른 여성에게 보냈겠느냐고 묻자 젊은 할아버지는 모르겠다고 했다.

메신저로 야릇한 사진을 보낸 행위가 죄가 되려면 '자기 또는 다른 사람의 성적 욕망을 유발하거나 만족시킬 목적'이 있어야 한다. 실수로 보냈다면 그런 목적이 있었다고 할 수 없다. 젊은 할아버지는 파킨슨병을 오래 앓아 뇌병변 장애가 있었는데, 조사를 받는 동안에도 손과 얼굴을 자주 떨었다. 휴대폰을 자유자재로 이용할 수 있는 연령대도 아니고, 손동작이 어눌하기도 하니 실수로 보내졌을 가능성도 배제할 수 없는 상황이었다. 게다가 할아버지에게는 성범죄를 포함해 아무런 범죄 전력이 없었다. 경찰이 긴가민가하면서 사건을 검찰로 넘겼다. 애매한 사건이라 그런지 검사가 피의자 자백을 받아내려고 안간힘을 쓴 흔적이 역력했다. 사실관계 자체는 간단한데 검사 작성 피의자신문조서는 스무 장이 넘었다. 마침내 검사는 얻고 싶은 진술을 얻어냈다.

사실 제가 보낸 것이 맞습니다. 사실대로 말하면 처벌을 엄하게 받을 것 같고, 제 처도 알면 창피할 것 같아서 그동안 거짓으로 진술했습니다.

조서에는 명백히 자백 진술이 있었고, 그의 지장이 조서 낱장마다 찍혀 있었다. '내가 말한 대로 적혀 있다'는 확인의 표시다.

그는 200만 원의 약식 명령을 받고 정식 재판을 청구했다. 그 사건이 내게 배정됐다. 청구서에는 삐뚤삐뚤한 글씨로 다음과 같이 적혀 있었다.

메신저로 사진이 왔기에 받아본 것이지 내가 보낸 것이 아닙니다.

내가 한 게 아니라고 했다가 맞다고 했다가 또 아니라고 하는 모양새였다. '억울하면 끝까지 억울하다고 하지'라는 생각이 절로 들었다. 일관성 없이 진술하는 건 그 자체로 불리한데 젊은 할아버지는 이 사실을 모르는 것 같았다.

약속한 시각에 맞춰온 그가 직원 안내를 받아 내 사무실 방에 들어왔다. 모든 동작이 어눌해 마치 슬로비디오를 보는 것 같았다. 의자에 앉는 단순한 동작을 완성하는 데도 시간이 한참 걸렸다. 공소장에서 본 그의 직업은 아파트 경비원이었는데, 성치 않은 몸으로 어떻게 경비 일을 할까 싶었다. 그는 한 달쯤 일하다가 지금은 안하고 있다고 행동만큼 느린 어투로 말했다. 본인이 이상한 사진을 보낸 적 없다는 것에 대한 정식 재판을 청구한 게 맞느냐는 질문에 그렇단다. 나는 그의 지장이 뚜렷이 찍힌 문제의 피의자신문조서 페이지를 펼쳐 그에게 보여줬다.

"그런데 경찰서 말고 검찰청에 가서 조사받을 때 '사실 제가 보낸 것이 맞습니다' 이렇게 말씀하신 거 맞아요?"

다시 슬로비디오가 돌아간다. 서류를 들고, 읽고⋯. 다시 책상에 놓는다. "이렇게 말한 적은 있지요."

"일부러 보낸 적 없다면서요? 그런 사실이 없는데 왜 그랬다고 말씀하신 거예요?"

그는 순박한 얼굴로 내 질문이 이상하다는 듯 답했다.

"내가 했다고 할 때까지 계속 조사할 거라고 하면서 똑같은 질문을 계속하는데 우리 같은 사람이 뭐 힘이 있나요? 했다고 할 때까지 잡아놓고 집에 안 보내준대요. 조사받다 보니 배도 고파지고 집에 가야 하니까 할 수 없이 했다고 했지요."

한숨이 저절로 나왔다. 피의자가 경찰의 신문 때 말한 내용이 본인에게 불리할 때는 법정에서 '경찰서에서 내가 한 말은 사실이 아니다'라고 함으로써(법적인 용어로는 '내용부인'이라고 한다) 그 피의자신문조서는 증거로 쓰지 못하도록 할 수 있지만, 검찰에서 허위 자백을 하면 문제가 복잡해진다. 하고 싶지 않은 말을 강압에 못 이겨서 했다는 것을 법적으로는 '임의성 부인'이라고 하는데, 검사 작성 피의자신문조서가 임의성이 없다고 인정되려면 아주 특별한 사정이 있어야 한다. 할아버지가 말한 사정만으로는 턱도 없었다. 자백을 뒤집고 무죄를 받기는 하늘의 별 따기 같아 보였다.

나는 수사 기록에 나와 있는 그의 메신저 프로필 사진을 보여줬다.

"우리 손녀딸 돌잔치 때 사진이네요. 이제 두 돌 지났는데 말도 잘하고 걷기도 잘하고요."

손녀 사진을 확인한 그의 얼굴에 잔잔한 미소가 퍼졌다. 이 사진을 직접 올렸느냐고 묻자 그는 또다시 본인은 그런 걸 할 줄 모른다고, 아내나 아들이 해줬을 것이라고 했다.

휴대폰을 능숙하게 사용하지 못한다는 건 분명해 보였지만 그의 변명에서 이해되지 않는 게 한둘이 아니었다. 어떻게 모르는 번호가 자동으로 입력되며, 메신저 앱이 왜 하필이면 경찰 출두 전날에 실수로 삭제됐단 말인가. 그가 모르는 여성에게 전화한 게 아니라면 다른 중년 남자가 그의 휴대폰으로 전화를 했다는 건데, 새벽에 그의 휴대폰을 쓴 다른 중년 남자는 누구란 말인가. 이런 의문에 합리적인 답변을 하지 못한다면 실수로 사진이 보내졌다는 그의 말은 재판에서 받아들여지지 않을 게 뻔했다. 게다가 검사 작성 피의자신문조서에 자백 진술까지 있는 상황이었다.

억울하실 수 있지만, 무죄 받기 어려운 사건이니 시간과 에너지를 낭비하기보다 차라리 벌금을 받아들이시는 편이 좋지 않겠느냐는 취지의 설명을 길게 했다. 할아버지는 한숨을 내쉬며 말했다.

"그럼 우리 같은 사람은 윽박지르면 잘못하지 않아도 잘못했다고 하고 그냥 살아야 하네요. 실수 한 번 했다고 200만 원을 내야 하는 거고요…. 그런데 그 돈을 또 어떻게 마련하나요."

머리가 복잡했다. 유죄의 정황 증거는 차고 넘치는데 그의 말과 태도에는 진실한 무엇이 있는 것 같았다. 별 가망이 보이지 않는 사건이지만 혹시 모를 할아버지의 억울함이 마음에 걸려 나는 자세를 고쳤다.

"일단 제가 연구해볼게요. 앞으로 나머지는 제가 알아서 할 테니 재판에 빠지지 말고 잘 나오세요."

나는 대책도 없이 '질러'버렸다. 사실 국선변호인은 결과에 부담이 없다. 과정에서 최선을 다하면 된다. 나는 그게 좋았다. 피고인이 정말 무고한데(그건 하늘만이 알겠지만) 내가 변론을 잘하지 못해 억울하게 처벌받더라도 변호인의 양심에 비춰 최선을 다했다면 그건 피고인의 운명이라고 생각하려고 했다. 젊은 할아버지가 인사하고 사무실을 나가는 장면에서 다시 슬로비디오가 돌아갔다.

다른 사람이 그의 휴대폰을 사용하지 않았고 그가 거짓말을 하지 않았다고 전제한다면 두 가지 가능성이 있었다. 그의 변명처럼 메신저로 받은 사진을 지우다가 실수로 제3자에게 보냈거나 아니면 해킹에 의해 제3자가 원격 시스템으로 보냈을 수 있다. 후자는 그즈음 메신저를 이용한 신종 피싱 사기 수법에 관한 뉴스 때문에 떠올린 생각이었다. 메신저를 해킹해서 친분 관계를 파악한 다음 진짜 그 사람인 척 문자를 보내 돈을 입금시키는 수법으로 한때 언론에 자주 보도됐다. 피싱 수법이 이미 성행하고 있다면 돈을 요구하는 것 말고도 제3자에 의해 메시지가 발송될 가능성도 있을 거라고 생각했다. 수사에서 후자의 가능성은 전혀 조사되지 않았다. 나는 마치 유능한 변호사인 척 젊은 할아버지를 안심시켰지만 사실 그런 가능성을 입증하기에 휴대폰을 비롯한 기계, 디지털 관련 지식이 상식 이하였고, 필요한 기능만 익혀 간신히 시대를 따라가는 중이었다.

할 수 있는 것부터 해보자는 심정으로 컴퓨터를 잘 아는 주위 친구들에게 묻고, 인터넷 검색도 하고, 복잡한 논문까지 뒤졌다. 여전히 길은 보이지 않았다. 마지막으로 기댈 곳은 공익 해커 경력을 가진 검사 출신 동기 변호사였다. 워낙 바쁜 데다 그렇게 친한 사이는 아니어서 웬만하면 귀찮게 하지 않으려고 했지만 이번엔 달리 방법이 없었다. 그의 금쪽같은 시간을 뺏어 우문현답을 몇 차례 반복하고서야 해당 메신저 서비스 소유 회사와 한국인터넷진흥원 사이버침해대응단에 메신저 해킹 사례 등을 구체적으로 질의하는 사실조회를 신청했다.

거짓말의 이유

예정된 기일 며칠 전에 그의 아들이라는 사람에게서 전화가 왔다. 이 사건 휴대폰 명의자의 이름이라 낯설지 않았다.

"어렵게 찾았습니다. 아버지가 변호사님 성함도 잘 기억을 못 하고 있어서요."

아들은 아버지가 정신병원에 입원해서 이번 기일에 출석이 어렵다고 했다. 이 업계에서 정신병원은 낯선 게 아니지만, 뇌병변이라는 신체장애가 있을 뿐이던 그 젊은 할아버지가 갑자기 정신병원에 입원했다니 의아했다. 아들은 오랜 파킨슨병 치료의 부작용으로 신경계 손상이 심해진 아버지가 060 성인 전화를 전보다 더 많이 하는 증상이 나타났다고 했다.

성인 전화라니! 이상한 사진을 실수로 보냈다고 주장하는 사람이 성인 전화를 자주 이용하는 사람인 것과 성범죄 전력 없는 60대 뇌병변 장애인인 것은 완전히 다른 이야기다. 상식적으로 납득되지 않던 그의 변명들이 한순간에 이해되면서 갑자기 짜증이 확 올라왔다. 메신저에는 이상한 사진을 보내주는 '앱 친구'가 여럿 있었을 테니 경찰에 출석하기 전에 앱을 고의로 삭제한 게 분명했다. 그가 할 줄 몰라도 휴대폰 서비스센터나 지인에게 삭제를 부탁하면 될 일이었다. 속았다는 생각을 지울 수 없었다.

"아버지가 그런 전화를 했으면서 사진을 실수로 보냈다고 주장하는 게 말이 된다고 생각하세요?"

흥분한 나머지 목소리를 높였다. 아들은 침착하고 예의 발랐다. 아버지 이야기를 좀 더 해도 되겠느냐고 했다. 생각해보니 내가 화를 내야 할 사람은 전화기 너머의 상대가 아니라 상대의 아버지였다. 나는 짐짓 짜증 내지 않은 척하며 이야기해보시라고 했다.

언젠가부터 아버지가 060 성인 전화를 이용했다고 했다. 처음에는 몰랐지만, 몇만 원 정도였던 요금이 어느 달 갑자기 10~20만 원으로 치솟았다가, 몇 달 뒤 40~50만 원, 70~80만 원으로 가파르게 뛰었기 때문에 자연스럽게 알게 됐다. 아파트 경비원 월급으로는 그 요금을 감당할 수 없어서 아들과 딸이 대신 내준 게 벌써 몇 년째란다. 돈도 돈이지만 성인 전화에 빠진 아버지를 어머니가 너무 힘들어해 아들이 직접 이혼 서류까지 준비해보기도 했다. 그때마다 아버지는 미안하다고, 다시는 안 하겠다고 했지만 일주일도 안 돼 또 하고, 다시 약속하고 그 약속을 깨는 일을 지겹도록 반복했다. 조금이라도 아버지가 자제하길 바라며 아들 명의로 휴대폰을 바꿨다. 그러나 증상은 더 심해져서 급기야 최근에는 일주일 만에 요금이 200만 원 나왔다고 했다. 온 가족이 모인 자리에서 아들이 말했다. "아버지, 어머니와 이혼하시고 저희하고도 연을 끊으시든가, 아니면 저희가 권하는 정신과 치료를 받으시든가, 선택은 두 가지뿐입니다." 그래서 아버지는 정신병원에 입원했다.

변론기일에 아들이 어머니와 함께 재판에 왔다. 아버지가 정신병원에서 외출은 할 수 있지만 아직 정신이 오락가락해 엉뚱한 소리를 할지 몰라서 일부러 안 모시고 왔다고 했다. 나는 재정증인(법정에 있는 증인)으로 그의 아들을 신청해 신문했다. 아들은 내게 전화로 한 이야기를 침착하게 풀어냈다.

"성인 전화를 하면 그 번호가 공유되는지 아버지 휴대폰으로 온갖 이상한 문자나 영상이 많이 왔습니다. 아버지가 정상적인 판단이 안 되는지 그걸 주변에 막 보냅니다. 저도, 여동생도, 어머니도, 친척분도 그런 이상한 사진을 가끔 받았습니다. 남자, 여자 가리지 않고요. 우리 가족이야 그렇다 쳐도 친척분한테도 그게 가니까….

친척들과도 사이가 멀어졌습니다. 아버지는 부끄러움을 모르시고 한 일인 것 같습니다. 저희도 오랫동안 아버지를 미워하고 원망했습니다. 그런데 아버지가 성인 전화에 중독된 것이 파킨슨병으로 인한 전두엽 손상과 연관이 있어서 스스로 끊어낼 능력이 안 된다고 의사 선생님이 설명하셨습니다. 지금까지 아버지의 행동이 병이라고 하니 저희는 오히려 아버지를 용서하게 됐습니다. 다행히 아버지도 저희 의견에 따라 적극적으로 치료받고 있고요. 저희 아버지가 한 행동이 피해자에게 상처를 줘서 죄송합니다. 이런 아버지의 사정을 설명하고 용서를 구하고 싶습니다."

아들이 차분하고 담담하게 증언하는 동안 아들의 어머니는 방청석에 앉아 계속 눈물을 훔치고 있었다.

그가 가족과는 화해했을지 몰라도 나는 그의 거짓말에 여전히 화가 풀리지 않았다. 피고인 말이 거짓말일 수도 있다는 가능성을 열어놓고 변론을 준비하는 대부분의 사건과는 달리 이 사건에서는 내가 그의 거짓말에 감쪽같이 속아 넘어갔다는 게, 그래서 꽤 긴 시간 머리를 쥐어뜯으며 고민하고 연구했다는 게 억울했다. 나는 법정을 나오자마자 새벽에 여성에게 이상한 전화를 몇 번이나 했던 전력으로 봐선 성적 욕망 목적이 전혀 없다고 보기 어려운 것 아니냐, 아버지는 왜 그렇게까지 거짓말을 하신 거냐며 아무 잘못 없는 애꿎은 아들에게 또 따졌다.

아들은 고개를 숙이며 죄송하다고 했다.

"아버지는 사고를 쳐도 무조건 하지 않았다고 하십니다. 저희한 테도 여러 번 거짓말하셨어요. 그런데 의사 설명을 들어보니 파킨 슨병으로 중독과 치매가 같이 왔다고 하더라고요. 아버지가 알면서 도 거짓말했다기보다는 정말 기억을 못해서 안 했다고 말했을 수도 있습니다. 변호사님께서 너그러이 이해해주십시오."

아들의 말을 들으며 아들이 내게 준 병원 서류를 다시 뒤적였다. 그제야 진단명이 눈에 들어왔다.

파킨슨병에서의 치매

치매 환자의 거짓말은 내게도 익숙했다. 다름 아닌 우리 엄마가 그랬다. 젊은 나이에 남편을 사고로 잃고 홀로 된 엄마가 나이에 비 해 너무 일찍 치매에 걸려 요양병원 신세를 지기 시작했을 때였다. 엄마는 사탕을 너무 좋아했다. 자식들이 찾아가면 건강에 좋은 다 른 음식들은 쳐다보지도 않고 늘 사탕부터 찾았다.

"요양보호사님이 오늘 아침에 엄마한테 사탕 다섯 개나 줬다고 하던데 그거 벌써 다 먹었네. 오늘은 사탕 그만 먹어."

그러면 엄마는 눈을 부라리고 흥분해서 소리소리 질렀다.

"야가 머라카노? 사탕 보지도 못했는데. 사탕 주기 아까워서 거 짓말 하나? 순 다 거짓말이다!"

엄마는 간호사, 요양보호사, 그리고 자식들까지 모두 거짓말쟁이 로 만들었다. 거짓말이라는 인식이 전혀 없는 거짓말이었다. 그러고 보니 엄마에게 처음 치매 증세가 나타난 때가 이 젊은 할아버지의 지금 나이와 비슷했다.

다음 재판에도 그는 출석하지 않고 아들만 나왔다. 피고인이 정식재판을 청구한 사건에서 피고인이 두 번 연속 출석하지 않으면 피고인 출석 없이 재판을 진행한다. 사실조회를 신청한 두 기관에서는 입장이 난처한지 법원의 거듭된 독촉에도 불구하고 몇 달 동안이나 회신을 주지 않았다. 할 수 없이 신청을 철회했다(속으로 '해킹은 무슨 얼어 죽을 해킹!' 하며). 그의 주장대로 사진을 실수로 보냈을 가능성과 해킹으로 본인 의사와 관계없이 보내졌을 가능성을 염두에 둬달라고 하고, 설령 유죄로 인정된다고 하더라도 파킨슨병 부작용으로 이성적 판단이 흐려진 상태에서 한 일이니 심신미약을 적용해 선처 바란다고 최종 변론했다. 아들은 법정을 나와 내게 감사하다고 깍듯하게 인사했다.

이름이 있던 시절

그 주말, 오랜만에 엄마를 보러 요양병원에 갔다. 사정상 자식들이 엄마를 모시지 못하고 요양병원에 입원 수속을 밟은 직후에는 한 주가 멀다 하고 기차와 버스를 갈아타는 걸 마다치 않으며 엄마에게 갔다. 그런데 시간이 흘러 여러 번 해가 바뀌면서 바쁘고 멀리 산다는 핑계로 그 주기가 2주, 3주, 한 달로 점점 늘어나 양심에 가책이 쌓여가는 중이었다.

병실에 들어서며 엄마를 불렀다. 침대에 앉아 TV를 보고 있던 엄마는 나를 한참 동안 빤히 쳐다보기만 했다.

"엄마, 나 누구야? 맞춰 봐."

"누군데? 잘 모르겠는데…."

"에이 엄마, 나 알잖아. 모르겠어?"

"…딸 같은데…. 딸 맞나?"

"그래 엄마 딸이지. 내 이름이 뭐야?"

"이름이 뭐꼬? 잘 모르겠다."

"에이, 생각해 봐. 엄마 딸인데 이름 기억해줘야지."

"경이? …영이? 진이?"

"그래, 진이! 엄마 막내딸 혜진이!"

딸들 이름이 다 나온다. 사탕을 더 먹겠다고 소리치며 거짓말하던 시절은 이제 다 지나갔다. 아직 인지능력이 남아 있던 치매 초창기에 그런 거짓말을 했지만, 지금은 사탕을 앞에다가 내놓지 않으면 사탕이라는 존재가 있는지조차 모른다. 젊었을 땐 그렇게 아들, 아들 하던 엄마가 지금은 아들 이름도 기억해내지 못한다. 그러니 딸들 이름 헷갈리는 거야 말할 것도 없다. 그나마 딸이라는 걸 알아주는 것만도 감사해야 했다.

몇 주 뒤 젊은 할아버지에 대한 선고가 있었다. 벌금 100만 원. 다행히 심신미약이 인정돼 벌금이 줄었다. 피고인의 아들이 선고 결과를 확인하고 감사 전화를 걸어왔다는 메모가 남겨져 있었다. 나도 이제 이 사건을 마음에서 정리해야 할 때였다. 젊은 할아버지

의 거짓말에 넘어가 머리를 쥐어짠 시간 때문에 못내 억울했던 심
정을 내려놓자고 마음먹었다. 지나고 보니 지금은 딸의 이름도 떠
올리지 못하는 엄마가 자식들에게 당당하게 거짓말하던 그 시절마
저 그립다.

미처 하지 못한 말

"저…, 우리 아버지 몇 년 정도 나오나요?
감옥에 오래 있었으면 해서요. 무기징역이나 최소 20년 정도 나올 수 있나요?
되도록 중형을 받도록 해주셨으면 좋겠습니다."

구치소에 있는 피고인을 아직 만나기도 전인데 그의 아들이 사무실로 전화를 해왔다. 종종 있는 일이다. 보통 전화를 걸어온 가족은 접견 한 번 더 해달라, 탄원서는 어떻게 써야 하느냐, 피해자와 합의하려고 하는데 어떻게 해야 하느냐, 재판이 어떻게 진행되고 있느냐, 결과가 어떻게 될 것 같으냐 등을 묻는다. 죄는 밉지만 사람은 미워하지 말라고 했던가. 범죄자 가족을 보면 그 말이 절실하게 와닿는다. 사고 쳐서 가족을 힘들게 하는 게 너무 밉기도 하지만 갇혀서 가장 가까운 이들이 고생하는 걸 보고 있노라면 하루라도 빨리 나올 수 있도록 도와주고 싶은 마음이 저절로 든다. 두 마음이 다 인지상정이다. 이번에도 그런 전화겠거니 하며 받았다.

"궁금하신 거나 도움 필요한 거 있으세요? 아니면 아버지가 부탁한 게 있나요?"

"여쭤보고 싶은 게 있어 전화 드렸습니다. 저…, 우리 아버지 (징역) 몇 년 정도 나오나요?"

이런 질문을 받으면 조심해야 한다. 예상치를 호기롭게 말했다가 그보다 더 적게 나오는 경우에는 별문제가 없지만 더 많이 나오면 원망을 듣기 십상이기 때문이다. 경험이 부족했던 국선 초반에 그런 어리석음을 범했다가 난감했던 적이 몇 번이나 있었다. 그래서 모범 답안으로 답했다.

"그건 제가 알 수 없습니다. 판사님이 정하시는 거니까요. 그래도 최선을 다하려면 뭐라도 해야죠. 제일 좋은 건 피해자와 합의하는 거고요. 그게 안 되면 가족분들 탄원서라도 써서 내는 노력을 해봐야죠."

"그게 아니고요. 감옥에 오래 있었으면 해서요. 무기징역이나 최소 20년 정도 나올 수 있나요?"

상대방의 예상치 못한 말에 수사 기록에서 본 정신감정 보고서 내용이 퍼뜩 생각났다. 수화기를 고쳐 들고 조심스럽게 물었다.

"혹시 아버지가 집에서 폭력을 행사했나요?"

전화기 저쪽은 한동안 답이 없었다.

"되도록 중형을 받도록 해주셨으면 좋겠습니다."

답을 피하는 목소리는 예의 바르고 차분했다. 변호인인 내가 어떻게 그럴 수 있겠느냐는 말에 그는 아버지에게 자신이 연락했음을 전하지 말아달라며 정중하게 전화를 끊었다.

사는 것과 살아지는 것

40대 후반의 피고인은 오가며 아는 형님뻘 되는 사람에게 식칼을
휘둘러 살인미수로 기소됐다. 우연히 길에서 만난 아는 형님과 동
네 술집에서 술을 마시고 한잔 더 하자며 그의 지하 단칸방에서 술
잔을 기울이다 일어난 일이었다. 발단은 별 게 아니었다. 일상적인
이야기를 하던 중 형님이 그에게 자식이 있느냐고, 몇 살이냐고 물
었다. 그는 아들이 하나 있고 곧 서른이 된다고 했다.

"에이, 동생 나이가 아직 젊은데 그렇게 큰 아들이 있다는 게 말
이 안 되지. 아니, 동생이 몇 살에 결혼했는데 벌써 아들이 서른이
라는 거여? 말이 안 되잖아."

"스무 살도 안 돼 애 낳은 거여? 능력도 좋네, 능력도 좋아. 허허."

"아들이 서른이라고? 아이고, 그렇게 다 큰 아들이 있어? 그 아들
은 뭐 해?"

아는 형님은 했던 말을 별 뜻도 없이 술기운에 하고 또 했다. 그
러자 가만히 술만 마시던 그가 갑자기 "너 이 새끼, 보자 보자 하니
까, 오늘 죽는 줄 알아" 하면서 부엌칼을 가져온 게 아닌가. 아는 형
님은 그의 눈이 갑자기 홱 돌아가면서 그동안 한 번도 보지 못한 무
서운 눈빛으로 변했다고, 텔레비전에서 떠들던 사이코패스가 저런
건가 싶었다고 했다. 당황한 피해자가 갑자기 왜 이러느냐고 소리
치는 순간, 칼날이 눈앞에서 번뜩이더니 얼굴에서 피가 철철 흘러
내렸다. 그는 집 안을 여기저기 마구 뒤지더니 청테이프와 노끈을

가져왔다. 청테이프를 잘라 피해자의 입을 막고 노끈으로 손발을 묶었다. 극한의 공포에 벌벌 떨며 소리 없이 울고 있는 피해자를 그는 한참 노려보며 말없이 술만 마셨다. 그러다 갑자기 꺼이꺼이 울기 시작했다. 한참을 그렇게 소리 내 울다가 "형님, 미안해요. 정말 미안해요"하며 청테이프와 노끈을 풀어주고, 밖으로 나와 피해자를 택시에 태워 함께 근처 병원 응급실로 갔다.

피해자는 죽음의 공포에서는 벗어났지만 여전히 그가 너무 무서워서 술 먹다가 유리에 베였다고 거짓말을 하고 치료받았다. 유리에 베인 상처와 칼에 찔린 상처가 비슷할 수는 없다. 피해자를 치료한 의료진이 환자가 칼에 찔린 것 같다고 경찰에 신고했다. 그는 응급실로 출동한 경찰에게 체포됐다. 경찰이 칼로 찔렀느냐고 물으니 그는 기억이 잘 나진 않지만 그런 것 같다고 했다. 왜 그랬느냐고 하니 자기도 모르겠다고, 순간적으로 정신이 나간 것 같다고, 정신을 차리고 보니 이게 무슨 일인지 형님은 손발이 묶인 채 피를 흘리고 있었다고 했다. 다행히 상처는 깊지 않아 피해자 생명에는 지장이 없었다. 하지만 우발적으로 한 번 칼을 휘두른 것에서 끝났다면 모를까, 칼에 찔린 상처가 두 군데였고 노끈과 청테이프까지 썼으니 살인미수라도 선처받기 어려워 보이는 사건이었다.

의아한 건 쉰이 가까운 나이에 사소한 시비로 칼을 휘두를 정도면 젊은 시절 저지른 가벼운 폭력 전과가 훈장처럼 쌓여 있어야 할 터인데 그에게 폭력 전과는 단 한 건도 없다는 사실이었다. 더군다나 평소에 원한 관계가 있었던 것도 아니고, 대단한 시비가 있었던 것도 아닌데, 그는 왜 갑자기 그런 극단적인 행동을 했을까. 검사도 나와 비슷한 의문이 들었는지 수사 막바지에 그를 국립법무병원으로 보내 정신감정을 의뢰했다. 심신미약이나 심신상실 상태에서 범죄에 이른 것은 아닌지 확인하는 절차였다. 정신감정의는 그의 성장 이력 등을 볼 때 가족력家族歷이 의심된다는 진단을 내놓았다.

그는 어릴 때 큰아버지 식구들과 같은 동네에 살았다. 그런데 큰아버지네 장남인 사촌 형이 술을 마신 날이면 큰아버지 식구들과 그의 식구들 모두가 벌벌 떨었단다. 사촌 형은 술에 취하면 제 친동생들과 사촌 동생들, 작은 아버지와 작은 어머니(피고인의 부모)는 물론 자기 아버지와 어머니에게까지 막무가내로 주먹을 휘둘러댔고, 낫이나 도끼 같은 연장을 들기도 했다. 급기야 사촌 형이 휘두른 칼을 막던 피고인의 아버지가 쓰러졌다. 아버지는 곧장 먼 도시 병원으로 실려 갔지만 피를 너무 많이 흘려 살아 돌아오지 못했고, 큰아버지는 동생이 죽은 후 미친 사람처럼 헛소리를 하다 어느 날 집을 나가 돌아오지 않았다. 그날 경찰에 끌려갔던 사촌 형은 감옥에서 자살했다는 소문이 들렸다. 어머니는 막내 여동생만 데리고 도시로 나가 재혼을 했는데 그 후로 연락이 끊겼다. 열두 살이었던 그는 형과 함께 큰어머니에게 맡겨졌지만 곧 형을 따라 도시로 나왔다. 사촌 형이 내지르던 괴성이 자꾸 들린다던 형은 어느 날 넓고 큰 도로를 뛰어가다 차에 치여 죽었다. 아버지와 형이 밤마다 혼자 남은 그의 꿈에 찾아와 그 또한 몇 번이나 자살 시도를 했다고 한다. 정신감정 보고서가 전하는 한 가족의 끊이지 않는 비극을 따라가는 것만으로도 숨이 가빴다. 끔찍한 사건들로 얼룩진 그의 과거가 마치 이 사건에서 옛날 비디오를 돌리듯이 재현된 것 같았다. 그 모진 세월을 겪고도 지금까지 큰 사고를 치지 않고 살아온 게 어쩌면 기적 같은 일이었다.

말할 수 없는 마음

무거운 마음으로 그를 만나러 구치소에 갔다. 공소사실 속 그는 잔인했지만, 구치소에서 만난 그는 유순하다 못해 좀 모자라 보이기까지 했다.

"제가요, 아들 밥해 먹이느라 칼을 썼지, 그 외는 칼을 든 적이 한 번도 없었어요. 그런데 그날 완전히 정신이 돌았어요."

변호인 접견실에 마주 보고 앉자마자 그가 말했다. 아직 말을 잘 못하는 어린애가 힘들게 문장을 만드느라 느릿느릿한 것 같은 말투였다. 구치소에서 지내기는 어떤지, 면회 오는 사람은 있는지 안부부터 물었다.

"아들한테 내가 오지 말라고 했어요. 그래서 안 오는 거예요."

그가 진짜 그렇다고 믿는 건지, 아니면 그렇게 믿고 싶은 건지 알 수 없었다. 나는 으레 양형 변론을 위해 필요한 최소한의 정보를 묻듯 사무적인 말투로 가족관계에 관해 이야기를 꺼냈다. 어떻게 결혼해서 왜 이혼했는지, 아내는 어디서 무엇을 하는지도 궁금했다.

그는 형마저 세상을 떠난 후로 먹고살기 위해 플라스틱 공장에서 일했다. 열아홉 살에 같은 공장에서 일하던 동갑내기 여자를 만나 결혼하고 아들까지 낳았다. 아내가 있다는 것도 좋았지만 아버지가 되니 말할 수 없을 정도로 좋았단다. 한동안 자신을 괴롭히던, 피 흘리며 쓰러진 아버지와 형이 더 이상 그에게 찾아오지 않았다. 그런데 아내가 바람이 나서 집을 나가버렸고 그때부터 술을 마시기 시작했다.

"아내 도망가고 혼자 아들 잘 키웠어요. 아들이 학교 졸업하고 공장에 착실하게 다니면서 매달 용돈도 보내줬어요. 영치금도 아들이 넣어줬고요. 우리 아들 참 착해요."

나는 잠시 말없이 고개를 끄덕이며 예의 바르고 정중했던 전화기 너머의 목소리를 떠올렸다. 동시에 아버지가 중형을 받을 수 있게 해달라던 말이 생각났다.

그는 문제의 그날 술을 너무 많이 마셨는지 칼을 들게 된 경위를 도무지 기억하지 못했다. 그의 평소 술버릇은 우는 것이라고 했다. 너무 울어서 한 달 동안 병원에 입원한 적이 있을 정도였다. 원한도 없는 사람을 다치게 해놓고서 입 막고 손까지 묶어놓은 채로 혼자 술을 마시며 목이 메도록 울었다던 그다. 어느 병원에서 무슨 치료를 받았는지 물었다. 그는 병원 이름을 간신히 기억해냈다. 사무실로 돌아와서 그 병원에 진료기록부 사본을 보내달라는 문서제출명령을 신청했다. 정신감정 보고서가 제출돼 있지만 심신미약을 주장하기 위한 또 하나의 근거가 될 수도 있는 자료였다. 재판장은 이를 허가해줬다.

기다리던 병원 서류가 도착했다. 그는 사건이 일어나기 한 달 전쯤 병원에 입원했다. 아들이 아버지에게 입원 치료를 권유해서 함께 왔다고 기재돼 있었다. 병명은 '상세불명의 정신분열증, 공황장애, 알코올의존 증후군'. 입원한 동안 아들이 두세 번 병원을 방문했다. 퇴원 경위에는 의사가 만류하는데도 환자가 강력히 요청했다고 적혀 있었다. 칼부림 사건이 발생한 날은 퇴원 후 일주일이 채 안 된 때였다. 하지만 그는 날짜 감각이 없는지 아주 오래전에 병원에 입원한 것으로 착각하고 있었다.

그가 겪은 불우했던 과거, 범행 후 피해자를 스스로 병원에 데리고 간 점 등이 참작돼 징역 3년이 선고됐다. 사건 당일 지불한 응급실 비용 외에는 피해 배상을 해준 게 없고, 합의도 안 된 상황임을 고려하면 변호인에게는 나쁘지 않은 성적표였다. 예상보다 낮은 형을 받고 사건이 끝났는데 마음은 전혀 가벼워지지 않았다. 그의 아들이 전화로 결과를 문의하면 어떡하나, 고작 3년이라는 결과를 어떻게 받아들일까 하는 걱정 때문이었다.

끔찍한 성장기를 거친 그의 정신이 온전할 리 없었을 것이다. 그럼에도 그는 이 사건 직전에 잠시 병원에 입원했던 것 외에 제대로 치료받은 적이 없다. 그가 가족에게 직접적인 폭력을 행사했는지는 알 수 없지만, 설령 그러지 않았더라도 '남다른 성장 환경'의 부작용이 가족을 엄청나게 괴롭혔으리라는 것은 짐작하고도 남았다. 먼 도시에 있는 공장에서 일한다는 그의 아들은 금쪽같은 휴가를 내서 아버지를 병원에 입원시켰을 것이다. 입원시키려고 한 게 한

두 번이 아니었을 테다. 그 노력에도 불구하고 퇴원을 막기는 역부족이었던 걸까. 아들은 아버지가 퇴원하던 때부터 다시 불안의 나날을 보내고 있었는지도 모른다. 그러다 아버지가 체포됐다는 경찰의 연락을 받았을 때, 아버지를 입원시킨 날처럼 모처럼 안도의 한숨을 내쉬었을 수도 있다. 병원에서와 마찬가지로 감옥에서도 술을 못 마시니 감옥에 있는 동안 아버지의 안전을 걱정하지 않아도 될 것이다. 그래서 무기징역이라는 중형을 원한 거라면 감히 어떤 말도 얹기가 어렵다.

그의 아들을 생각하다 보니《힐빌리의 노래》가 떠올랐다. 힐빌리(미국의 쇠락한 공업 지대에 사는 가난하고 소외된 백인 하층민을 가리키는 말)로 태어나 예일대 로스쿨을 졸업하고 세속적 의미에서 성공을 거둔 저자는 약물 중독으로 정신병원 입·퇴원을 반복하는 엄마를 오래 외면했다. 과거를 회상하며 그는 이런 말을 했다.

약물중독 앞에서 번번이 무너지는 엄마를 볼 때면 너무나 미운 마음에 차라리 엄마가 치사량의 진통제를 복용해, 나와 누나를 이 지긋지긋한 삶에서 해방시켜주길 바라기도 했다.[4] (…) 나 같은 사람들이 부모와 연락을 끊는 건 그들을 사랑하지 않아서가 아니라 단지 살아남기 위해서다. 우리는 한순간도 우리 부모를 사랑하지 않은 적이 없으며, 우리가 사랑하는 그들이 변하리라는 희망의 끈을 놓은 적도 없다. 오히려 경험으로 터득한 지혜나 법적 조치 때문에 자기보호적 태도를 취하게 되는 것이다.[5]

피고인의 아들은 아버지에게 가진 복잡하고 미묘한 감정, 누구에게도 털어놓고 말할 수 없는 애증의 감정과 맞닿아 있었다. 아버지의 무기징역을 원했다고 해서 아무도 당신을 비난할 수 없다고, 당신이 살아남는 게 우선이라고, 마음의 여유가 생기면 그때 당신을 괴롭혀온 악령의 그림자와 화해해도 된다고 조심스럽게 말하고 싶었다. 아들은 끝내 연락이 없었다. 내가 그 아버지의 변호인이었기에 하지 못했고 할 수도 없었던 말은 끝내 내 마음속에 묻어야 했다.

아버지와 아들

———

어느 날 저녁, 갑자기 아버지가 일하는 현장에 찾아온 아들이 유치장에서 나오는 길이라면서 아버지를 붙잡고 눈물을 쏟아냈다. 자기는 그곳에 이틀만 있어도 죽을 것 같던데, 아버지는 어떻게 그 생활을 견뎠느냐고 말하면서.

새벽 4시 무렵 112로 신고가 접수됐다.

"패싸움이 난 거 같아요. 아, 우린 그냥 차 타고 지나가는 사람인데 신고하는 겁니다."

같은 장소에서 여러 사람의 신고가 이어졌다. 구급차가 필요해 보인다, 남자 여럿이 누군가를 패고 있다, 흉기는 없는 것 같다는 내용이었다. 순찰차가 여덟 대나 출동했다. 가해자들은 첫 순찰차가 도착하기 전에 줄행랑을 치고 없었다.

이 도시에서 쌍벽을 이루는 두 폭력 조직 말단 행동대원들끼리 붙은 싸움이었다. 눈을 마주쳤다는 이유로 누군가가 시비를 건 게 발단이 됐다. 5 대 2로 수가 열세인 쪽이 흠씬 두들겨 맞았다. 경찰이 주변 CCTV, 목격자들이 휴대폰으로 찍은 영상, 피해자들 진술을 종합해 가해자 다섯 명을 밝혀낸 건 사건이 발생한 지 한 달쯤 후였다.

경찰 수사가 시시각각으로 조여오고 있다는 걸 '선수들'이 모를 리 없었다. 가해자들은 피해자들에게 치료비를 다 물어주고 합의금도 충분히 줄 테니 상해진단서는 제출하지 말아달라고 요청했다. 피해자들도 폭력 조직에 몸담고 있다 보니 알 거 다 아는 처지인지라 가해자들의 제안을 받아들였다. 가해자들에게 구속영장이 청구됐을 때는 이미 합의서까지 제출돼 있었다. 구속영장 심사에선 다섯 명 중 집행유예 결격자인 두 명에 대해서만 영장이 발부됐다. 폭력 조직 구성원들끼리 싸움이었지만 아무도 각목이나 야구방망이 같은 위험한 물건을 들진 않았다는 점과 피해자들에게 충분한 피해 배상이 됐다는 점을 참작했던 것 같다. 스물네 살의 그에 대해서는 영장이 기각됐다.

겉으로 보이는 게 다가 아니다

수사 기록에 있는 조직 계보를 보니(조폭 사건에서는 꼭 조직 계보가 제출된다) 그는 말단 중에서도 말단이었다. 가해자들을 특정하느라 ××파 행사 사진이 동원됐는데, 그중 몇몇 사진에 등장한 그의 오른팔에 문신이 있었고 전형적인 소위 '깍두기' 외모였다. 그런데 범죄경력조회를 보니 의외로 전과는 물론 소년보호사건도 전혀 없었다.

마음이 가벼웠다. 청소년기는 말썽 없이 보내고 뒤늦게 나쁜 물이 든 경우인 것 같았다. 피해자와 합의도 했고, 형사 재판을 받는 것도 처음이니 실형이 나올 위험은 없었다. 징역형의 집행유예 기간이 좀 길게 나올 수는 있겠지만 본인도 실형만 안 나오면 만족할 일이다. 자백 사건인 데다 합의까지 했으니 국선변호인에겐 말하자면 '거저먹는' 건이다.

재판 날짜를 보니 주말을 껴서 고작 나흘이 남아 있었다. 보통 재판 전 한 달, 늦어도 일주일 전에는 사건 기록을 받아야 상담을 여유롭게 할 수 있는데, 어쩌다 국선변호인 선정이 늦게 된 사건이라 직원도 급하게 기록을 복사해왔다. 공소장에 적힌 그의 주소를 보니 사무실이 있는 곳과 거리가 꽤 있는 다른 도시다. 사안도 간단하고, 변론기일이 바로 코앞인 데다, 그의 집도 우리 사무실과 먼 것 같아 방문보다는 전화 상담이 서로에게 편할 것 같았다. 그런데 전화를 받은 당사자가 말을 더듬거리며 본인의 아버지가 변호사님을 뵙고 싶어 하니 지금이라도 아버지와 함께 찾아오겠다고 했다. 내가 보기엔 별 거 아닌 사건인데 상대방이 하도 절절하게 말해 나는 조금 무안해하며 서둘러 그날 오후로 상담을 잡았다.

아버지와 아들이 나란히 상담실에 들어왔다. 부자가 같이 목수 일을 하는데 급히 사장님께 양해를 구하고 버스로 두 시간 거리를 한달음에 왔다고 했다. 아들은 사진에서 본 대로 덩치가 좋았다. 턱 아래에 칼자국 같은 긴 상처가 선명했다. 반팔 티에 검은 쿨토시를 꼈는데, 토시 밖으로 삐져나온 팔뚝에 요란한 문양의 문신이 슬쩍 보였다. 아버지는 검게 그을린 얼굴에 깡마른 몸집, 선량한 인상으로 아들과 극적으로 대비됐다. 둘 다 긴장한 표정이었다. 나는 그 분위기를 조금 풀어볼 요량으로 아버지에게 웃으며 말을 건넸다.

"아들이 말썽 피워 속 많이 상하셨죠. 재판까지 받는다니까 걱정 돼서 같이 오신 거예요?"

그랬더니 아버지가 금세 눈물을 글썽이며 주섬주섬 가방에서 서류를 꺼내 내 쪽으로 내밀었다. 사고 친 아들 뒤치다꺼리하러 어머니가 아닌 아버지가 오는 것도 흔한 일은 아닌데, 상담 초반부터 50대 남자가 눈물을 보이는 건 더욱더 흔한 일이 아니다.

"저 때문에 얘가 이렇게 돼서…. 너무 죄송합니다."

서류를 보니 어느 구치소장의 출소증명원이다. 징역 1년6월을 복역하고 가석방돼 출소한 지 1년쯤 지나 있었다.

아버지는 제조업 중소기업 사장이었다. 수십 년을 잘 운영해왔는데 어느 순간 빚더미에 올라앉게 됐다. 때마침 정부가 지원하는 저금리의 기업 자금이 있다고 해서 눈이 번쩍 뜨였다. 그 대출금만 있으면 자금경색을 해결하고 재기할 수 있을 것 같았다. 자격요건이 까다로워 이것저것 다 해봤는데 한두 가지 요건을 결국 맞출 수 없었다. 급한 마음에 요건을 모두 갖춘 것처럼 서류를 꾸며 몇억 원의 정책 자금을 대출받았다. 일은 생각대로 풀리지 않았고, 아버지는 결국 그 돈을 갚지 못했다. 은행에서 상환 독촉을 받던 중 가짜 서류로 대출받은 일이 들통나버렸다.

"제가 돈 못 갚고 한참을 도망 다녔습니다. 그때 아내가 너무 힘들어서 할 수 없이 이혼도 했어요. 제가 1남 1녀를 뒀는데 딸애는 출가한 상태라 애만 데리고 공사장에 숨어 살았습니다. 공사장에서 목수 일을 저와 같이 배웠어요. 그동안 그럭저럭 살면서 별 고생 없이 컸는데 공사장이 얼마나 힘들었겠어요. 그래도 저 따라 열심히 일했거든요."

공사장 인근 허름한 여관을 전전해도 아들은 별 불평이 없었지만 언제까지 도망만 다닐 수 없었다. 한 1년을 도망 다니다 아버지는 경찰에 자수하고 구속됐다. 은행을 속여 대출받았다는 사기죄로 징역 2년을 선고받았다. 교정기관에서 모범수로 생활했는지 형기 종료를 6개월 정도 남기고 가석방으로 나온 것이다.

"제가 징역 살면서 애를 못 챙겨줬어요. 이혼하고 아내는 먹고살기 위해 시장에서 난생처음 노점 장사를 했는데 그때 건강이 너무 안 좋아졌어요. 먹고사는 것도 힘든데 몸까지 아프니까 엄마도 애를 못 챙겼고요. 징역에서 나와보니 이번 사건 주범인 애랑 어울리면서 무슨 조직에 있더라고요. 개가 우리 아들이랑 고등학교 운동부 동기라 제가 잘 알아요. 그 조직에서 아들내미 빼 오려고 무지 애를 썼어요. 처음에는 말을 좀 듣더라고요. 타일러서 다시 목수 일을 같이했는데, 어느 날부터 일도 안 하려고 하고, 집에도 안 들어오고, 예전과는 다르게 말을 잘 안 듣더라고요."

공동피고인 중 한 명인 '개'는 다른 폭력 사건으로 받은 집행유예 기간에 이 사건이 터져 구속돼 있었다. 아들은 묵묵히 고개를 숙인 채 아무 말이 없었다. 이 사건으로 아들은 경찰서 유치장에 이틀 있었다. 아버지는 아들이 싸운 것도, 유치장에 갔던 것도 몰랐다. 어느 날 저녁, 갑자기 아버지가 일하는 현장에 찾아온 아들이 유치장에서 나오는 길이라면서 아버지를 붙잡고 눈물을 쏟아냈다. 자기는 그곳에 이틀만 있어도 죽을 것 같던데, 아버지는 어떻게 그 생활을 견뎠느냐고 말하면서.

아버지가 다시 눈물을 훔쳤다. 아들이 체포돼 구속영장실질심사를 받던 때의 이야기인 것 같았다. 사무실 분위기가 한층 더 가라앉았다. 분위기를 바꿔보려고 내가 일부러 어색한 미소를 띠며 아들에게 물었다.

"그런 데 처음 가봤죠? 유치장에서 뭐가 그렇게 힘들던가요?"

아들은 아버지만큼 말을 잘하지 못했다.

"그냥, 갇혀 있으니까… 아버지가 얼마나 걱정할까, 여자친구가 얼마나 걱정할까…. 답답해 죽겠는데 제가 할 수 있는 게 없으니까."

폭력 조직 행동대원이 된 경위를 묻자 몇 달은 활동한 게 맞지만 지금은 탈퇴했다며 더 이상 그들과 어울리지 않는다고 했다. 구속 심사를 할 때 당시 국선변호인이 '확실히 탈퇴한 게 맞다'고 변론해 준 덕에 구속되지 않고 나올 수 있었단다. 아버지도 아들이 유치장에 다녀온 후로 달라졌다고 거들었다.

"변호사님, 제가 출소한 지 이제 한 1년쯤 됐습니다. 지금 월세방에 얘 데리고 살고 있고, 애 엄마는 기초생활수급자로 등록돼 있어서 그나마 의료비를 지원받아 혼자 살고 있어요. 올해 말까지는 허름한 집이라도 방 두 개짜리 전세를 얻으려고 지금 돈을 모으고 있습니다. 아들 내외 결혼하면 방 한 칸을 주고 그렇게 네 식구가 모여 살아봤으면 합니다."

아들의 여자친구는 치킨집에서 아르바이트를 한다고 했다. 어떻게 만났느냐고 물었더니 수줍은 듯 씩 웃고는 말이 없었다. 아버지는 여자애가 참 참하다고, 전셋집 얻어서 같이 살자고 했더니 좋다고 했다며 은근히 예비 며느리 자랑을 했다.

아버지는 자기가 없는 사이에 아들이 나쁜 친구들과 어울리면서 좀 빗나갔지만 지금은 공사판에서 다시 열심히 일을 배우고 있다면서 잘 부탁한다고 몇 번이나 고개를 숙였다. 재판 과정 등에 대해 설명하고 상담을 마무리하면서 더 궁금한 게 있느냐는 나의 말에 아들은 같이 싸운 애들이 다 같이 재판을 받느냐고 물었다.

"그럼요. 이게 한 사건이에요. 다섯 명이 한자리에서 재판받고 선고도 한꺼번에 하죠."

아들은 뭔가 걱정스러운 눈빛이었다. 나는 법정에서 보자며 그들을 보내고 빠르게 변론서면을 썼다.

아버지의 마음, 아들의 마음

다음 날 아침 일찍부터 아들의 전화가 여러 번 왔다고 직원이 전했다. 다시 전화를 걸었더니 거리가 먼 데도 불구하고 꼭 만나서 할 이야기가 있다고 했다. 이번엔 아들 혼자서 왔다.

그가 어제는 아버지가 옆에 계셔서 말 못 했다며 입을 뗐다. 폭력조직에서 발을 뺐다는 게 거짓말인가, 아니면 아직 기소되지 않은 사건이 또 있나, 별의별 생각이 다 들었다.

"뭐, 아버지한테 숨긴 거 있어요?"

"그건 아니고요…. 같이 재판받는 개, 있잖아요. 아버지는 제가 걔 때문에 잘못됐다고 하셨는데 법정에서 그 말씀은 안 하시면 안 되나요?"

"둘 사이에 무슨 일 있어요?"

"그건 아니고요…. 그냥 제가 잘못한 거니까. 걔 탓이라고 할 수 없고. 걔에 대해 나쁜 말 하면 걔도 저를 나쁘게 말할 것 같고."

"해코지당할까 봐 무서워서 그래요?"

"아, 아닙니다! 그런 건 아닙니다. 그냥 제가 잘못한 거니까 굳이 그 말을 할 필요가 없을 것 같아서…."

전날 아들이 걱정스러운 눈빛으로 다 같이 재판을 받는지 물어보던 게 떠올랐다. 피식 웃음이 났다. 같이 재판받는 공동피고인들이 서로에게 책임을 미루며 비난하는 게 드문 일은 아니지만, 이 사건은 자백하고 피해자들과 합의까지 한 사건이니 이에 대한 변론을 할 필요가 없었다. 아버지는 착한 아들이 친 엄청난 사고에 대해 합리화가 필요했을 것이다. 자신의 징역살이 탓이고, '착한' 아들이 '친구를 잘못 만나' 잠시 일탈했을 뿐이라고 믿고 싶은 건데 아들은 그게 아니라 그저 자기가 잘못한 거라고, 그 말을 바로잡고 싶단다. 큰 덩치, 화려한 문신, 턱 밑에 선명한 칼자국을 가진 20대 남자가 보기보다 순진했다.

"진짜 그 얘기 하려고 온 거예요? 다른 할 말은 없어요?"

"네…."

"같이 재판받는 다른 피고인 욕을 내가 왜 하겠어요? 본인이 잘 못을 반성하는 거랑 이 일 이후로 열심히 살고 있다는 것만 이야기 할 거니까 그런 걱정할 필요 없어요."

아들은 고맙다며 몇 번이나 꾸벅 인사를 하고 갔다.

제1회 변론기일, 다섯 명이 모두 범죄사실을 인정하고 반성한다고 해서 변론을 마치기로 했다. 다섯 명에게 각각 다른 국선변호인이 선정됐는데, 다들 열심히 몇 분씩 구두 변론을 했다. 나는 "오늘 제출한 서면 원용합니다"라고 한마디만 했다. 아버지의 감옥살이를 다른 공동피고인들에게 알릴 이유도 없었고, 아들의 불필요한 걱정을 잠재우려면 구두 변론을 안 하는 게 더 좋을 것 같아서였다.

사무실에서 오후 재판을 준비하는데 또 전화가 왔다. 검사가 구형을 많이 해서 겁먹었나 생각하며 전화를 받았다.

"오늘 감사하다고 전화 드렸습니다. 변호사님이 다른 사건을 이어서 하고 계셔서 법정에서는 인사 못 드리고 와서요. 아버지도 꼭 인사를 드리라고 하십니다."

아들은 그새 말솜씨가 꽤 는 것 같았다.

사무실에서 집으로 향하는 길에 아파트 공사 현장이 있다. 길 건너에 함바집이 있어서 식사 시간이 되면 인부들이 떼 지어 그 앞 횡단보도를 건넌다. 종종 차를 몰고 퇴근할 때 빨간불 신호에 걸려 횡단보도 앞에 서 있곤 한다. 신호가 바뀌길 기다리는 동안 나는 차 안에서 그들을 본다. 다들 땀에 흠뻑 젖어 늘 지친 표정이다. 얼굴이 좀 까무잡잡한 외국인 인부들도 꽤 있다. 어느 날 횡단보도 풍경을 보다가 목수 아버지와 아들을 고용한 사장님이 재판부에 제출해 달라고 보낸 탄원서가 생각났다. 요즘 젊은 사람들은 이런 힘든 일을 하지 않으려고 해서 공사 현장에 중국, 우즈베키스탄, 파키스탄 등에서 온 외국인들이 대부분인데 그는 참 열심히 일한다며, 좀 잘못한 게 있더라도 선처를 부탁한다던 내용이었다. 문득 그 부자가 일하는 곳도 이런 현장과 비슷한 곳이 아닐지, 아들은 유치장에서 나오던 날의 마음가짐 그대로 성실하게 일하고 있을지, 아버지는 네 가족이 살 조그만 집 하나 마련할 만큼 돈을 모았을지 궁금해졌다. 생각이 꼬리를 무는 중에 뒤차가 경적을 울렸다. 진작 바뀐 신호를 확인하고는 브레이크 페달에서 발을 뗐다. 백미러 너머 인부들 모습이 점점 작아지다 사라졌다.

사람의 일에서 생과 사는

———————————————————

떼려야 뗄 수 없다.

———————————————————

생사의 문제와는 별 관련이

———————————————————

없을 것 같은 형사 재판에서도

———————————————————

소송 관계자들이 한마음으로

———————————————————

한 생명을 서류상 존재하게 하는 일과

———————————————————

또 다른 한 생명을 무사히 이 세상

———————————————————

너머로 보내는 일을 한 걸 보니

———————————————————

재판도 사람의 일임을 새삼 알겠다.

2

.

그날 이후
삶이 바뀌었다

낙숫물이 바위를 뚫은 기적

아직 현실을 잘 모르는 20대 초반 청년이 하는 말이라 여기면
특별할 것도 없는 상황에 나는 말문이 막혔다. 삶의 효율에 관해 물었는데
삶의 자세에 대해 답한 우문현답이어서였을까.

2018 러시아 월드컵에서 FIFA 랭킹 57위인 대한민국이 랭킹 1위 독
일을 2 대 0으로 이긴 '카잔의 기적'이 일어난 건 한국 기준으로 새
벽이었다. '축알못'(축구를 잘 알지 못하는)인 나는 그 전날 밤 질 게 뻔
한 축구를 볼 의지가 전혀 없어 일찍 잠들었다. 옆집 사람들의 함성
소리가 작았는지 아니면 내가 너무 곤히 잠들었는지 새벽에 깨지도
않았다. 아침에 습관대로 스마트폰 뉴스를 보는데 언뜻 '2 대 0'이
라는 숫자가 보이기에 독일이 두 골을 넣은 줄 알았다. 속으로 '그
래도 5 대 0은 아니네' 하며 기사를 읽다가 탄복했다. 이게 웬일! 다
들 계란으로 바위치기라고 했는데, 깨진 것은 계란이 아니라 바위
였다. 기적이라고밖에 말할 수 없었다.

양심이란 무엇인가

승리의 흥분이 아직 가라앉지 않았던 그날 오후, 헌법재판소는 대체복무 제도 없는 병역법 조항에 대해 헌법불합치를 선언했다. 양심적·종교적 병역거부에 대한 헌법재판소의 세 번째 판단을 앞두고 이번에는 변화가 있지 않겠느냐는 추측이야 있었지만, 막상 실제로 헌법불합치 결정이 나니 머리를 맞은 듯 그제야 한동안 잊고 있던 그가 생각났다. 얼른 '나의 사건검색' 사이트에 들어가 몇 년 전 1심 국선변호를 맡았던 그의 사건번호를 입력했다. 대법원 선고까지 나서 판결이 확정됐다면 그는 이미 수감돼 있을 터였다.

기소된 그해 그는 스물한 살이었고 그를 포함한 가족 모두가 여호와의 증인이었다. 달랑 한 줄의 이 정보만으로도 그가 왜 형사 법정에 섰는지 알 수 있었다. 죄명은 분명 병역법 위반일 것이다. 재판에서 무엇을 주장할지 또한 그의 말을 듣지 않아도, 그가 써낸 탄원서를 읽지 않아도 다 알 수 있다. 하나님의 가르침에 따라 총을 들 수 없다는 것이지 병역을 기피하는 게 결코 아니라는 주장일 테다. 판결 결과도 정확하게 맞혔다. 징역 1년6월의 실형. 소집통지를 받고도 소집에 응하지 않는 병역법 위반 사건의 법정형은 3년 이하의 징역인데, 형사 재판에서 징역 1년6월 이상의 형이 확정되면 병역의무를 면제받기 때문에(중한 처벌을 받은 범죄자들이 군대에 가면 문제를 일으키기 쉽고, 사병들에게 나쁜 영향을 줄 수도 있다고 봐 그런 제도를 만들었을 것이다) 종교적·양심적 신념을 이유로 한 병역거부자에 대해서는 병역의무 면제 하한인 징역 1년6월이 기계적으로 선고된다.

국선변호인에게 이렇게 쉬운 사건이 없다. 기록은 거의 안 봐도 되고, 변론은 눈 감고도 할 수 있었다.

"종교적·양심적 신념을 이유로 한 병역거부는 병역법 제88조 제1항의 '정당한 사유'에 해당하므로 무죄입니다."

더구나 이런 사건의 피고인은 예의 바르고 진지하며, 변호를 진심으로 감사하게 여긴다. 비록 당시 실정법으로는 엄연히 범죄자였지만 형사 법정에서 그들은 다른 피고인들과 확연히 구분되는 품격이 있었다.

나는 편한 마음으로 상담 시간을 정하고 그를 만났다. 훤칠하고 인상 좋은 청년이었다. 정보고등학교를 나와 무선설비기능사라는 국가자격증을 땄고, 지금은 아르바이트하며 취업을 준비 중이라고 했다. 그는 가방에서 단정하게 정리한 자료 묶음을 꺼냈다. 자료 하나하나에 대해 그가 찬찬히 설명했다.

"이건 유엔 '시민적 및 정치적 권리에 관한 국제규약'이에요. 양심적 이유에 따른 병역거부를 인정하지 않고 이를 처벌하는 걸 유엔에서 크게 비난하고 있어요. 국제규약에 따르면 그 권리를 인정해줘야 하거든요. 이건 유엔의 권고입니다. 이 자료는 지금까지 나온 하급심 무죄 판결이고요. 이외에도 저희 회중 인터넷 사이트에 들어가면 자료들이 굉장히 많아요."

내가 요청하지 않은 자료를 피고인이 잔뜩 들고 오면 뒷골이 당기는 경우가 많지만(대개 사건 해결에 전혀 도움이 되지 않는 자료를 가지고 오기에) 이 사건에서는 마음이 전혀 무겁지 않았다. 서류를 제출하거나 제출하지 않거나, 서류에 대해 자세히 설명하는 서면을 쓰거나 그렇지 않거나, 어떤 방법으로 변론하더라도 '전국 법원 공통의 결론'을 바꿀 수 있는 사건은 아니었기 때문이다. 그는 무죄 주장 외에 위헌법률심판제청신청을 해주면 좋겠다고 했다. 보통의 경우에는 제청신청서를 작성하는 것이 만만치 않은 일이지만, 이 사건에서는 그것마저도 식은 죽 먹기로 해낼 방법이 있었다. 그동안 헌법재판소에서 나온 양심적 병역거부에 대한 두 번의 합헌 판례에서 반대 의견만을 복사해 편집하면 별 노력을 들이지 않고도 그럴듯한 서면을 써내는 게 가능했다. 그가 요구하는 걸 다 해줘도 기록 검토나 서면 작성에 시간이 들 사건은 아니었다. 너무 여유로웠던 나머지 그 몹쓸 오지랖이 또 발동했다. 그보다 20년 넘게 더 산 인생 선배에다, 형사 재판에서 그를 도와주는 변호인이라는 상황적 권위까지 더해져 어깨에 힘이 잔뜩 들어갔다.

"이 자료들은 제가 잘 읽어볼게요. 그런데 아무리 주장해도 무죄 안 나와요. 위헌법률심판제청신청도 당연히 기각되고요. 물론 아주 가끔 무죄가 나오기도 하죠. 그런데 이 재판부는 무죄 안 줍니다. 그럴 리도 없겠지만 설령 1심에서 무죄 받았다고 해봐요. 항소심에서 깨져요. 설령 1심 무죄, 항소심 무죄, 이런 엄청난 일이 일어난다 해도 대법원 올라가면 결국 다 깨지잖아요. 어차피 1년6월 징역 살아야 하는데 하루라도 젊을 때 감옥 갔다 오는 게 낫지 않나요? 이제 스물한 살이니까 아직 젊잖아요. 피할 수 없는 일을 얼른 해결하

- 74 -

는 게 인생 설계에 더 효율적이지 않을까요?"

나의 조언에 그가 어떤 답을 할지 한 번이라도 생각해봤다면 이런 쓸데없는 말을 하지 않았을 것이다. 그가 내 말을 공손히 다 듣고 진지한 얼굴로 말했다.

"저는 아홉 살 때 같은 회중 형 재판을 보러 법정에 처음 와봤습니다. 재판을 받고 징역 가는 걸 많이 봤습니다. 제 친형도 병역법 위반으로 감옥 갔다가 얼마 전에 출소했고요. 결국 징역을 가더라도 형들은 대답 없는 강물에 계속 돌을 던졌어요. 파문을 지속해서 일으키는 거죠. 물론 큰 맥락에서 변한 건 없어요. 하지만 극소수라 해도 하급심 무죄도 나고, 위헌법률심판제청도 되잖아요. 그러다 보면 언젠가는 바뀌겠죠. 낙숫물이 결국 바위를 뚫지 않습니까. 제게 결과가 중요한 건 아닙니다. 지금까지 형들이 그래왔던 것처럼 저도 제 몫을 하고 싶습니다."

반듯한 신앙인으로 살아와서 아직 현실을 잘 모르는 20대 초반 청년이 하는 말이라 여기면 특별할 것도 없는 상황에 나는 뜻밖에도 말문이 막혔다. 삶의 효율에 관해 물었는데 삶의 자세에 대해 답한 우문현답이어서였을까. 효율 따위를 생각했다면 처음부터 전과자가 되는 길을 자발적으로 선택하지도 않았을 테다. 법학전문대학원에 다니면서 외웠던 '양심'의 정의가 퍼뜩 머리를 스쳤다.

어떤 일의 옳고 그름을 판단함에 있어서
그렇게 행동하지 아니하고는 자신의 인격적인 존재가치가

허물어지고 말 것이라는 강력하고 진지한 마음의 소리.

이 문구를 외울 때도 그랬고, 지금 다시 읊어봐도 참 멋진 말이다. 그런데 그런 소리를 들어본 적이 있던가. 일상적으로 말하는 양심에 찔려서 뭔가를 하지 않거나 혹은 뭔가를 했던 경험은 있지만 헌법재판소에서 정의한 양심이라는 것, 그렇게 강력하고 진지한 마음의 소리라는 것이 무엇을 말하는지 구체적으로 경험한 적은 없었던 것 같다. 아무리 생각해봐도 없는 게 확실하다. 효율에 가치를 두고 살아와서 '그렇게 하지 않으면 자신의 인격적인 존재가치가 허물어지고 말 것 같은' 상황을 경험해본 적이 없었을지도 모른다. 내가 헌법재판소의 양심에 대한 정의를 멋지다고 생각한 건 아직 한 번도 부딪혀보지 못한 추상적 개념이기 때문이었을 수도 있다. 저 정의대로 양심을 지켜내는 사람에겐 그저 멋있는 말이 아니라 믿음에 따른 삶을 온전히 살아내야 하는 책임감을 느끼게 하는 말일 수도 있었다.

그런 소리를 전혀 경험해본 적 없는 내가 자기 마음의 소리에 반하는 행동을 할 수 없어 형사 재판에까지 서게 된 이 젊은이에게 도대체 무슨 말을 한 건가 싶었다. 그가 믿는 종교 교리에 동의하거나 그의 신념에 전혀 공감하지 않더라도 그가 가진 헌법상 양심을 지킬 수 있도록 적극적으로 도와줘야 할 변호인이 취한 태도는 한심하기 짝이 없었다. 조금 전까지 어깨에 잔뜩 힘을 준 채 조언이랍시고 내뱉은 헛소리를 주워 담고 싶을 만큼 부끄러워졌다.

당황스러운 상황을 빨리 수습하고자 전해주신 자료 참고해서 변론을 잘 준비하겠다며 급히 말을 맺었다.

"변호사님, 정말 감사합니다. 이렇게 저를 잘 이해해주실 줄 몰랐는데 정말 고맙습니다."

이 젊은이는 자신이 나를 부끄럽게 했다는 걸 몰랐다.

주말에 그가 주고 간 자료를 찬찬히 읽었다. 그가 알려준 사이트도 기웃거려보고, 집 근처 공공도서관에서 국회 자료실에 접속해 관련 논문도 내려받아 보고, 도서관에서 책도 몇 권 빌려 읽었다. 그전까지 내가 양심적 병역거부에 대해 알고 있는 건 상식적인 수준이었고, 법률가로서는 물론 이 사회의 시민으로서도 이 문제를 심각하게 고민해보지 않았다. 그런데 관련 문헌과 자료를 읽다 보니 신념을 이유로 병역을 거부해 스러져간 낙숫물의 역사가 생각보다 흥미로웠다.

여호와의 증인이 병역거부로 처벌받기 시작한 건 1939년 일제강점기부터였다. 병역거부로 징역을 살고 나면 또 입영 통보를 하고 이를 거부하면 또 처벌하기를 반복해 7년10월 징역을 산 경우6도 있었다. 2001년《한겨레21》의 기획 보도를 계기로 종교적 이유의 병역거부가 인권 문제로 공론화되기 시작했다. 2002년 법원에서 직권으로 병역법 조항에 대해 처음 위헌법률심판제청을 했다. 2004년 처음으로 무죄 판결이 선고됐다. 일부 판사들이 상급심에서 깨질 줄 알면서도 무죄 판결을 선고하는 경우가 이따금 이어졌고, 헌법재판소의 입법권고에 따라 국방부에서 대체복무 허용 방안을 추진한 적도 있지만 큰 변화는 없었다. 고작해야 군 면제가 되는 최하한 처벌인 징역 1년6월을 선고하면서 피고인들을 법정구속하지 않는 정도였다(불구속으로 재판받던 피고인이 1심에서 실형을 선고받으면 선고 때 구속하는 게 통례지만 이런 사건에서는 도주의 우려가 전혀 없으니 구속하지 않았다). 그래서 아버지와 형, 동생에 이르기까지 대를 이어 감옥에 갔다. 4주만 군사훈련을 받으면 남들보다 훨씬 편하게 군 복무를 마칠 수 있는 카이스트 박사 출신 병역특례자 정성옥 씨도, 사법연수원을 수료하고 공익법무관으로 소집통지 받은 백종건 변호사도 똑같이 전과자가 되는 길을 택했다.

쉽고 편하게만 생각했던 사건이 어느새 무겁고 어렵게 느껴졌다. 며칠을 꼬박 들여 서면을 썼다. 치열하게 무죄를 다투는 사건인 양 두툼한 변론서를 냈고, 위헌법률심판제청신청도 했다. 예상대로 위헌법률심판제청신청은 기각됐고, 그는 징역 1년6월을 선고받았다. 어차피 받아들여지지 않는다는 전제에서 쓴 서면이라 아무런 미련도 아쉬움도 없었다.

삶의 효율과 자세

그게 2년 반 전이었다. '나의 사건검색'을 확인하니 그는 항소심에서 항소기각 판결을 받고 상고해 사건이 대법원에 계류 중이었다. 아직 감옥에 가지 않았다! 나는 오래전 사건 파일을 뒤져 그의 연락처를 확인하고 전화했다. 그는 뜻밖의 전화에 당황했다.

"아, 변호사님. 그때 참 감사했는데 찾아뵙지도 못하고…."

"아닙니다. 어제 헌재 선고 듣고 감옥 가셨나 싶어서 사건 검색을 해보니 아직 대법원에 사건이 있어서 다행이라고 생각하고 전화했습니다. 감옥에서 복역하고 있을 줄 알았거든요. 하하."

"저도 정말 너무 기뻐서…. 축하 전화도 여러 통 받았는데, 진짜 이런 날이 올 줄 몰랐어요."

"낙숫물이 언젠가는 바위 뚫는다고 그러셨잖아요."

"아, 제가 그런 말을 했었죠? 언젠가는 그렇게 되리라 생각했지만 저한테 이런 날이 올 줄 그때는 몰랐어요."

《감옥의 몽상》이라는 책을 읽으면서 재밌는 사실을 알게 됐다(저자는 여호와의 증인이 아닌 양심적 병역거부자로 징역 1년6월을 선고받고 지금은 서울남부교도소가 된 구 영등포교도소에서 복역했다). 병역법 위반 여호와의 증인은 국선변호인에게만 비교 불가 최상급 자질의 인물이 아니라는 것을 말이다. 교도관들에게도 마찬가지였다. 일반 수형자들과 비교할 수 없을 정도로 균일하게 정직하고 성실하며 교육 수준도 높은 집단을 형성하는 그들은 대대로 교도관의 일을 돕는 '소지(일제식민지 형무소 시절 일본어 '청소'에서 기원한 말인데, 한국 감옥에서 교도관을 위해 일하는 잡역부라는 의미로 쓰인다고 한다)' 역할을 하며 교정 행정에 없어서는 안 될 한 축을 맡아왔다고 한다. 일손이 부족하면 교도관들이 "너네 형제 언제 또 들어오냐"라고 할 정도란다.[7] 최근 국방부가 양심적 병역거부자를 위한 대체복무제를 마련하면서 '교도소 합숙 생활'로 복무지를 한정한 것은 현실적 필요 때문이기도 했으리라.

헌법재판소에서 대체복무 제도 없는 병역법 조항에 대해 헌법불합치를 결정한 지 약 두 달 후 대법원은 그동안 굳건하게 유지해온 판례를 변경해 진정한 양심에 따른 병역거부는 병역법 제88조 제1항의 '정당한 사유'에 해당한다고 판결했다. 그의 사건도 대법원에서 파기 환송돼 항소심으로 다시 보내졌다. 이 글을 쓰며 대법원 사이트에서 그가 최종적으로 무죄 받은 걸 확인했다. 병역법 위반으로 기소된 지 거의 5년 만이었다.

여전히 삶의 효율을 생각하는 내게 그의 사건은 기적이었다. 표면적으로는 한때 범죄자였지만 범죄자 꼬리표가 사라지는 기적이었고, 안을 들여다보면 허망하게 흘러가는 듯 보였던 수많은 낙숫물이 기어코 바위를 뚫어버린 기적이었다. 낙숫물이 바위를 뚫는 건 시간이 걸리긴 해도 예견할 수 있는 기적인 데 반해 바위를 친 계란이 깨지지 않은 건 아무도 예견하지 못한 일이었다. 러시아 카잔에서 우리나라 축구 대표팀은 공 점유율(70% 대 30%), 전체 슈팅 수(26개 대 11개), 패스(719 대 237) 등 대부분의 기록에서 독일에 뒤졌지만, 단 하나 선수들이 뛴 거리(118km 대 115km)가 독일보다 앞섰다. 카잔의 기적을 일으킨 원동력은 효율적인 전략이 아니라 죽도록 뛰었던 저 자세가 아니었을까. 어리석을 정도로 진지한 자세가 만들어낸 기적이라는 점에서 카잔의 기적과 그의 기적은 본질적으로 닮아 있었다.

이러려고 대한민국에 왔나

————

공황장애라고 했다. 북한에서 한 번도 들어본 적 없는 단어였다.
가슴이 답답한데 숨이 쉬어지지 않으니 이러다 죽겠구나 싶어 119를 불렀다.
병원 응급실에서 증상을 확인하더니 정신과 환자를 치료할 수 있는
시스템이 없다며 접수를 거절했다.

서른 살 그의 고향은 함경북도 온성이었다. 어디쯤인지 감이 오지 않았다. 얼핏 떠올려봐도 북한 지도는 고등학교 졸업 후 제대로 눈여겨본 적이 없었다. 수사 기록을 잠시 덮어두고 스마트폰에서 국내 포털 지도 앱을 켜 온성을 입력했다.

검색 결과가 없습니다.

내가 모르는 길도, 구석에 숨겨진 작은 식당도 그렇게 잘 찾아주더니 북쪽 어딘가에 분명히 존재하는 그 땅이 지도 앱에서는 존재하지 않는 것과 같았다.

미국 회사가 만든 지도 앱에 같은 지명을 입력했다.

조선민주주의인민공화국 함경북도 온성군

국가명이 새삼 낯설었다. 손가락으로 화면을 움직여 한반도가 다 나오게 해봤다. 호랑이가 포효하는 한반도 지도에서 호랑이의 오른쪽 발톱쯤 되는 위치, 한반도의 거의 북쪽 끝이었다. 그의 고향에서 그가 갇혀 있는 구치소까지 거리가 궁금해져서 '길 찾기' 메뉴를 눌렀다.

경로를 찾을 수 없습니다.

어떤 지도 앱도 경로를 찾을 수 없고 안내하지 못하는 그곳에서 온 그는 현주건조물방화미수에 살인미수의 상상적 경합(하나의 행위가 두 개의 죄에 해당한다는 뜻)으로 구속기소돼 있었다. 친구와 같이 살던 기숙사 방에 불을 질러 건물을 불태우고 그 친구를 죽이려고 했으나 친구가 불을 재빨리 끄는 바람에 그 뜻을 이루지 못했다는 혐의였다. 피해자인 친구도 탈북민이었다. 친구의 고향은 함경북도 무산으로 온성에서 150km 정도 남쪽에 있는 곳이었다.

가깝고도 낯선 그곳

구치소 접견실에서 만난 그는 비쩍 마른 몸에 생기가 없어 보였다. 나는 그의 마음을 달래주기 위해 수사를 받으며 부당한 대우를 받거나 억울한 일은 없었는지 물었다.

"그런 건 없는데요. 제가 친구를 죽이려고 한 건 아니에요. 걔도 그건 잘 알 거예요. 우리가 그런 사이는 아닌데 자꾸 죽이려고 했다고 하니 그게 좀…."

억울하다는 사람들은 대부분 펄쩍 뛸 듯이 강한 어조로 말하는데 그는 자신 없는 말투에다 기어들어 가는 목소리였다. 공소장에는 그가 신세를 비관하고 친구에 대한 불만으로 살해할 마음을 먹었다고 돼 있었다. 이른바 범행의 동기다. 그의 무기력한 표정을 보니 신세 비관은 아니라고 하기 어렵겠다 싶었다.

온성이라는 이름을 꺼내며 위치가 러시아 바로 아래라서 겨울에 몹시 추웠겠다고 화제를 돌렸다. 고향 얘기가 나오자 그의 눈동자에 초점이 조금 선명해지는 것 같았다.

그는 열네 살 때 언 두만강을 건너 북한 탈출을 시도했다(나중에 다시 확인해보니 두만강이 바로 코앞이었고, 두만강만 건너면 중국 연변이었다). 동네 형이 그 방법으로 탈출하는 걸 보고 기회를 늘 노리고 있었단다. 그곳에서는 배가 너무 고팠기 때문에 먹고살려면 그 길밖에 없었다고 했다.[8] 두만강은 무사히 건넜지만 국경 지역에서 두 번이나 중국 공안에 잡혀 북송됐다. 이후 살벌한 감시의 눈을 견뎌야 했다. 세 번째 시도에서야 무사히 중국으로 숨어들었고, 5년간 선교사들의 보호를 받으며 살았다. 베트남, 캄보디아를 거쳐 한국에 왔을 때 그는 열아홉 살이었다. 북한에 그의 어머니와 동생들이 남겨져 있었고, 한국에서는 완벽하게 혼자였다. 정부에서 주는 정착금으로 브로커를 고용해 가족을 다 데리고 오려고 했는데 일이 잘못돼 가족은 여전히 북에 있다고 했다. 정착금을 브로커 비용으로 날린 뒤, 그는 교회의 도움을 받아 중고등학교 과정을 마쳤고 선교사와 여러 단체의 지원으로 그럭저럭 살아왔다.

중학교 2학년인 내 조카는 스마트폰 이용 시간을 30분 더 얻으려고 매일같이 부모와 싸우는데, 그는 그 나이에 먹고살기 위해 언두만강을 건넜다. 한국에서 열여덟, 열아홉 살이면 입시 공부에 치이며 '원하는 대학에 갈 수 있을까'와 같은 고민을 하는 나이인데, 그는 6개월 넘게 걷고 걸어 베트남에서 캄보디아 국경을 넘었다. 무슨 극적인 다큐멘터리나 드라마에 나올 법한 일을 겪은 사람과 마주 앉아 대화하고 있다는 게 비현실적으로까지 느껴졌다. 하지만 탈북민 사이에서 그런 정도의 이야기는 누구나 겪었을 법한 아주 평범한 이야기라고 했다. 이야기를 듣다 보니 시간이 훌쩍 갔다. 사건 이야기는 시작도 못 해 다음에 하기로 하고 첫 접견을 마쳤다.

두 번째 보는 그는 전보다 훨씬 생기가 돌았다. 구치소 생활도 어느 정도 적응이 된 것 같고, 변호인이라는 사람에 대한 신뢰도 조금은 생긴 것 같았다. 말문이 트인 덕에 친구와 어떻게 만나고, 친해지게 됐는지 바로 이야기를 시작했다.

"탈북민 대상으로 하는 교회 수련회에서 처음 만났어요. 교회 집사님이 수련회 장소에 태워다줬는데 그때 같은 차를 탔어요. 같은 아파트에 살았거든요."

친구는 그보다 5년 늦게 한국에 왔다. 수사 기록상 친구 또한 북한에 부모님과 누나, 동생들을 남겨놓고 혼자 탈북했고, 중국으로 넘어간 지 1년쯤 지나서 서울에 다다랐다. 모르긴 해도 그 친구 역시 나로서는 상상하기 힘든, 그러나 탈북민 사이에서는 이야깃거리도 안 되는 평범한 경험을 하고 이 사회에 정착했을 것이다.

두 사람은 정부가 탈북민에게 임대하는 한아파트에 살았고, 고향이 비슷했고, 나이가 같았고, 북에 가족을 두고 혼자 한국에 있다는 것도 같았다. 자연스럽게 친구가 됐다. 한국에 온 건 그가 먼저라 친구에게 한국 사회의 안내자가 돼주기도 했다. 매일 어울리며 술을 마시고 자주 치고받고 싸우기도 했지만 다음 날이면 언제 그랬냐는 듯 또 어울려 다녔다. 최근에는 인력 파견업체를 통해 소개받은 공장에 같이 입사했고, 임대아파트를 나와 그 공장에서 제공하는 기숙사의 같은 방을 썼다. 그에게 친구는 한국에 있는 유일한 가족이나 다름없었다. 사이가 안 좋아질 틈이 없어 보였다.

친구와 그가 다니던 공장에는 탈북민과 조선족이 많았다. 한국인 관리자들은 근무 태도와 라인 불량률 등을 따질 때 노골적으로 두 집단을 비교하기도 했다. 그는 조선족이 싫었다. 비교 대상이어서 싫었고, 특히 어떤 조선족 아저씨 때문에 더욱 그랬다. 그 아저씨는 그보다 열 살쯤 많았는데, 친구가 그 아저씨를 편하게 생각해서 세 명이 함께 술을 마시는 경우가 자주 있었다. 어울려 지내다가 술에 취하면 사소한 일로 시비가 붙을 때도 있었는데, 그때마다 친구는 조선족 아저씨 편을 들었다. '아저씨와는 이제 겨우 한 달 아는 사이고, 우리는 몇 년을 가족같이 보낸 사이인데 어떻게 저럴 수가 있나'라고 생각하니 친구에 대한 섭섭함이 눈덩이처럼 불어났다. 그 와중에 공장에서 사소한 일로 벌어진 그와 아저씨의 다툼이 한국인 관리자에게 보고됐고, 관리자는 호되게 욕을 했다. 지켜보던 친구도 단단히 화가 났다. 그 일이 있고는 더 이상 예전 같지 않았다. 같은 방을 쓰면서도 서로 말을 하지 않고 어색한 침묵 속에서 며칠을 보냈다. 사건 당일 그는 공장에 출근하지 않았다. 그냥 가기가 싫어서 아침부터 소주병을 땄다.

"친구가 출근하면서 그러더라고요. 너 때문에 북한 사람들에 대한 이미지가 안 좋아진 거 아니냐고. 북한 사람이란 게 창피해서 얼굴을 못 들고 다니겠다고. 그러면서 문을 쾅 닫고 나갔어요. 안 좋은 일이 있으면 서로 위로하고 그랬는데, 걔가 그렇게 말하니까 정말 섭섭하더라고요."

친구가 출근한 뒤 그는 종일 술을 마시며 지난 일들을 곱씹었다.

'한국에 처음 와서 북한과는 완전히 다른 문화와 환경에서 헤맬 때, 한국 사회에 대해 친절하게 안내해준 게 누군데, 설령 내가 좀 잘못한 게 있다고 해도 가족같이 지내온 사이에 너무 한 거 아닌가.'

처음엔 그 조선족 아저씨가 미웠지만 이젠 친구마저 미워졌다. 더 이상 같이 살 수는 없겠다고 생각했다. 기숙사를 나와 인력 파견 업체에 갔다. 다른 일자리에 대해 이것저것 물어보고 취업할 만한 적당한 곳을 알아봐달라고 부탁했다.

저녁 무렵 기숙사 방으로 돌아오니 친구가 혼자 술을 마시며 저녁을 먹고 있었다. 그도 오는 길에 사 온 소주병을 까서 방바닥에 앉아 술을 마셨다. 한 방에서 두 명이 서로를 외면하며 각자의 술을 마셨다. 한편으로는 친구에 대한 원망이 가시지 않았지만 또 다른 마음으로는 툭 털고 싶기도 했다. 한국에서 그렇게 의지하던 친구인데 이 정도로 불편하게 있고 싶진 않았다. 하지만 먼저 말을 걸 용기가 나지 않았다. 친구도 말없이 안주 삼아 저녁을 먹고는 어색함을 감추기 위해서인지 평소 잘 하지 않던 청소에 설거지, 빨래까지 하며 유난히 부산을 떨었다. 친구가 분주한 동안 그는 가만히 앉아 계속 술을 마셨다. 친구는 밖에 잠깐 나갔다가 들어와 잘 준비를 하면서 한마디 했다.

"우리, 친구 그만하자."

그러곤 그를 등지고 누워 이불을 머리끝까지 뒤집어썼다. 그는 갑자기 숨이 쉬어지지 않는 것 같았다. 온몸이 떨리고 식은땀이 났다. 한국에 와서 이런 증상을 몇 번 겪은 적이 있다. 병원에서는 공황장애라고 했다. 북한에서 한 번도 들어본 적 없는 단어였다.

가슴이 답답한데 숨이 쉬어지지 않으니 이러다 죽겠구나 싶어 간신히 휴대폰을 들고 119에 구조 요청을 했다. 구조대가 그를 앰뷸런스에 태우고 인근 병원에 갔는데 병원 응급실에서 증상을 확인하더니 정신과 환자를 치료할 수 있는 시스템이 없다며 접수를 거절했다. 조금 진정이 되어 다시 기숙사로 돌아왔다. 그새 새벽이 되었고 친구는 여전히 등을 돌리고 누워 있었다.

방에서 다시 혼자 술을 마셨다. 담배도 피워 물었다. 이젠 이 친구와 진짜 헤어져야 할 때인 것 같았다. 공장을 나가기 전에 조선족 아저씨 때문에 섭섭했던 일도 다 털어버리고 화해하고 싶었다. 일단 친구를 깨워야 했다. 그는 자신의 인기척에 친구가 일부러 자는 척을 한다고 생각했다. 친구를 일어나게 하려고 마침 담뱃불을 붙이느라 손에 들고 있던 라이터를 친구가 덮고 자던 이불 모서리에 갖다 댔다.

상황을 전해 듣던 나는 도무지 이해가 되지 않아 한마디 했다. "아무리 그래도 자는 사람 깨우려고 이불에 불붙이는 사람이 어딨어요? 바로 옆에 있으니 친구의 몸을 흔들면 충분하잖아요. 아니면 소리를 지르던가. 친구가 깨어나 재빨리 조치를 취했으니 망정이지, 그렇지 않았다면 기숙사에 있던 다른 노동자들에게까지 큰 피해가 갈 뻔했잖아요."

그는 그때 손에 라이터가 있어서 별생각 없이 불을 붙였던 거고, 그다음은 기억이 잘 나지 않는다고 했다. 부리나케 일어난 친구에게 몇 대 얻어맞고 정신을 잃었다가 눈 떠보니 병원이었다고 했다.

싸구려 화학섬유는 불을 만나자마자 단숨에 타올랐다. 친구는 자다가 매캐한 냄새에 잠이 깼는데 일어나 보니 이불에 불이 붙어 있었고, 화들짝 놀라 화장실에서 물을 퍼다 나르며 불을 껐다고 수사기관에 말했다. 불길이 잡히자 친구는 그에게 "이 새끼야, 미쳤냐. 뒈지려면 혼자 뒈지지 왜 나까지 죽이려고 하냐"면서 주먹을 날리기 시작했다. 얼마나 맞았던지 그는 피를 흘리며 정신을 잃었고 병원으로 후송됐다. 친구는 그에 대한 상해죄로 수사를 받았지만 그의 잘못이 너무 컸기에 정당방위로 인정받아 기소되지 않았다.

우선 그가 공황장애로 치료받았다는 의무기록 사본을 병원에서 받아봤다. 그는 공황장애 외에도 우울증, 알코올의존으로 상당히 오랜 기간 여러 번 치료받았다. 한국에 온 지 2년째부터 불안장애로 병원에 다니기 시작했다. 진료기록에는 그가 거의 매일 소주를 세 병씩 마시면서 극심한 손 떨림, 불안, 불면에 시달렸다는 내용과 함께 알코올성 간염도 심하다고 기재돼 있었다. 그의 이야기를 들을 때는 술을 자주 마신다고만 생각했지 알코올의존이 이렇게 심한지 몰랐다. 그러고 보니 그날도 아침부터 술을 마셨다고 하지 않았던가. 라이터에 불을 붙이는 행동이 어떤 결과를 가져올지 상식을 가진 사람이라면 알 만한 사실을 그는 술에 취해 충분히 인식하지 못했을 가능성도 있었다.

　　경찰이 기숙사 현장에서 찍은 증거 사진들을 유심히 봤다. 술병, 담배꽁초, 불에 타다 만 이불과 재가 뒤엉켜 몹시 어지러워 보이는 방에 그가 팬티 차림으로 앉아 있었다. 친구에게 두들겨 맞고 정신을 잃었다고 했는데 친구의 신고로 경찰이 왔을 때 저러고 있었던 것이다. 친구를 죽일 마음으로 방에 불을 질렀다면 두 가지 중 하나였다. '너만 죽어라', 아니면 '너 죽고 나 죽자'. 전자의 경우라면 불을 질러놓고 자기는 도망가야 한다. 팬티 차림으로 대책 없이 앉아 있어선 안 된다. 후자의 경우라면 그가 인력 업체를 방문해 새로운 일자리를 알아본 것과 밤에 구급차를 불러 병원에 간 행동을 합리적으로 설명할 수 없었다. 현주건조물방화미수는 방법이 없더라도 살인미수는 다퉈볼 수 있을 것 같았다. '술을 마시고 공황장애가 온 상태에서 판단력이 흐려져 라이터로 친구가 덮고 있던 이불에 불을 붙이는 행위를 했지만, 그렇다고 그 행동이 친구를 죽일 마음에서 한 것이라고 단정할 수는 없다'로 변론 방향을 정했다.

멀고 먼 생각의 거리

재판에서 친구가 검찰 측 증인으로 나와 증언했다.

"한국에 가족 없이 다들 혼자 내려왔으니 가족보다 더 끈끈한 정으로 피고인을 대했습니다. 그래서 더 괘씸한 겁니다. 싫은 소리 왜 했겠습니까. 개고생하면서 한국에 왔으니 잘살아야 하잖아요. 살기 위해서 가족 다 남겨놓고 목숨 걸고 온 건데 저놈은 맨날 술만 마시고 늘어져 있는 날이 많았어요. 일도 제대로 안 하고요. 그래서 제가 잔소리 좀 했습니다. '이 미친놈아, 우리가 이러려고 대한민국에 왔냐' 하면서요. 그런 잔소리를 했다고 나를 죽이려고 했어요."

친구는 여전히 화가 풀리지 않은 것 같았다. 내가 물었다.

"증인은 피고인이 진짜 증인을 죽이려고 이불에 불을 붙였다고 생각하세요?"

"자는 사람이 덮은 이불에 불붙인 건 죽으라는 말 아닙니까?"

"피고인이 '너 죽고 나 죽자' 하며 불을 붙였다고 생각하세요, 아니면 불붙여 놓고 피고인은 도망갈 생각이 있었던 것 같으세요?"

"그걸 내가 어떻게 압니까?"

나는 '너만 죽어라'의 가능성에 모순되는 사진을 보여줬다. 불을

지른 방에서 그가 속옷 바람으로 앉아 있던 그 사진. 그리고 '너 죽고 나 죽자'의 가능성에 모순되는 인력 업체 방문 사실을 상기시키며 다시 한번 더 물었다. 한참을 침묵하다 친구가 말했다.

"저놈이 무슨 생각으로 그랬는지는 모르겠습니다. 하지만 내가 깨서 불을 재빨리 끄지 않았다면 나는 죽었을 겁니다. 다른 건 몰라도 그건 확실합니다. 제가 한국을 어떻게 왔는데, 여기서 그런 개죽음을 당할 뻔했다는 말입니다."

"그래도 몇 년 동안 가족같이 지내왔는데, 피고인이 술 취해서 한 실수라고 생각하고 용서하실 마음은 없으신가요?"

"용서요? 그렇게 죽자고 목숨 걸고 한국에 온 거 아닙니다."

친구의 목소리나 태도는 너무 단호했다. 피고인석에 앉은 그는 친구를 쳐다보지도 못하고 고개만 푹 숙이고 있었다.

두 사람의 살아온 배경은 비슷할지 몰라도 기질은 아주 다른 것 같았다. 그는 두만강을 세 번이나 건넜으면서도 온전히 혼자서 감당해야 했던 완전히 새로운 사회에 대한 적응, 거기에서 필연적으로 찾아오는 외로움과 두려움을 이겨내지 못하고 술에 의존했다. 친구의 섭섭한 행동조차 말로 풀거나 털어버리지 못하고 또 술에 기댔다. 친구라고 외로움과 두려움이 왜 없었을까. 친구는 그걸 이겨내고 성실히 일했고, 북한 사람들이 이 사회에 잘 적응해서 좋은 평가를 받길 원했다. 강인한 친구는 잘살아보겠다고 목숨 걸고 온 땅에서 비실비실한 삶을 살았던 그를 용서할 수 없었던 것인지도 모르겠다.

그는 내가 맡은 첫 번째 탈북민 피고인이자(국민참여재판으로 진행된 그 공판에서 배심원 전원이 살인미수 무죄, 현주건조물방화미수 유죄로 평결했고, 재판부는 그에게 징역 1년6월을 선고했다) 개인적으로 대화를 나눠본 최초의 탈북민이기도 했다. 그 사건 이후로 드물지 않게 탈북민 피고인들을 만났다. '경로를 찾을 수 없는 곳'에서 온 사람들, 3만 명이 넘는 그들 중에는 단돈 몇만 원 벌기 위해 체크카드를 빌려줬다가 전자금융거래법 위반으로 벌금 몇백만 원에 약식 기소돼 울던 여성도 있었고, 한때 성공한 탈북자로 언론에 여러 번 보도되기도 했지만 생활고에 시달리다 절도한 50대도 있었다. 같은 사회에 살고 있으니 그들 사이에서도 비슷한 비율로 범죄를 저지르는 이가 생겨날 수 있다. 물론 어느 누구도 처음부터 범죄자가 되려고 하진 않겠지만 생사를 걸고 국경을 넘은 탈북민이 법에 저촉되는 행위를 했을 때, 사건의 경중을 떠나 어쩐지 마음이 더 무겁다. 탈북민 피고인을 만나면 늘 그 친구의 말이 생각난다.

"우리가 이러려고 대한민국에 왔나."

생과 사

―――――

20대 후반의 피고인은 미혼모 시설에서 지내다가 출산을 위해 병원에 갔다.
그리고 아기를 무사히 낳은 지 이틀 만에 몰래 병원을 빠져나가 도망쳐버렸다.
그녀는 '영아 유기'로 기소됐다.

사건 수사 기록 제일 앞면에는 볼펜으로 쓴 메모가 붙어 있었다.

국선변호사님께 부탁드립니다. 아기 출생신고 될 수 있도록 해주세요.
○○○ 검사 드림.

메모에 쓰인 이름과 수사 기록의 검사 이름이 같았다. 직원이 수
사 기록을 내게 건네면서 검찰청 직원이 메모 안 떨어지게 변호사
님에게 잘 전해달라고 신신당부한 사건이라고 덧붙였다.

검사의 메모

영아 유기 사건이었다. 20대 후반의 피고인은 미혼모 시설에서 지내다가 출산을 위해 병원에 갔다. 그리고 아기를 무사히 낳은 지 이틀 만에 몰래 병원을 빠져나가 도망쳐버렸다. 병원에 남겨진 아기의 신체적인 안전에는 문제가 없었지만, 모(母)가 혼인외 출생자 신고를 해야 하는 현행 법률에서 출생신고를 외면하고 도망간 그녀의 행동은 '유기'에 해당한다고 기소됐다.

그녀와 같이 살던 남자는 그녀의 배가 불러오자 연락도 없이 어디론가 사라졌다. 아이를 키울 상황이 안 되는 그녀는 낙태 수술비를 구하기 위해 이리저리 알아보다가 시기를 놓쳤다. 할 수 없이 미혼모 시설의 도움을 받았고, 시설에서 병원까지 옮겨졌지만 출산 후 병원을 도망친 것이다. 그녀는 몇 년 전에도 아기를 낳고 도망간 전력이 있었다. 그때도 상황은 비슷했다. 어쩌다 만난 남자와 같이 살다가 애가 생기자 남자가 그녀를 쫓아냈고, 혼자 남은 그녀는 양육할 수 없다는 생각에 아기를 버리고 도망갔다. 그 사건은 처음이라 기소유예 처분을 받았지만 이번에는 체포영장이 발부됐고, 도망간 지 한 달 만에 그녀의 어머니 집에서 잡혔다.

그사이 아기는 병원에서 아동 보호시설로 옮겨졌다. 수사 기록에 아기는 입양을 기다리며 건강히 잘 있다는 아동 보호시설 관계자의 진술 내용이 있었다. 그녀를 만나기 전에 그 아동 보호시설로 먼저 전화를 해봤다. 신분을 밝히고 아기가 잘 있는지, 입양은 어떻게 돼

가는지 물었다.

"그렇지 않아도 저희가 연락을 드릴까 하던 참입니다. 아기는 매우 건강해요. 그런데 아기 출생신고는 언제 되나요? 아기를 입양하려는 분이 계신데, 출생신고가 돼 있지 않아서 일을 추진할 수가 없어요. 담당 검사님이 국선변호사님한테 부탁하셨다고 이야기를 들었는데요."

검사의 메모가 이제야 확실히 이해됐다. 입양특례법에 따르면 출생신고가 돼 있지 않으면 입양이 불가능하다. 아기 엄마가 출생신고를 하지 않으면 동거하는 친족이 해야 하지만, 그녀에게는 동거 친족이 없었다. 이런 경우에는 분만에 관여한 의사 등이 해야만 하는데 병원에서는 아기 엄마 신원이 확보돼 있기 때문에 굳이 출생신고를 해주지 않았다. 검사는 수사하는 동안 출생신고를 마무리하지 못한 게 못내 아쉬웠던 모양이다.[9] 누구인지도 모를 국선변호사에게나마 급한 메모를 남긴 검사의 안타까워하는 마음이 고스란히 느껴져 괜히 어깨가 무거워졌다.

한 번도 만나지 못한 피고인

한번은 40대 여성 마약범의 항소심 변호를 맡았는데 사건이 끝날 때까지 그녀를 보지 못했다. 그녀가 출석할 수 있었던 건 내가 변호인으로 선정되기 전 항소심 1회 변론기일까지였다. 나는 변론기일 전에 몇 차례 전화를 걸어 "몸은 좀 어떠세요?"라는 말로 대화를 시작했고, 그녀는 "이번에는 꼭 갈 수 있도록 해보겠습니다"라고 마무리했지만, 매번 출석하지 못했다. 재판 불출석 후 어렵게 통화가 되면 상황을 설명하는 그녀 목소리에 눈물이 찰랑찰랑 차오르는 것이 수화기 너머로도 느껴졌다.

"변호사님, 이번에는 꼭 가려고 했는데…. 항암치료하고 나면 속이 너무 메스꺼워요. 법원까지 가려면 차를 타고 한 시간쯤 걸리는데 그렇게 오래 차를 타질 못해요. 구토가 너무 심하거든요. 그리고 암이 골반까지 전이돼서 항암치료 외에 방사선치료도 받는데, 차에 앉아 있으면 골반이 너무 아파서 그것 때문에도 차를 못 타고요. 가기는 가야 하는데…. 누가 태워준다고 해서 마음을 굳게 먹고 출발해도 구토가 시작되면 조금 가다가 포기하고…."

구치소는 그녀에게 낯선 곳이 아니었다. 10여 년 동안 마약 투약으로 처벌받은 게 수차례였고, 실형도 여러 번 선고받았다. 별 감회 없이 수감됐을 그곳에서 얼마 지나지 않아 교도관이 그녀에게 출소 준비를 하라고 했다. 구치소에 수감돼 있는 이에게 출소를 준비하라는 말은 원래 너무나도 기쁜 말이지만 출소할 이유가 없을 때는 어쩐지 불길한 느낌을 준다. 1심 재판이 갓 시작됐고 보석(구속된 피고인이 불구속 상태로 재판을 받는 것) 사유가 있는 것도 아닌 그녀에게 교도관이 서류를 내밀었다. 구속집행정지신청서와 진단서였다.

구금시설에 입소할 때 기본적인 건강검진을 한다. 그녀의 검진 결과가 모호하여 인근 대학병원에서 다시 검사한 결과가 나온 모양이었다. 진단서에는 다음과 같이 적혀 있었다.

CT상 약 20cm 이상의 난소암 의심 종물 진단. 수술적 치료가 시급합니다.

구속집행정지신청이 받아들여져 그녀는 출소했다. 구치소를 나가는 일이 그렇게 서럽고 두려웠던 건 처음이었다. 집 근처 상급종합병원에서 난소암 4기 진단을 받았다. 앞으로 잘 견디면 2년 정도 살 수 있다고 했다. 그러는 사이 그녀는 1심에서 징역 1년6월의 실형을 선고받고 다시 잠깐 구속됐다가 보석으로 석방돼 항암치료를 견뎌내며 항소심 재판을 받고 있었다.

그녀는 누범累犯(형 집행종료일로부터 3년 내에 재범한 범죄자), 그것도 마약 누범이다. 누범은 집행유예 결격자이기 때문에 형벌은 벌금형 아니면 실형밖에 선택지가 없다. 아무리 암 말기라고 해도 마약 전력이 다수인 피고인에게 벌금형을 선고하기는 어렵다. 1심 판사도 고민 끝에 징역 1년6월을 결정했을 것이다. 그녀는 항소했지만, 1심에서 3년6월을 구형했던 검사도 형이 너무 낮다는 이유로 항소했다. 항소심 재판부도 고민인 것 같았다. 항소심에서 형을 좀 깎아준다고 해도 대폭 깎을 수는 없으니 재판이 확정되면 피고인이 구치소에 다시 수감될 가능성도 배제할 수 없었다. '형의 집행으로 인하여 현저히 건강을 해하거나 생명을 보전할 수 없을 염려가 있는 때'에는 형 집행이 정지될 수도 있지만 이 사건에서 반드시 그렇게 된다는 보장은 없었다. 그래서 재판장은 그녀가 나오지 못해도 몇 달에 한 번 속행기일을 꾸준히 잡았고, 그게 벌써 1년이 다 돼 갔다.

그사이 재판부 구성이 바뀌었고, 지금 재판부는 나와 마찬가지로 피고인을 한 번도 보지 못했다.

그녀는 두 달에 한 번쯤 정기적으로 재판부에 꼬박꼬박 진료기록부 사본을 제출했고, 때로는 '반성문' 혹은 '탄원서'라는 이름의 서면을 써내기도 했다. 한 치 앞의 삶이 보이지 않는 그녀가 써내는 서면은 벌을 조금이라도 가볍게 받고자 하는 내용이 아니었다. '존경하는 재판장님'이라고 시작하지만 굳이 재판장에게 하는 말도 아니었다. 감옥에 오가느라 제대로 돌보지 못한 아들에게 하는 말, 치매에 걸려 정신이 오락가락하는 어머니에게 하는 말, 그리고 그렇게 어리석었던 자신에게 하는 말이었다. 죽음 앞에 서면 삶에서 소중한 게 무엇인지 그렇게 명확한데 사는 동안에는 왜 깨닫지도, 실천하지 못했는지에 관해 눈물로 쓴 인생 반성문이었다.

딸을 외면한 어머니

열 달 동안 품은 아기를 두 번이나 버린 대책 없는 엄마를 만나러 구치소로 갔다. 수사 기록을 읽으면서는 그녀가 인생을 너무 성의 없이 사는 사람 같아 연민이 별로 들지 않았는데, 막상 얼굴을 보니 아직 몸을 덜 푼 산모가 구치소에서 제대로 산후조리도 못하고 있는 게 안쓰러웠다. 출생신고에 대해 의논하며 어머니가 대신 해주실 수 있겠느냐고 물었다. 그녀가 어머니 집에서 체포됐고 구속 통지도 어머니에게 해달라고 했었기 때문에 당연히 어머니가 이번 일을 잘 알고 있으리라고 생각했다. 그녀는 난처한 표정으로 말했다.

"엄마가 식당 일 나가서 밤늦게 들어오거든요. 그리고 제가 엄마와 사이가 안 좋아서 그런 부탁을 하기가…."

어머니는 술에 취하면 주먹을 휘두르는 남편의 가정폭력을 이기지 못하고 피고인이 어릴 때 집을 나갔다. 지방을 오가며 일하던 아버지는 그녀를 본인의 형 집에 맡겼다. 큰아버지 집에서 눈칫밥을 먹으며 자란 그녀는 초등학교를 졸업하자마자 가출해 어머니를 찾아갔지만 그리던 어머니와의 생활은 경제적 어려움 등으로 순탄치 않았다. 친구들의 돈을 훔쳐 밥을 사 먹는 일상을 반복하다가 소년원에 가게 됐고, 그때 어머니와 다시 헤어졌다. 어머니는 소년원을 찾아오지 않았다. 소년원에서 나온 후로는 그녀도 어머니를 찾지 않았고, 먹여주고 재워주는 남자가 있으면 그 사람과 살았다. 그러다 처음 임신하고 낙태 시기를 놓쳐 출산이 가까워졌을 때 또 수소문해 어머니를 찾았다. 10여 년 만에 다시 만난 어머니는 애가 없어도 먹고살기 힘든데 왜 애까지 가졌냐며 도와주길 거절했다. 그때 처음 미혼모 보호시설에 들어갔다. 이번 출산을 앞두고는 어머니에게 알리지 않고 혼자 알아서 미혼모 보호시설로 갔다. 그러나 출산 후 아이를 두고 도망 나왔을 때 달리 갈 곳이 없었다. 할 수 없이 다시 어머니를 찾아갔다. 어머니는 또 애를 낳고 도망 온 딸 신세가 서글퍼 보였던지 딸에게 미역국을 끓여주며 몸이 회복될 때까지 이 집에 있어도 괜찮다고 했다. 그러던 중 그녀가 체포됐다.

"어머니가 구치소에 면회는 오시나요?"

"… 아니요."

어쩌면 어머니도 원하지 않는 임신을 해서 그녀를 낳는 바람에 아이의 아빠와 한동안 살았는지도, 그래서 원하지 않는 출산을 한 딸에게 그렇게나 못되게 구는 것인지도 모르겠다는 생각이 들었다. 직접 부탁해보고자 그녀에게서 어머니 전화번호를 받았다. 그날 전화도 하고 문자도 여러 번 보냈으나 끝내 아무런 연락이 없었다.

남은 생

암과 투병 중인 40대 피고인은 오지 못하고 또 나만 출석한 어느 변론기일, 재판장이 말했다.

"변호인, 일단 선고기일을 잡을게요. 어쨌든 피고인이 한 번은 나와야 할 것 아닙니까. 그사이에 피고인 남은 생이 얼마나 되는지 서류 제출할 수 있으면 하시고요. 그 서류가 들어오거나 피고인이 선고기일에 출석하면 다시 변론재개해서 상황을 보겠습니다."

그녀에게 또 전화를 걸어 다음 기일에는 무슨 일이 있어도 나와야 한다고 전했다. 끝이 얼마 남지 않았다는 건 모두가 알고 있는 사실이지만, 그 내용을 서류로 내달라는 말은 차마 할 수가 없었다. 그녀와 통화를 끝내고 주치의에게 전화했다. 사정을 설명하고 서류를 발급해줄 수 있는지 물었다.

"환자분은 암세포가 폐와 뼈로 전이돼서 사실 가망이 거의 없습니다. 항암치료와 방사선치료를 병행하고 있는데, 그분이 특히 체력이 많이 약해서 치료를 따라오질 못해요. 처음에 여기 오셨을 때 제가 길어야 2년 정도로 봤고, 지금은 1년 반 정도 지난 시점이죠. 현재로선 6개월보다 짧을 가능성이 크다고 봅니다. 하지만 진단서에 여명이 얼마나 남았다, 그런 건 못 씁니다. 이건 예측에 불과하잖아요. 기적이 일어나 오래 사실 수도 있고, 예상보다 빨리 가실 수도 있고요. 제 말을 인용하셔도 되는데 서류는 발급해드리기가 어렵습니다."

그러게나 말이다. 아무리 의사라도 남은 생이 얼마라고 어떻게 감히 공식적으로 예측할 수 있겠는가. 변호인 의견서에 주치의 말을 구구절절 써서 냈다. 선고기일 직전에 변론재개 명령이 내려져 변론기일이 다시 몇 달 뒤로 늦춰졌다.

시작하는 생

다른 방법이 없었다. 나라도 무엇이든 해봐야 했다. 출생신고를 해본 적 없는 나는 인터넷을 통해 필요한 서류를 꼼꼼히 메모했다. 아침부터 구치소를 찾아가 여러 장의 위임장에 산모인 그녀의 서명을 받고, 신분증 대용으로 그녀가 구치소에 수감돼 있다는 수용증명서를 여러 장 받았다. 그리고 그녀가 아기를 낳았던 병원으로 가서 출생증명서 교부를 신청했다. 왜 본인의 신분증이 아닌 수용증명서를 가져와 관련 서류 발급 신청을 하는지 설명해야 했고, 신분증이 아닌 수용증명서만으로 발급할 수 있는지를 담당자가 확인하는 데도 시간이 걸렸다. 마지막으로 아기의 출산을 담당한 의사를 한참 기다려 면담하고 확인받았다. 출생증명서를 들고 구청으로 이동할 때는 이미 늦은 오후였다.

서류 준비를 모두 끝내고 이제 출생신고서 양식만 채우면 되는 상황이었다. 출생신고서 제일 앞에 출생자 성명을 적는 칸이 있었다. '성명'이라는 글자 앞에서 갑자기 멍해졌다. 아, 바보같이! 피고인에게 아기 이름을 무엇으로 할지 물어보지 않은 게 그제야 생각났다. 서류를 준비하고 위임장 받는 데 정신이 팔려 제일 중요한 걸 물어보지 않은 것이다. 그녀를 다시 만나고 돌아와서 신고할 경우 시간이 얼마나 걸릴지 대충 계산해봤다. 접견하려면 적어도 만나려는 시간보다 한 시간 전에는 구치소에 접견 신청을 해야 한다. 다시 접견하고 오면 그때는 구청 업무시간이 끝난다. 출생신고가 되기만을 기다리고 있던 아동보호센터 직원의 말이 생각났다. 대안이 없었다. 그 자리에서 이름을 지어야 했다. 생애 처음인 출생신고에 해본 적 없는 작명까지 덜컥 맡게 되다니 손이 떨릴 지경이었다.

아빠는 한 번도 보지 못했고, 엄마가 낙태 시기를 놓쳐 세상에 태어난 아기의 이름. 엄마와 아빠는 아기의 출생을 반기지 않았지만, 이 아기는 다른 모든 새 생명과 마찬가지로 우리 사회에서 충분히 사랑받고 축복받아야 할 존재였다. 고민 끝에 내 바람을 담기로 했다. 그녀의 성을 따 출생자 성명란에 정성스럽게 한 자, 한 자 적었다. 박. 희. 망.

아기의 엄마와 아무런 관계가 없는 사람이 출생신고서를 제출하니 담당자가 의아해했다. 신분증을 수용증명서로 대신하는 이유에 대해 또 설명했다. 담당자의 깐깐한 서류 검토 끝에 신고서는 무사히 수리됐다. 아기가 이 사회에 서류상으로 처음 그 존재를 드러냈다고 생각하니 묘하게 뿌듯하기까지 했다.

"오늘 출생신고 무사히 마쳤습니다."

아동보호센터에 전화로 이 사실을 전하자 담당자가 고맙다고 거듭 인사했다.

죽음을 기다리는 시간

재개된 변론기일을 앞두고 이번에도 출석 여부를 확인하고자 얼굴을 모르는 그녀에게 전화했지만 받지 않았다. 문자를 남겼다. 예전과 달리 연락이 오지 않았다. 혹시나 하고 병원에 연락해 그녀에게 무슨 일이 있는지 물었다. 얼마 전 항암치료를 받고 퇴원했는데 몸이 아주 좋지 않은 상태라고 지난번에 통화했던 주치의가 설명했다.

변론기일에 피고인 없이 출석해서 상황을 전했더니 재판장은 석 달 후로 선고기일을 잡았다. 간간이 그녀 생각이 날 때 다시 연락하려다가 생의 마지막에 재판이라는 게 무슨 의미가 있겠나 싶어 그만두길 몇 번 반복했다.

형벌이 과거의 잘못에 대해 주어지는 처분이라면 그 처분도 어느 정도 미래가 보장된 상태에서만 의미가 있다는 걸 처음 알았다. 벌을 받는 입장에서도 그렇지만 벌을 주는 입장(국가)에서도 마찬가지였다. 선의로 죽음을 기다리는 것, 그게 이 사건에서 할 수 있는 일의 전부였다. 심지어 1심에서 선고한 형이 너무 약하다고 항소한 검사마저도 말이다. 시간을 끄는 동안 그녀가 가족들 품에서 평화롭게 생을 마무리해서 그녀를 다시 구금시설로 보내지 않고 이 사건을 끝낼 수 있기를 소송관계자 모두가 바랐다.

선고기일이 되기 전에 기다리던 전화가 왔다. 그녀의 아들이라고 했다. 그녀의 반성문에 매번 등장하던, 마약에 빠져 제대로 돌보지 못해 정말 미안하다던 그 아들이었다. 어머니가 '나 죽고 나면 너무 늦지 않게 변호사님에게 꼭 연락해라'라고 했다며 어머니 장례는 잘 치렀다고 했다. 나는 아들에게 경황이 없는 중에도 소식 전해줘서 고맙다고 여러 번 인사했다. 아들이 팩스로 보내온 사망진단서를 법원에 제출했다. 변호인도, 재판부도 한 번도 피고인을 보지 못한 그 사건은 공소기각 결정으로 종결됐다.

사람의 일에서 생과 사는 떼려야 뗄 수 없다. 생사의 문제와는 별 관련이 없을 것 같은 형사 재판에서도 소송 관계자들이 한마음으로 한 생명을 서류상 존재하게 하는 일과 또 다른 한 생명을 무사히 이 세상 너머로 보내는 일을 한 걸 보니 재판도 사람의 일임을 새삼 알겠다. 한없이 어리석은 삶을 살았지만 생의 마지막에 깨달음의 시간이 이렇게라도 주어져서 감사하다던 그녀의 명복을 빈다. 입양 준비 중이라던 희망이가 어느 평범한 가정에서 사랑을 듬뿍 받으며 그 이름대로 자라나고 있기를 바라는 마음과 똑같이.

장발장법, 그 뜻밖의 인연

문제는 절도 전과가 있는 자의 생계형 범죄였다.
배고파서 빵 하나 훔쳐도 몇 차례 절도 전과가 있다면 징역 1년 6월이니
그런 이들에게는 가혹한 법이었다.

영화 〈재심〉이 그린 실제 인물로 유명한 박준영 변호사는 익산 택시기사 살인사건을 '태완이가 이룬 정의'[10]라고 했다. 1999년 대구의 한 골목길에서 황산 테러를 당해 숨졌던 여섯 살 어린이가 2000년 전북 익산에서 발생한 살인사건에서 어떻게 정의를 이룰 수 있었을까.

태완이법과 재심 사건

박 변호사는 택시기사 살인사건에서 억울하게 범인으로 몰렸던 청년에 대한 재심을 2010년부터 준비해 2015년 6월 22일 광주고등법원에서 드디어 재심개시결정을 받았다. 감격과 기쁨도 잠시, 검

사가 항고했다. 당시 살인죄의 공소시효는 15년이었다. 진범에 대한 공소시효는 2015년 8월 9일까지로, 대법원의 항고기각 결정을 기다리기에 남은 시간이 너무 짧아 불안한 상황이었다. 공소시효가 완성돼 진범을 기소하지 못하면 누명을 썼던 청년은 재심에서도 무죄를 받기 어려울 터였다.

일명 '태완이법'이라고 불리는 형사소송법 개정안은 2015년 7월 24일 국회에서 통과됐다. 안타깝게도 '태완이' 사건 공소시효가 완성된 이후였다. 사람을 살해한 범죄(종범은 제외)로 사형에 해당하는 범죄에 대해서는 공소시효 적용을 배제하고 이를 법 시행 전에 일어난 범죄 중 아직 공소시효가 완성되지 않은 경우에도 적용하기로 한 법이다. 그 법이 택시기사 살인사건 공소시효 만기를 불과 10일 앞두고 발효됐다. 그 이후의 이야기는 우리가 잘 아는 그대로다. 가짜 범인은 재심에서 무죄가 확정됐고 진범은 사건 발생 15년이 지나 법의 심판대에 섰다.

사건의 인연은 때로 이렇게 신비롭다. 본인이 억울하다고 다 알아주는 것도 아니었고(하늘이 알고 땅이 알아도 법정에서는 모른다), 변호사가 열심히 한다고 되는 것도 아니었고(못 배운 10대의 억울함에 가슴이 뜨거웠던 박 변호사님이 얼마나 열심히 했겠는가), 증거가 충분하다고 되는 것도 아니었다(2003년에 이미 진범의 자백과 객관적 증거가 다 일치하는 수사가 이루어졌는데도 소용이 없었다). 재심을 준비할 당시 태완이 사건이 이 사건을 구하게 되리라고는 누구도 예상하지 못했을 것이다. 만약 형사소송법 개정안이 10일만 늦게, 그 사건 공소시효가 완성된 후에 발효됐다면 10년의 억울한 감옥 생활과 살인자라는 누명이 평생 따라다닐 수도, 5년간 치열하게 했던 재심 준비가 헛되게 끝날 수도 있었다. 태완이법이 때마침 통과돼 누명을 썼던 청년과 박 변호사를 살린 건 특별한 인연이라고 할 수밖에 없다. 택시기사 살인사건을 '태완이가 이룬 정의'라고 규정한 것을 보면 그 변호사는 자신이 태완이에게 큰 빚을 졌음을 알았으리라. 지금까지 그가 해온 일련의 재심 공익 소송은 그 마음의 빚을 갚아가는 과정처럼 보이기도 한다.

마음의 빚이 이룬 성과

어떤 사건을 특별하게 만드는 우연의 조합을 나도 만나본 적이 있다. 지금은 삭제되고 없는 '특정범죄 가중처벌 등에 관한 법률'(이하 특가特加 법) 제5조의4 제1항은 상습으로 절도한 자를 3년 이상의 징역에 처하도록 돼 있었다. 특가절도로 기소되면 최소 형량이 징역 1년6월이다. 문제는 절도 전과가 있는 자의 생계형 범죄였다. 배고파서 빵 하나 훔쳐도 몇 차례 절도 전과가 있다면 징역 1년6월이니 그런 이들에게는 가혹한 법이었다. 너무 가혹한 나머지 '한국의 장발장법'이라는 이름으로 불리기도 했다. 사정이 딱한 절도범들이 많았지만, 법이 그러니 어쩔 수 없다며 지내온 세월이 30여 년이었다.

어느 날 점심시간에 같은 사무실 변호사님들과 식사하며 사건 이야기를 하다 특가절도 이야기가 나왔다. 당시 특가절도 사건은 국선전담변호사에게 매우 흔한 사건이었기에[11] 변호사마다 안타까운 절도범 사연이 몇 건씩은 있었고 그 이야기들을 하나씩 꺼내니 끝이 없었다. 그중에서도 정정민 변호사님의 이야기가 가장 인상적이었다. 몇 년 전 맡은 어떤 특가절도 사건 변론에서 "이 사건에 특가법 적용은 너무한 거 아니냐, 형법에도 상습 절도가 있지 않냐, 형법 적용으로 공소장 변경을 검토해달라"고 호기롭게 배짱을 부렸다는 거다. 형법상 상습 절도로 기소되면 벌금형은 물론 징역 4월이나 6월 같은 단기 징역형도 가능하다. 하지만 공소장 변경 신청 권한을 가진 검사가 적용 법조를 바꿔줄 리 만무하다. 당시 특가법으로 기소한 것 자체에 아무런 잘못도 없기 때문이다. 그런데 변호인이 변론 종결을 막으며 재차 공소장 변경 석명을 요구한 데다 재판장도 그 피고인 사정이 너무 딱하다고 생각했는지 검사에게 거의 강요하다시피 해서 공소장 변경이 됐고, 결국 벌금형이 선고됐단다. 그 변호사님도 배짱이 통한 건 딱 한 번뿐이었다고 했다. 재판장이 검사에게 공소장 변경을 강요할 수 없는 현실을 감안하면 요즘 말로 '레전드급' 변론이었다.

정정민 변호사님의 그 이야기가 특가절도 조항에 대한 위헌제청 신청 사건에서 내가 진 첫 번째 마음의 빚이었다. '특가절도로 기소하는 사건을 형법의 상습 절도로도 기소할 수 있구나. 하지만 검사가 특가절도로 기소할 수 있는 사건을 형이 낮은 형법으로 기소할 리가 없겠지. 어떤 법률을 적용해 기소할지는 순전히 검사 마음인 거네. 불합리한 면이 없지는 않지만 검사에게 기소 독점권이 있는 걸 어쩌겠어. 정말 사정 딱한 피고인을 만나면 나도 정정민 변호사님처럼 배짱을 한번 부려봐?' 그런 생각을 처음 해봤다.

두 번째 마음의 빚은 개인적인 연고가 전혀 없는 재판 관계자들에게 졌다. 그들은 2014년 4월 24일 헌법재판소에서 위헌으로 결정한 특가법 마약 사건(2011헌바2)의 피고인, 변호인, 재판부와 검사다. '레전드급' 변론 이야기를 들은 지 얼마 안 된 어느 날, 법률신문에서 헌법재판소 주요 결정을 읽다가 눈이 번쩍 뜨이는 사건을 만났다. 특가법에 있는 마약범 가중 처벌 조항에 대한 위헌 결정이었다.

이 특가법 마약 사건은 좀 특이했다. '마약류관리에 관한 법률' 위반죄로 기소된 피고인이 1심에서 징역 4년을 선고받았는데, 검사만 항소한 항소심에서 가중처벌을 규정한 특가법 조항으로 공소장 변경이 되어 징역 6년을 선고받았다. 항소심 피고인들이 제일 두려워하고 싫어하는 게 1심보다 높은 형을 선고받는 것, 이른바 '올려치기'다. 아예 안 주는 사람보다 줬다 뺏는 사람이 더 미운 것과 비슷하다.

그 피고인의 변호인이 항소심 판결에 대해 상고하면서 대법원에 위헌법률제청신청을 했다가 기각되자 헌법소원청구를 했다. 헌재 결정의 요지는 어떤 행위를 처벌하는 일반법이 있고, 일반법과 똑같은 내용에 대해 법정형만 올려놓은 특별법이 있다면 그 특별법은 위헌이라는 것이었다. 즉, 특가법에 있는 마약범 처벌 조항이 일반법인 마약류관리에 관한 법률에 있는 조항과 똑같은 내용의 구성요건을 규정하면서 법정형만 올려놓은 것은 형벌 체계상의 정당성과 균형을 잃어 인간의 존엄성과 가치를 보장하는 헌법의 기본원리에 위배되고 평등원칙에도 위반된다는 것이다. 이 논리면 특가절도도 위헌이었다. 형법에 상습 절도를 벌하는 규정이 있는데, 특가절도는 형법과 똑같은 내용에 대해 법정형만 올려놓았기 때문이다. 문제와 답을 시험 전날 정확하게 습득한 수험생이 된 기분이었다. 나는 전형적인 생계형 절도범 사건을 골라 위헌법률심판제청신청서를 냈다. 재판부는 즉각 내 신청을 인용했다.

특가법 마약 사건에서 피고인이 처음부터 특가법으로 기소됐다면 재판 관계자들에게 법률의 문제점을 짚어볼 기회가 없었을지 모른다. 처음 기소된 법률 조항보다 무거운 형이 규정된 법률로 공소장 변경이 됐을 때 어딘가 잘못됐다는 생각의 불씨가 작동하지 않았을까. 검사가 항소심에서야 공소장 변경을 신청한 우연, 그 사건에 대한 헌법재판소의 위헌 결정이 하필 내가 국선전담변호사 1년 차였을 때 나온 우연(좀 과장되게 말하면 1년 차 때는 의욕이 넘쳐서 모든 게 '할 만한 사건'으로 보인다), 당시 내게 특가절도 사건이 차고 넘쳤다는 우연, 평소 설렁설렁 보던 신문이 그날은 내 눈에 박히듯 들어온 우연, 그 많은 우연이 합쳐져 특가절도 위헌제청신청 사건이 나를 '찾아왔다'고 할 수밖에 없었다.

낙관을 부르는 좋은 빚

돌아보니 생각지 못하게 마음의 빚을 진 것처럼 그 빚을 갚을 일도 나도 모르는 새 일어났다. 내가 안타까워하고 동정했던 생계형 절도범이 아닌, 단순 습벽 절도 사건에서 말이다.

서른세 살의 그는 한밤중에 어느 공장 사무실 문을 따고 들어 갔다. 평소 많이 지나다녀 잘 알던 곳이었다. 그 사무실에서 컴퓨터, 노트북, 값비싼 공구 같은 것들을 훔쳤다가 며칠 후 체포됐다. 2015년 1월 말에 벌어진 일이었다. 이전에 소년보호처분을 받은 절도 사건이 두 건, 스무 살 이후 절도죄로 처벌받은 전력이 네 번이나 있었다(두 번은 벌금형, 한 번은 집행유예였고, 이 사건 직전의 절도 건으로 징역 10월을 복역했다). 그는 훔친 물건들을 자기 방에 처박아놓았다. 생계형 범죄와는 거리가 멀었고 누범이기까지 해서 선처의 여지가 별로 없었다. 그때까진 매번 형법상 단순 절도로만 기소됐지만, 경찰이 "이번에는 특가 기소야, 알지?"라는 말까지 했단다. 그는 처음으로 특가절도 피의자가 됐다. 수사보고서의 제목, 피의자신문조서에서도 '특정범죄 가중처벌 등에 관한 법률 위반 사건'이라고 표시됐다. 그런데 헌재의 위헌 결정이 임박하자 대검찰청이 그 무렵 일선 검찰청에 특가절도 적용 중지 지침을 내렸다.[12] 그래서 막판에 그에 대한 법률 적용이 바뀌어 특가절도가 아닌 형법상 단순 절도로 기소된 것이다. 물론 그는 당시에 영문을 몰랐다.

자백 사건인 데다, 생계형 범죄도 아니고, 훔친 물건은 압수돼 주인에게 다 돌아갔으니 양형 변론조차 별로 할 게 없었다. 그의 사건은 기계적으로 변론하면 되는, 대수롭지 않은 사건이었다. 그의 재판이 진행 중이던 2015년 2월 26일 헌법재판소에서 특가절도 조항에 대해 위헌 결정이 났다. 몇몇 신문에 내 기사가 나갔다. 그도 구치소에서 신문 기사를 읽었던 모양이었다. 그는 내게 자주 편지를 썼다. 자기가 특가절도로 수사받았으면서도 단순 절도로 기소된 것, 특가절도에 대해 위헌법률제청신청을 한 변호사가 자기의 국선 변호인이 됐다는 것, 변호사가 자기 변론을 열심히 해줬다는 것(그건 오해였지만), 그 모든 것을 특별한 인연으로 여겼다. 그해 광복절 무렵 보내온 편지에 그는 8·15 특사와 가석방 이야기로 들썩들썩한 교도소 분위기를 전하며 자기는 하나도 부럽지 않다고, 이미 가석방도, 특사도 다 받은 것 같다고 썼다.

그는 출소 후 나를 찾아온 몇 안 되는 피고인 중 한 명이다. 도벽을 치료하고자 정신과 상담을 꾸준히 받았고, 교도소에서 배운 용접 기술 덕에 용접공으로 일한다고 했다. 외국인 노동자들이 대부분인 산업단지의 한 공장에서 평일 아침 8시부터 밤 9시까지 하루 13시간을 일하고, 일요일은 늘 쉬지만 토요일은 격주로 쉰단다. 일할 때는 점심, 저녁에 밥 먹는 시간으로 각 1시간만 쉴 수 있고, 나머지 11시간은 허리 펼 시간도 없이 일해야 해서 힘들긴 하다고 했다. 산업단지 밖으로 바람을 쐬러 나오면 한국인 많은 풍경이 새삼 신기하다고도 했다. 그는 명절 때마다 과일 선물 세트를 들고 나를 찾아왔다. 근로기준법이 안중에도 없는 사장님 덕분에 명절 법정휴일 3일 중 이틀만 쉬고 그마저도 연차에 포함된다는데, 그 시간을 쪼개서 말이다.

나는 그가 다시는 남의 물건에 손대지 않으리라고 낙관한다. 그가 치료를 받았기 때문만은 아니다. 누군가에게 진 마음의 빚을 늘 생각하고 사는 사람이라면 빚지게 한 그 사람을 배신하지 않을 것이라고 믿기 때문이다.

어떤 소나기

―――――

기록을 하나하나 펴서 말리다 그녀 이름이 눈에 들어왔다.
가족력도, 과거 병력도 없었던 그녀는 어쩌다가
잠시 피할 데도 없는 소나기에 갇혀버린 걸까.

혼자 사는 마흔 살 그녀는 두 개의 사건으로 재판을 받고 있었다.
2층 원룸에서 창밖으로 던진 화분이 주차된 차 보닛에 떨어져 재물
손괴 사건으로 하나, 그리고 병원에서 접수를 안 받아준다고 소란
을 피우며 병원 직원을 밀쳐 업무방해 및 폭행 사건으로 하나였다.

가로막힌 대화

재판 전에 피고인과 상담을 해야 하는데 연락이 닿지 않았다. 전화
하면 신호는 가는데 받지 않고, 문자를 남겨놓아도 회신이 없었다.
할 수 없이 수사 기록만 보고 첫 재판에 나갔다. 재판 당일 법정 앞
복도에 내 피고인의 나이쯤으로 보이는 여성이 앉아 있었다. 성함

을 대고 맞느냐고 물으니 그렇다고 했다. 국선변호인이라고 밝히고 그동안 왜 연락을 안 받으셨냐고 묻자 갑자기 높고 날카로운 목소리가 온 복도를 카랑카랑 울렸다.

"언제 전화하셨다는 거예요?"

나는 당황했다. 수사 기록을 읽으며 그녀가 보통 사람들과는 조금 다르게 행동하는 데가 있다고 생각했는데 아니나 다를까 그런 것 같았다. 그사이 재판 시간이 다 돼 사건 이야기는 해보지도 못한 채 법정에 들어갔다.

재판장이 나를 보며 공소사실에 대한 의견을 물었다. 대개는 변호인이 재판 전에 서면을 제출하기 때문에 재판장이 피고인 입장을 대충 알고 들어오는데, 이 사건에서는 미리 제출한 서면이 없었다. 나는 일단 "피고인을 오늘에서야 만나게 돼서 아직 의견을 나눠보지 못했습니다"라고 하고선, 옆에 앉은 그녀에게 작은 목소리로 "화분을 던진 사실이나 병원에서 소란을 피운 사실 자체는 인정하는 거 맞죠?"라고 물었다. 근거 없이 물은 건 아니었다. 수사 기록에는 잘못을 인정하는 식으로 조사를 받은 것으로 돼 있었다. 그녀는 내게 "뭘 인정한다는 거예요? 제 행동이 죄가 된다는 거예요?" 하며 또 날카롭게 말했다. 좀 전엔 당황했을 뿐이었지만 이번엔 당황에 무안까지 더해졌다.

친절한 재판장이 피고인에게 어떤 주장인지 직접 이야기해보라고 했다. 그녀의 이야기는 장황했다. 몇 년 전 교통사고를 당해 다리 수술을 했는데 그 이후로 복숭아뼈 근처가 계속 아팠고, 여기저기 병원도 가봤지만 다들 이상이 없다고 한다…. 공소사실과 아무런 관련이 없어 보이는 이야기가 10여 분 이어졌다. 재판을 기다리는 사람들이 방청석에 가득했고 재판은 늘 그렇듯이 예정보다 지연되는데, 상담도 안 된 피고인이 핵심을 비껴간 이야기로 시간만 끌고 있으니 나는 상담을 하지 못한 게 내 잘못이라도 되는 양 불편했다. 그래서 작은 목소리로 그녀에게 말했다.

"왜 화분을 던졌는지 그걸 물으시는 거예요."

내 말이 끝나자마자 그녀가 다시 쏘아붙였다.

"지금 그 이야기하려고 하잖아요. 그런데 지금 변호사님 말투는 저를 책망하는 말투 아닌가요?"

다시 아차 싶었다. 평범하지 않은 분이라는 걸 아까 알았는데 눈치가 없어도 이렇게까지 없다니. 이제 단 한마디도 더 하면 안 되겠다 싶었다. 그녀의 이야기가 계속 이어졌다.

"다리가 너무 아픈 거예요. 제가 하지 말라고 했어요. 근데 계속하는 거예요. 하지 마, 하지 마, 하는데도 말이에요."

도대체 무슨 말을 하는 건지 알 수가 없었다. 장황을 넘어 이젠 횡설수설 수준까지 이른 것 같았다. 재판장이 차분하게 "피고인, 누구한테 '하지 마'라고 하셨다는 거예요?" 하고 물었다.

"제 다리한테요."

순간 법정 안은 침묵에 휩싸였다. 잠시 후 눈치 빠른 재판장이 약간 과장된 어투로, 마치 유치원생에게 하듯 말했다.

"그래서 화분을 던지셨군요. 하지 말라고 하는데도 계속하니까

화가 나서서요."

"그렇죠. 그런데 저 때문에 차 수리비가 들었다고 해서 그건 물어줬어요."

병원에서 소란을 피운 것에 대한 주장을 요약하면 자신의 다리를 수술하던 의료진이 그 위치에 몰래 칩을 넣었다는 걸 알게 돼 그 병원에 다시 가서 칩을 빼달라고 했는데 진료를 계속 안 받아줬다는 것이다. 그러니 누군들 화가 나지 않겠느냐며 "병원에서 칩을 심고 진료를 안 받아줘도 되나요?"라고 했다.

이제 명확해졌다. 이 사건은 결코 사소한 사건이 아니다. 재판장이 거들어준 덕분에, 재물손괴에 관한 범죄사실은 인정하나 차 수리비를 지불한 것을 양형 사유로 주장하고, 폭행 및 업무방해에 대해서는 병원에서 진료를 안 받아준 게 잘못된 행동이므로 이에 항의하는 행위는 죄가 안 된다는 주장으로 겨우 정리됐다. 보통 사건이라면 길어도 3분이면 될 주장 진술에 30분이나 걸렸다. 다음 기일에 병원 직원을 증인으로 부르기로 했다. 나는 재판을 마치고 그녀와 대화할 필요를 느꼈지만, 그 사건 이후 다른 사건이 줄줄이 있어 법정 밖으로 나가지 못했다. 그날의 사건을 모두 끝냈을 때, 예상대로 그녀는 이미 가버리고 없었다.

한 달 후인 다음 기일까지 그녀는 여전히 연락이 닿지 않았다. 법정에 갔더니 이번에는 그녀가 출석하지 않았다. 증인으로 소환된 병원 직원은 출석해 있었다. 증인신문기일에 피고인이 출석하지 않으면 '기일 외' 증인신문을 하는 것으로 처리한다. 직원 증언을 들어보니 그 병원도 참다 참다 도저히 감당이 안 돼 신고한 것 같았다. 그녀가 다리 수술을 한 의사를 찾아와 침을 왜 심어났느냐고 따지면서 여러 번 괴롭혔다고 했다. 의사 앞에서 양말을 벗어 집어던진 적도 있고, 휴대폰을 던진 적도 있었는데 의사가 그때마다 참았단다. 이번에 신고하게 된 건 진료실이 아니라 병원 로비에서 카트를 넘어뜨리는 등 다른 환자들이 보는 앞에서 소란을 피워 할 수 없이 신고한 것이라고 했다. 검사가 주신문을 마치고 내가 반대신문을 할 차례였다.

"증인, 환자의 권리와 의무를 규정한 의료법 시행규칙에서 의료인은 정당한 사유 없이 진료를 거부하지 못한다고 규정하고 있는 걸 알고 계시죠? 피고인이 다소 무례한 행동을 했다고 해도 병원에서 진료를 안 받아주는 건 잘못된 게 아닙니까?"

"그 환자분은 정신과 치료가 필요한 환자입니다. 그런데 저희 병원에는 정신과가 없습니다. 그래서 다른 병원에 가보시라고 한 거죠. 그래도 그 환자가 자꾸 찾아오는 겁니다. 저희도 괴롭죠."

병원 직원은 그녀와 하도 말이 안 통해서 환자 차트에 보호자로 적혀 있는 그녀의 어머니에게 연락도 해봤단다. 어머니도 딸의 이상 행동에 이미 지쳤는지 병원 측 하소연에 한숨만 쉬었다고 했다.

닿을 수 없는 이야기

세 번째 기일을 앞두고도 그녀는 전화를 받지 않았다. 재판 당일에야 드디어 전화가 왔다. 지금 법정 앞에 왔는데 변호사는 언제 오느냐는 내용이었다. 재판까지 아직 두 시간이나 남아 있었다. 평소 같으면 그냥 기다리시라고, 저는 시간 맞춰 가겠다고 할 텐데, 만나고 싶어도 만날 길이 없는 그녀에게는 그럴 수 없었다.

근 두 달 만에 다시 만나게 된 그녀는 법정 앞 의자에 다소곳이 앉아 있었다. 태도가 지난번과 확연히 달랐다. 그동안 정신병원에 있었다고 했다. 자기 발로 정신병원에 가진 않았을 것 같고, 어머니가 병원으로 이끈 건지 궁금했지만 물어보지 않았다. 대신 병원에서 어떻게 지내셨느냐고 물었다.

"제 다리에 칩 있는 거 아시잖아요? 칩 이야기를 아무리 해도 아무도 칩을 빼내줄 생각은 안 해요." 그녀가 크게 한숨을 쉬고는 말을 이었다. "저는 그 칩 때문에 너무 아프고 다리가 아프면 순간적으로 화가 나거든요. 그래서 한번은 병실에서 쓰레기통을 던졌어요. 다리가 너무 아픈데 칩을 안 빼주니까요. 그런데 그 일 때문에 병원에서 쫓겨났어요. 처음 그 병원은 그래도 깨끗했거든요. 그런데 지금 병원은 사람들이 잘 씻지도 않고 냄새도 나고 그래서 힘들어요. 무엇보다 중요한 건 칩인데 사람들은 칩 같은 건 아무도 신경 쓰지 않아요." 풀이 죽은 목소리였다. 한때 높고 날카로운 소리로 나를 공격하던 그녀라고 믿기 어려울 정도였다.

나는 고개를 끄덕이며 말없이 듣기만 했다. 그녀가 갑자기 내 손을 끌어당겨 잡고는 손끝으로 톡톡 두드리며 말했다.

"얘가 톡톡 복숭아뼈를 건드리면 아픈 것도 아픈 건데 너무 기분이 이상하고 안 좋아요. 그리고 얘가 소리를 다 들어요. 제가 옷 벗는 소리, 씻는 소리, 화장실에서 오줌 누는 소리 다 듣는 거잖아요. 이건 상습 성폭행 아니에요?"

'얘'가 누굴까? 다리 안에 있는 칩을 말하는 걸까? '얘'는 남자일까? 궁금함이 넘쳐나는 중에 법원 저쪽 복도에서 어떤 남자의 목소리가 들리자 그녀가 이어서 말했다.

"저런 목소리예요. 선명하고 뚜렷한 남자 목소리요."

나는 궁금한 걸 다 물어봐도 될지 판단이 서지 않았다. 자신을 미친 사람 취급한다며 마음의 문을 닫아버리면 겨우 얻은 상담의 기회가 도로 물거품이 될 수도 있으니 말이다. 그래서 여느 피고인과 대화하듯 물었다.

"말도 해요?"

"네, 가끔 말을 해요."

"대화를 해보셨어요? 왜 그러느냐고?"

"제 질문에 답은 안 해요."

자기가 집을 비웠을 때 그 남자가 들어와서 속옷을 뜯어놓은 적도 있다고 했다.

"그 남자가 누구인데요?"

"병원의 그 직원이요."

"칩을 넣었다는 사람은 의사 아닌가요?"

"맞아요. 그런데 집에 들어온 사람은 병원 직원이에요. 원룸 비밀번호를 아는 사람은 엄마와 저밖에 없어요. 엄마가 속옷을 왜 뜯어놓겠어요? 그 남자가 그런 것이 분명해요."

"그 남자가 집을 어떻게 아는데요?"

"저는 아무하고도 연락 안 하거든요. 그때 만난 사람이 엄마와 그 사람밖에 없어요. 그러니 그 사람이죠. 제가 그 사람을 신고해야 하지 않을까요?"

재판이 시작되기 전까지 한 시간 반 동안 그녀는 조근조근한 목소리로 끊임없이 이런저런 이야기를 쏟아냈다. 하지만 그녀의 생각이 어디로 가고 있는 것인지 종잡을 수 없었다. 그사이에 공격성은 완화됐지만 망상의 정도는 더 심해진 것 같았다. 이 사건에서 국선 변호인이라는 지위를 가진 내가 뭘 해야 하는지도 미궁으로 빠지고 있었다.

"교통사고로 병원 간 거잖아요. 거기서 침 심어서 이런 거잖아요. 그린데 그 병원 의사가 진단서를 안 끊어줘서 보험 처리가 안 된대요. 지금은 엄마가 병원비를 내요. 엄마가 청소 일을 하거든요."

말을 멈춘 그녀의 눈에서 갑작스럽게 눈물방울이 후두둑 떨어졌다. 당황한 나는 가방에서 손수건을 꺼내 그녀에게 건넸다. 그녀는 "아니에요"하며 손을 내젓고는 자기 가방에서 손수건을 찾아 눈물을 훔쳤다. 손수건을 들고 있던 내 손이 머쓱해졌다. 그리고 보니 그녀는 참 단아했다. 지난번과 마찬가지로 옷도 단정했고, 그녀가 손수건을 찾느라 열어놓은 가방 안으로 휴지, 손수건, 물수건 같은 물건이 깔끔하게 정리돼 있었다. 눈물을 닦고는 다시 차분한 목소리로 말했다.

"엄마가 청소 일하면서 돈 벌어서 제 병원비 대는 게 죄송하잖아요. 제가 일을 해야 하는데 다리가 아프기도 하고, 다들 저하고는 일을 안 하려고 해요. 공장에서 일해봤는데 한 달 일하니 그만두래요. 사무실에서 일하는 자리를 얻으려면 어떻게 해야 해요?"

뭐라고 답해야 할지 잠시 고민하는 사이에 재판 시간이 다 됐다. 그날 재판에서는 그녀의 다리에 진짜 칩이 있는지, 그녀가 호소하는 통증과 불안의 원인은 무엇인지 정신병원에 사실조회를 받아보기로 했다. 칩에 집착하는 그녀에 대해 정신병원 의사가 뭐라고 진단하는지에 따라 심신미약 감경이 인정될 여지는 있을 것 같았다. 그녀가 심신미약을 주장하진 않았지만 변호인으로서 그 주장이라도 해야 했다. 몇 주 뒤 정신병원에서 사실조회가 왔다. 질문은 A4 용지 한 장 가득이었는데 의사의 답변은 단 두 줄이었다.

과거 병력 및 가족력 없는 조현병 초기 증상에 따른 망상으로 보임. 당분간 입원 치료가 필요함.

네 번째 기일을 며칠 앞두고 내가 사무실을 비운 사이에 그녀가 부재중 전화를 남겼다. 정신병원에서는 휴대폰 사용을 할 수 없다면서 정해진 시간에 전화를 걸어야 병원에서 바꿔준다고 했다. 그녀가 말한 시간에 맞춰 전화를 했다.

그녀는 뭐가 급한지 잘 지냈냐는 인사도 받지 않았다.

"제 발목에 있는 칩 있잖아요. 그걸 찍은 영상 사진을 병원에서 복사해줬어요. 그거 법원에 내고 싶어요. 그래야 제 말을 믿어주겠죠?"

그 병원에서 칩은 망상이라고 회신해왔는데, 사진에 칩이 나온다니 말도 안 되는 소리였지만, 그렇게 말할 순 없었다.

"정말 칩이 보여요? 그럼 일단 그걸 가지고 재판 전에 저희 사무실로 와주실 수 있겠어요? 저한테 설명을 좀 해주세요."

그녀는 약속된 시간에 사무실로 왔다. 병원에서 복사해 저장했다는 CD를 컴퓨터에 넣었다. 그 안엔 그녀 다리에 대한 엑스레이 사진, 조직 사진 등의 영상이 있었다. 그녀가 조직 사진에서 어떤 부분을 가리켰다.

"여기 있잖아요. 볼록 튀어나온 부분이요. 이게 이상하잖아요. 의사한테 물어보니 이게 뭔지 모른대요. 아무래도 제 생각엔 여기에 칩이 숨겨져 있는 것 같아요."

"그럼 이게 칩이 있는 사진이라는 거예요?"

"그렇죠."

나는 아무 소리도 않고 직원에게 부탁해 그 CD 영상 사진을 복사하고 피고인 설명을 요약한 서면을 가지고 법정에 갔다. 사진을 띄워놓고 그녀의 주장에 따른 변론을 했다.

"여기 볼록한 부분이 피고인이 칩이 숨겨져 있다고 의심하는 부분입니다."

마치 나도 그 부분이 의심된다는 듯 당당한 목소리로 말을 맺었다. 재판장이 그녀에게 재판을 마치기 전에 마지막으로 하고 싶은 말이 있다면 해보라고 했다.

"병원에 '환자의 권리와 의무'라는 게 써 붙여져 있어요. 거기에 환자는 차별받지 않고 치료받을 권리가 있다고 쓰여 있어요. 그런 데 제 다리에 칩을 박고 그걸 항의한다고 치료 안 해주는 건 잘못된 것이라고 생각합니다."

말하는 태도로만 보면 그녀는 너무 멀쩡했다. 재판장은 진지한 얼굴로 잘 살펴보겠다며 변론을 종결했다.

소나기에 갇힌 사람들

그날 다른 사건이 많아 재판은 퇴근 시간 무렵에야 끝났다. 곧장 집 으로 향했다. 법원에서 집까지 걸어서 20분 거리였다. 가을 하늘을 만끽하며 한창 걷고 있는데 비가 한두 방울 떨어지는 것 같더니 갑 자기 장대처럼 굵은 빗방울이 쏟아지기 시작했다. 전혀 예상치 못 한 소나기였다. 택시를 부르려면 가방을 열고 휴대폰을 꺼내서 손 에 들어야 하는데 빗줄기가 너무 굵어서 휴대폰이고 가방 안이 다 젖을 것 같았다. 게다가 이런 날씨에 택시 콜은 미어터지기 마련이 니 콜을 한다고 택시가 금방 올 것 같지도 않았다. 공교롭게도 그 날 내가 택한 길은 어느 아파트 후문을 지나 공원을 거쳐 가는 길이 었는데 근처에 비를 피할 건물 처마도, 우산을 살 수 있는 편의점도 없었다. 할 수 없이 소나기를 맞기로 했다. 처음엔 대책 없이 비를 맞게 된 게 당황스럽고 짜증스러웠지만, 마음을 내려놓고 비를 한 참 맞으니 오히려 자유로운 기분도 들었다. 이런 비를 맞는 게 얼마

만인가 싶었다. 다만 가방 안에 비가 들어가지 않도록 가방을 꼭 안아 쥐었다.

집 근처까지 오니 요란했던 소나기가 거짓말처럼 뚝 그쳤다. 내 몰골은 영락없이 물에 빠진 생쥐였다. 집에 들어가 젖은 옷을 베란다에 널고 물이 뚝뚝 떨어지는 신발에는 신문지를 채웠다. 가방을 열어보니 휴대폰은 다행히 많이 젖지 않았는데 사건 기록은 엉망이었다. 기록을 하나하나 펴서 말리다 그녀 이름이 눈에 들어왔다. 가족력도, 과거 병력도 없었던 그녀는 어쩌다가 잠시 피할 데도 없는 소나기에 갇혀버린 걸까.

그 무렵 조현병 증상을 가진 이가 환청이나 망상에 사로잡혀 저지른 끔찍한 범죄 소식이 잇따랐다. 사람들은 저렇게 위험한 환자를 왜 사회에 방치하느냐고, 강제입원을 시켜서 사회에 나오지 못하도록 해야 한다고 목소리를 높였다. 하지만 그 비용을 누가 감당해야 하는지를 말하는 사람은 별로 없었다. 심각한 범죄를 저지를 위험이 있는 정신질환자들을 국가는 제대로 관리하지 못했고, 가족조차 그들의 폭력이 무서워서 혹은 평생 짊어져야 할 그 짐이 너무 무거워서 도망갔다. 긴 세월 버려지고 방치된 그들의 증상은 계속 나빠졌다.

그녀는 끔찍한 범죄를 저지른 환자와는 거리가 멀다. 하지만 계속 자신을 괴롭히는 다리에게 '하지 마!'라고 하다가 다리가 말을 듣지 않으면 앞뒤 생각하지 않고 화분이든 쓰레기통이든 또 던질 수도 있는 일이다. 그때 마침 그곳을 지나던 어떤 사람이 2층에서 날아오는 물건에 머리를 맞고 뇌진탕에 걸리는 불운을 겪을지도 모른다. 우리 모두 그런 운 없는 사람이 되는 걸 원치 않는다. 그러니 그녀도 꾸준히 치료를 받아야 한다. 그러기 위해서는 그녀의 어머니가 너무 지쳐서 나 몰라라 한다거나, 아파서 일을 못해 병원비를 낼 수 없는 일은 결코 일어나선 안 된다. 청소 일을 하는 그녀의 어머니가 모든 책임을 떠맡고 있으니 그 짐이 얼마나 무거울까.

하늘은 믿을 수 없을 정도로 다시 맑아져 있었다. 창밖을 보지 않고 다른 일에 열중하던 어떤 사람에게는 아무 일도 일어나지 않은 저녁이었을 수도 있다. 지나가는 소나기에 흠씬 젖었던 나도 옷과 가방과 신발을 말리고 나면 소나기 따윈 잊을 것이다. 그런데 왜 소나기에 갇혔는지 설명할 수 없는 사람, 소나기가 지난 후의 그 평온함을 누리지 못하는 사람들이 있다. 누구도 그들에게 짧은 처마조차 돼주지 못하고 있는 현실에서 내 일을 마무리했으니 사건 또한 잘 끝났다고 하기엔 여전히 마음이 무거웠다. 그녀와 그녀 어머니의 힘겨운 삶은 이제 막 시작일 테니 말이다.

전체를 보면 좌절감이 압도하지만

그가 지금까지 그래왔듯 L도,

언젠가는 철이 들 J도,

정사각형에 나누어 담은

오늘을 살아낼 것이다.

흑백으로 분명히 나뉘는 것은 없다.

온통 회색뿐인 세상에서 허우적거리며

모순 가득한 세상을 인정하고

받아들이는 법을 배우고,

버둥버둥 그렇게 사는 게

삶이라는 걸 어깨 너머로 알았다.

3

.

재범은
늪과 같아

예견된 조우

한 끼 한 끼 먹는 食事(식사)가 단순히 밥을 먹는 것이 아니라 땅의 地氣(지기)와
하늘의 陽氣(양기)와 모든 氣(기)의 結晶體(결정체)를 먹는 것인데 저는 어느 순간부터
음식의 소중하고 귀중함을 알면서도 먹지 않고 술만 마셨습니다.

사건을 마치고 변호인석에서 나오는데 재판장이 호명하는 다음 사
건 피고인 이름이 익숙했다. 혹시나 해서 법정 밖으로 나가지 않고
방청석에 앉았다. 교도관이 구속 피고인 대기석에서 목발 짚은 중
년 남성을 데리고 나왔다. 아니나 다를까 낯이 익었다. 다시는 감옥
에 들어오는 일이 없을 거라고 호언장담했던 사람이었다.

검사가 공소사실을 낭독했다. "피고인은 ×년 ×월 ×시경 ××식
당에서 술과 안주를 주문했지만, 처음부터 음식값을 지불할 의사와
능력이 없었습니다. 피고인은 이와 같이 ×××를 기망하여 음식값
2만 5천 원을 편취했다는 것입니다."

역시나, 이번에도 무전취식 사기였다.

절대 하지 않겠다는 그 믿지 못할 말

내 기억이 맞다면 40대 중반의 그는 사기 전과가 최소 30범이었다. 한 건의 전과가 한 사건인 경우도 있지만 몇 개의 사건을 묶어서 한 번에 처벌받으면 그게 한 건의 전과가 되기도 하므로 실제 사기 사건은 50건도 훨씬 넘을 것이다. 삶에 일관성이 있어서인지 모든 전과가 무전취식 사기다. 술에 취해 옆 사람에게 행패를 부리거나, 술값 계산해달라는 주인이나 종업원에게 욕하거나, 출동한 경찰에 저항하는 일도 없었다. 늘 혼자 식당에서 묵묵히 술을 마셨고, 술값과 밥값을 받지 못한 식당에서 경찰을 부르면 순순히 체포됐다. '사기 전과 30범'이라고만 하면 남을 홀리는 언변으로 그럴듯한 거짓말을 밥 먹듯이 하면서 남의 돈을 뜯어내는 야비한 사람을 연상하게 되지만, 현실의 그는 그런 이미지와 거리가 멀었다. 그는 그저 무기력한 술의 노예였다.

그는 선천적으로 한쪽 다리에 장애가 있었고, 노동 능력이 없어서 기초생활수급대상자였다. 국가에서 기본적인 생계에 쓰라고 주는 보조금이 소득의 전부인데, 여관방 월세를 제외하고는 그 돈을 거의 술값으로 썼다. 사기라고 해봐야 매번 단돈 몇만 원의 술값이었다. 처음 몇 번은 가벼운 벌금형을 받았다. 그다음 한두 번은 징역형의 집행유예를 받았다. 집행유예 기간에 또 사고를 쳐서 그 전보다 높은 벌금형을 받기도 했다. 전력이 차곡차곡 쌓이다 보니 언젠가부터는 피해를 보상하고 합의를 해도 실형을 면치 못했다. 얼마 되지 않는 술값 때문에 징역 6월이나 8월, 때로는 1년까지도 살았다. 돈을 빌리고 못 갚는 차용금 사기 사건과 단순 비교할 수는 없지만 편취한 금액으로만 비교한다면 상대적으로 엄한 벌을 받는 건 사실이었다. 그는 벌금을 못 내(술 마실 돈도 없는데 벌금 낼 돈이 있을 리 없다) 걸핏하면 노역장에 유치됐고, 실형도 여러 번 경험했다. 그때마다 술을 끊겠다고 다짐하고 또 다짐했던 그다.

감옥에 다녀오면 얼마간은 조심했다. 그러나 어느 날 깨어보면 또 파출소였다. 왜 돈도 없이 술집에 가서 술을 주문했느냐고 하면 기억이 나지 않는다고 했다. 그는 술에 취해 어떻게 그 식당에 들어갔는지부터 기억이 없었다.

나도 술 취해 정신을 잃어본 경험이 없지 않아서(부끄러운 일이니 굳이 밝힐 건 없지만) 기억나지 않는다는 말이 거짓말은 아니라는 걸 안다. 보통 사람은 그런 일이 한두 번 벌어지면 다음을 대비하는 어떤 장치를 마련한다. 너무 취할 정도로 마시지 않도록 조심한다거나, 가족이나 친구에게 취한 뒤의 상황을 부탁하는 식으로 말이다. 그는 아무런 안전장치를 마련하지 않은 채 술을 계속 마신다는 게 문제였다. 뒷일을 부탁할 가족이나 친구가 없었고, 술에 이미 중독돼버려 자제력을 발휘할 수도 없었다. 그는 그나마 최소한의 양심으로 수사와 재판 과정에서 어떻게든 돈을 마련해 업주에게 술값을 갚았다.

내가 변호를 맡았던 사건에서도 그는 식당 주인과 합의하고 싶다고 했다. 구속돼 있는 그를 대신해줄 사람이 아무도 없어 내가 움

직여야 했다. 그의 영치금을 송금받고 합의서 양식을 가지고 그 식당에 찾아갔다. 영업 준비를 하고 있던 식당 주인아주머니는 국선변호인이라고 하면서 합의서를 쭈뼛쭈뼛 내미는 내게 "아이구, 그런 일로 감옥까지 갔어요? 그럴 줄 알았으면 내가 신고도 안 했는데… 돈을 안 내니까 돈 받으려고 신고한 거지"라며 인심 좋게 합의서에 서명해줬다.

명문 사기 선생

그는 구치소에서 편지를 자주 보냈다. 국선변호를 받는 대부분의 피고인과 달리 그는 글을 잘 쓰는 편이었다. 특히 한자를 잘 썼는데, 밥도 안 먹고 술만 마셔댄 일을 후회하며 이렇게 썼다.

> 한 끼 한 끼 먹는 食事가 단순히 밥을 먹는 것이 아니라 땅의 地氣와 하늘 陽氣와 모든 氣의 結晶體를 먹는 것인데 저는 어느 순간부터 음식의 소중하고 귀중함을 알면서도 먹지 않고 술만 마셨습니다.

나는 그의 한자 실력에는 물론 지기地氣와 양기陽氣, 기氣의 결정체結晶體라는 단어 선택에도 감탄했다. 편지를 마무리할 때는 "두서頭緖 없는 졸필卒筆 끝까지 읽어주셔서 고맙고 감사感謝합니다"라는 식상하긴 하지만 정중한 표현을 썼다. 그와 나이가 비슷한 나는 그보다 교육 수준이 높지만, 한자를 읽으라면 읽긴 해도 쓰라고 하면 난감하기 짝이 없는데(한글 프로그램에 한자 변환 기능이 있어 얼마나 다행인지!) 사전이나 인터넷 도움 없이 한자를 저렇게 자유자재로 쓸 수 있는 게 대단해 보였다. 검정고시로 고등학교 과정까지 마쳤고, 정규교육으로는 중학교조차 졸업하지 못했다던데 문장력도 제법 있어 주어와 동사가 제대로 호응했고, 비문이 거의 없었다.

식당 주인에게 합의서를 받아 재판부에 제출했다고 인터넷 서신을 보냈더니 그가 답장을 보내왔다. A4 용지 일곱 장에 빽빽하게 쓴 장문의 편지였다. 왜 알코올의존증으로 스스로가 생각해도 한심한 인생이 됐는지 쓴 부분은 마치 한 편의 드라마 같았다.

어릴 때부터 한쪽 다리를 절었던 그는 다른 동네 아이들처럼 밖에 나가 놀지 못했단다. 어머니는 원인도 이름도 모를 병으로 늘 누워 있었고, 아버지는 술에 취해 자식을 때리는 일이 많았다. 그래서 그는 뒷집에 자주 놀러 갔다. 큰 포도밭이 있던 뒷집 부부는 매년 포도주를 큰 항아리에 몇 동씩 담갔다. 일거리가 없는 겨울에는 동네 할배들이 뒷집에 모여 장기와 바둑을 두면서 포도주를 마셨다. 그는 동네 할배들과 같이 놀며 한글보다 장기판 위에 있는 한자를 먼저 배웠고, 명심보감과 천자문을 배웠다고 했다. 장기와 바둑도 배우면서 할배들이 '사내자식은 술 한잔 정도는 마셔도 돼' 하면서 주는 포도주를 받아 마시기도 했다. 처음 마셔본 술은 "빨갛고 고운 빛깔에 달짝지근하면서도 한편으로는 썩은 포도의 냄새가 나는" 맛이었다고 했다(구치소 피고인들에게 받은 편지 중 최고의 문장력이었다).

앓던 어머니가 돌아가신 후 아버지는 재혼했고 그를 더 자주 때렸다. 추운 겨울날 아버지에게 맞고 쫓겨날 때면 딱히 갈 데가 없어 뒷집 포도주 창고에 몰래 들어가 밤을 보낸 적이 많았다. 배가 고프면 포도주가 담긴 항아리를 살짝 열어 위에 둥둥 떠 있던 포도 알갱이를 먹곤 했다. 그 포도주 알갱이에 묻어 있던 술이 배고픔도 잊게 해주고 아버지한테 맞은 상처 또한 아프지 않게 해줬다고 했다. 그래서 "어린 저의 뇌腦 속에 술이라는 것이 이렇게도 좋은 것이구나 하고 강하게 각인刻印"됐다고 했다. 국민학교(당시 초등학교가 아니라 국민학교였다)도 들어가기 전의 일이었다.

중학교 졸업을 코앞에 두고, 정 안 가는 새어머니와 매질해대는 아버지가 싫어서 큰 도시로 도망쳤다. 혼자였지만 술이 친구이자 가족이었다고 했다. 공장을 다니고, 검정고시 학원에 다니면서도 그는 늘 술을 마셨다. 슬퍼서 마시기도 했고, 검정고시로 중학교 졸업장, 고등학교 졸업장을 받을 때는 기뻐서 마시기도 했다. 어느새 술은 일상이 됐다. 그러다 서른을 갓 넘었을 때부터 필름이 자주 끊겼고, 깨어나면 병원 응급실 아니면 파출소였다. 자기가 술을 먹는 게 아니라 술이 술을 먹고, 자신을 먹었다. 그도 노력을 해보긴 했다. 자진해서 알코올 전문 병원에 입원도 해봤다. 그런데 알코올의존자가 병원에 입원할 때 심리가 다 똑같단다. 병원에 들어가기 전에는 앞으로 병원에 들어가서 못 마시게 될 술까지 다 마시고, 병원에서 외출 혹은 외박을 허락받으면 그동안 못 마신 술을 다 마신다는 거다. 어릴 때 외로움과 배고픔을 면하게 해준 술, 아버지를 피해 도망 나온 삶에 늘 함께하며 자신을 위로해준 술, 그 술이 어느 순간부터 자신의 삶을 좀먹고 있었다.

　범죄 종류별로 구치소에 수용되다 보니 그는 늘 사기 범죄자들과 같은 방을 쓰게 됐다. 그는 "범행犯行을 사전에 작정하고 돈을 챙겨놓고 들어온 인간 말종들이고, 입에는 좋은 것만 늘 들어가는데 나오는 것은 쓰레기뿐"이라고 표현할 정도로 같은 방에 있던 사기꾼들을 끔찍이 싫어했다. 그래서인지 자신은 대책 없는 술꾼이긴 하지만 파렴치한 사기꾼은 아니라고 매번 강조했다. 자기가 정신이 있는데 무전취식하려고 작정하고 가게에 들어갔다면 정말로 사람이 아니라는 말도 덧붙였다.

　원인이 술이라고 해도 결과는 같은 사기죄가 아닌가. 평생 사기죄로만 감옥을 오간 사기꾼이 같은 방 사기꾼들을 그렇게 증오하는 게 한편으로는 우스꽝스럽기도 했다. 하지만 최소한 적극적인 속임수는 없는 사기꾼이라는 점에서 그의 변명도 일리가 전혀 없는 건 아니었다. 게다가 내가 잘 못하는 분야(한자)를 잘하는 사람에 대한 막연한 기대감 같은 것도 있었다(논리적으로 설명이 되지 않는 어이없는 감정이지만). 그래서 오지랖이 발동했던 모양이다. 나는 그의 바람대로 그가 다시는 감옥에 가지 않았으면 하는 마음에 서점에서 알코올중독 관련 책들을 훑어보고 치료에 도움이 될 만한 책을 하나 샀다. 글을 저 정도 쓰니 교양서적 수준의 책을 잘 읽어낼 거라는 생각이 들었다. 마지막 접견 날, 구치소 민원실에 들러 그에게 책을 넣어줬다(변호인 접견을 하면서 책을 줄 수는 없게 돼 있다). 구속 피고인에게 책을 선물하는 나 자신이 훌륭한 국선변호사라는 생각에 빠진 나머지, 그가 감동해 울기라도 하면 어쩌나 하는 걱정까지 살짝 했다. 그런데 변호인 접견실에서 만난 그의 반응은 의외였다.

"책을 넣으셨다고요? 하하. 마음은 정말 감사합니다만, 제가 알코올중독에 대해서는 변호사님보다 훨씬 더 전문가입니다. 그런 책 안 봐도 어떻게 극복해야 할지 제가 잘 압니다. 저는 다시는 여기 들어오지 않을 자신이 있습니다. 술에 안 취하면 법에 어긋날 행동을 하지 않아요. 여기 다시 들어오면 제가 인간이 아니죠."

당황스러웠다. 그에게 줄 책을 고르기 위해 읽은 여러 책에서 하나같이 몇 년을 단주斷酒에 성공했다가도 어느 날 '딱 한 잔만' 하고 마셨다가 예전 생활로 돌아간 사례가 많다고 했다. 그래서 단주에 대한 자신감은 절대 금기라고 했다. 그도 이번이 처음 징역살이가 아니었다. 들어올 때마다 그렇게 감옥살이를 저주하며 다시는 들어오지 않겠다고 다짐했음에도 또 들어와 있는 상황에 저 호기로운 자신만만함은 어디서 나오는 걸까 싶었다.

문제의 시발점

물론 알코올의존에서 회복된 사례가 없는 건 아니다. 그중에는 음악에 천부적인 재능을 가진 프랑스 신부 뤼시앵 뒤발Lucien Duval이 있다. 그는 상송 작곡가, 연주자, 가수로 활동하며 신을 찬양하고 사람들을 감동하게 했던 인물이자 알코올의존자였다. 자신의 저서 《뤼시앵 신부의 고백》을 통해 알코올의존에서 벗어나지 못하던 시절의 심정을 이렇게 썼다.

용기도 아무 소용이 없노라. 의지도 아무 소용이 없노라. 자신에 대한
힘도 아무 소용이 없노라. 자신에 대한 미움도 아무 소용이 없노라. 격
려도 아무 소용이 없노라. 지식도 아무 소용이 없노라. 학문도 아무 소
용이 없노라. 자격증과 학위도 아무 소용이 없노라. 기도, 나는 애썼으
나 소용이 없노라.

절망감에 자살 시도까지 했던 뒤발 신부는 마침내 알코올의존에
서 빠져나왔고 후에 수많은 알코올의존자를 도왔다고 한다. 대다수
의 관련 책은 그런 사례를 소개하면서 알코올의존에서 회복하는 길
은 지난한 과정이지만 지속적인 치료를 받는다면 불가능한 것이 아
니라며 독자에게 용기를 줬다.

그러나 지속적인 치료라는 것이 그렇게 만만하지 않다. 본인의
의지, 가족이나 가까운 친구 등 중독자를 지지해줄 주변 사람들, 그
리고 무엇보다도 병을 고치려는 노력이 단 하루, 단 한순간도(이
게 중요하다) 무너지지 않도록 해줄 삶의 굳건한 이유, 덧붙여 치료
를 지속해서 받을 수 있게 해줄 최소한의 돈. 이 정도는 갖춰야 한
다. 그런데 한쪽 다리를 못 써 노동 능력이 없고, 변변한 직업이 없
으며, 가족이나 친구도 없는 데다 돈도 없는 기초생활수급대상자에
게 지속적인 치료가 과연 가능한 일일까. 출소 후 며칠, 아니 몇 달,
심지어 몇 년을 의지로 견디고, AA Alcoholics Anonymous (알코올의존자 자조

^{自助} 모임)에 빠짐없이 나가면서 자신을 다잡을 수도 있겠지만, 괜스레 슬퍼지고 무기력해져 술 생각이 간절히 나는 어떤 순간이 갑작스럽게 찾아올 수 있다. 그 어둠의 빗장을 다시 여는 순간, 그를 '딱 한 잔만'의 유혹에서 구해줄 수 있는 무언가 혹은 누군가가 있을 리 만무했다.

그래서 그는 예정돼 있었다는 듯 다시 피고인석에 섰다. 그 옆에 앉은 국선변호인은 몇 년 전 내가 한 변론과 거의 똑같은 내용으로 변론했다. "피고인은 알코올의존을 치료하기 위해 백방 노력했는데, 또다시 이런 일이 일어난 것에 대해 진심으로 후회하고 반성하고 있습니다. 피해자와 합의도 한 점 참작하시어 최대한 선처해주시기 바랍니다."

그는 덤덤하게 간단한 최후진술을 했다. 내 사건 때는 지금까지의 인생사와 앞으로의 각오까지 담아 비장한 최후진술을 했는데, 그 말을 보기 좋게 배신한 자신에게 그도 지친 것 같았다. 나는 그를 계속 쳐다봤지만 그는 방청석으로 눈길 한번 돌리지 않고 곧바로 구속 피고인 대기실로 들어갔다. 그를 보러 재판에 올 사람이 전혀 없으니 사실 그가 방청석에 눈을 돌릴 이유가 없다.

변한 건 아무것도 없었다. 그는 술 앞에 여전히 무기력했고, 우리 사회는 재범을 막는 데 무기력했다. 아마 이번 출소 후에 일어날 다음 사기 사건에서도 마찬가지일 것이다. 변하는 건 늘어나는 전과 수와 높아지는 형량뿐이다.

나는 느릿느릿 몸을 일으켜 법정을 나왔다. 소용없는 처벌에 서글프고 힘이 빠졌다. 존경받는 원로 정신과 전문의 이호영 선생은 알코올의존을 사랑의 병이라고 불렀다.[13] 병이 깊어질수록 사랑을 주지도, 받지도 못하게 되기 때문이다. 그를 보니 정말 그랬다. 어릴 때 따뜻한 보살핌을 충분히 받지 못했고, 성장해서도 정서적인 유대를 형성하는 친밀한 관계를 경험한 적이 없었던 그에게 왜 술을 끊지 못하느냐고 비난하며 더 엄격하게 처벌한들 술을 부르는 마음의 상처가 치유되지 않는 한 그의 재범을 막을 수 없을 것 같았다. 상처가 해결되지 않고서는 범죄가 해결될 수 없는 사람을 두고도 우린 범죄만 보고 있다.

죄는 미워도 미워지지 않는 선수

그는 멋쩍은 듯 웃으며 깍듯하게 인사했다. 고단한 삶의 무게가 드리워진 얼굴이었다.
사기꾼 하면 연상되는 교활이라곤 찾아볼 수 없었다. 70만 원도 겨우 마련한
젊은이들에게 사기 친 그 파렴치함을 떠올리니 다시 혼란스러웠다.

'이 사람, 왜 불구속이지?' 사건 공소장을 보고 가장 먼저 든 생각이
었다. 보이스 피싱에 이용될 줄 알면서도 자기 명의 체크카드를 넘
겨줘서 사기 방조와 전자금융거래법 위반의 상상적 경합, 그리고
'중고나라' 사기 여러 건이 병합된 사건이었다. 공소사실 범죄전력
에 사기죄, 전자금융거래법위반죄, 사기방조죄 등으로 여러 번 처
벌받은 기록이 있었다. 보이스 피싱 사기는 방조라도 구속 사건이
많고, 중고나라 사기는 금액이 적어도 건수가 많으면 구속되는 경
우가 많았다. 이론적으로야 형사 재판에서 불구속 재판이 원칙이고
구속 사유(일정한 주거가 없거나, 증거를 인멸할 염려가 있거나, 혹은 도망하
거나 도망할 염려가 있는 때)가 있을 때만 구속해야 하지만, 현실에서
이런 사안으로 불구속 재판을 받는 것은 매우 이례적이었다.

선수들의 수법

아직 사건 기록을 검토하지 않았는데 그가 사무실로 전화를 해왔다. 상대방이 용건을 이야기하기도 전에 내가 궁금한 걸 먼저 물었다.

"왜 구속 안 됐어요?"

내뱉고 나니 변호인으로서 할 말이 아니었다 싶어 후회가 잠깐 스쳤는데 그는 전혀 개의치 않고 말했다. 경상도 사투리가 강하고 서글서글한 말투였다.

"그렇지예? 변호사님이 봐도 구속될 만한 사건이긴 하지예? 안 그래도 수사 검사님이 카데예. 갓난쟁이 때문에 구속 안 했다고예. 제가 검찰청에서 조사받을 때 우리 막내가 갓 태어났거든예. 지금은 백일 막 지났고예. 제가 아가 셋이거든예."

변호인으로서 적절치 못한 말을 했다는 미안함에 얼른 아이 셋 키우기 힘드시겠다며 수습하는 말을 다시 건넸다. 동시에 수사 검사에게도 갓 태어난 애가 있어서 차마 구속영장을 청구하지 못했을 수 있겠다고 생각했다.

"아 셋 델꼬 먹고살라카니 힘들지만 우짜겠습니까. 다 내 새낀데예. 그래서 말입니다, 변호사님. 이 사건 피해 금액 돈 다 갚을라 카는데 시간이 좀 필요하거든예. 있는 돈 가지고 합의하는 게 아니고 일해서 벌어가며 한 건씩 물어줘야 하는 형편이라서예."

형사 재판을 여러 번 받아보면서 다양한 국선변호인을 경험한 피고인들이 어떤 면에선 편할 때가 있다. 알 거 다 아는 '선수들'인지라 변호인이 구구절절 재판 진행 절차에 관해 설명하지 않아도 되고, 국선변호인에게 기대하는 수준이 그리 높지 않은 데다, 원하는 걸 솔직하게 까놓고 말하는 경향이 있어서 형사 재판 처음 받는 사람들에 비하면 부담이 적다. 그가 이 사건에서 원하는 핵심은 '시간 끌기'였다. 사기 방조와 전자금융거래법 위반 피해금이 약 300만 원, 중고나라 사기 10건 정도의 금액이 약 300만 원, 합이 약 600만 원 정도였는데, 그는 수사를 받으면서 중고나라 두 건에 해당하는 30만 원 정도만 갚은 상태라고 했다. 피고인이 악의적으로 재판을 지연시켜 비난받는 경우도 더러 있지만, 피해 금액 갚기 위해 재판을 몇 달 정도 끄는 건 큰 문제가 아니었다. 더구나 피해자 입장에서도 피고인이 징역을 오래 살든 말든 나 몰라라 하는 것보다는, 조금이라도 가벼운 형을 받기 위한 목적일지언정 돈을 얼마라도 갚아주는 게 더 낫다.

시간이 얼마나 필요하냐고 물었더니 두 달 정도면 된다고 했다. 경험상 피고인들이 말하는 시간보다 두세 배, 길게는 다섯 배는 더 걸릴 수 있다는 걸 염두에 둬야 한다. 속으로는 최소 넉 달, 다섯 달 정도는 걸리겠거니 하면서 "두 달이면 다 해결할 수 있죠?"라고 부질없는 다짐을 한 번 더 받았다.

돈을 다 갚으면 집행유예를 받을 수 있겠느냐는 그의 질문에 그건 판사님이 정하시는 일이라 장담은 못 하지만 사기는 피해 회복이 가장 중요한 양형 요소이니 돈 갚고 합의서 받는 데 최선을 다해야 할 거라는 으레 하는 말들을 했다.

선수가 감이 없어서 나한테 물은 건 아닐 거다. 답을 이미 다 알고 있을 그가 열심히 갚아보겠다며 맞장구를 쳤다. 사기 피고인들은 돈을 갚을 거라고 거듭 말하면서도 시간만 끌고 결국 돈을 갚지 않는(혹은 못 하는) 경우가 많은데, 그에게는 구속을 면하려는 절박한 마음이 있고 편취 금액이 그리 크지 않으니 돈을 다 갚을 수도 있겠다고 생각했다.

그와 통화한 이후 사건 기록을 읽었다. 전체의 3분의 1 정도가 지금까지 처벌받은 사건의 수사 기록과 판결문이었다. 기록 속 주인공은 지긋지긋한 사기꾼이었다. 사진을 구할 수 있는 거라면 뭐든 중고나라에 판다고 글을 올렸다. 게임기, PC, 장난감, 가구, 공연 티켓, 옷, 신발, 화장품 등 많으면 몇십만 원, 적으면 몇만 원짜리 '일상밀착형' 사기였다. 사기 수법은 참으로 단순했다.

'우리 애 사준 고급 장난감인데요, 애가 싫증 내서 반값에 팝니다.'

며칠이면 탄로가 날 거짓 광고를 내고 이에 속은 피해자로부터 몇십만 원 송금받아 밀린 이자나 월세 등 당장 급한 돈을 해결했다. 그러고는 '오늘 허리가 아파서 우체국에 못 갔습니다. 내일 배송해드릴게요', '애 유치원 발표가 있어서 바빴네요. 기다리셨을 텐데 죄송합니다. 내일은 꼭 배송해드리겠습니다' 하는 식으로 하루만에 들통이 날 변명을 하며 또 시간을 벌었다. 순진한 피해자는 처음에는 예의 바른 문자에 감쪽같이 속아 넘어간다. 그게 하루 이틀, 한두 주, 한두 달이 되면 결국 고소장이 경찰에 접수됐다.

한번은 그가 살고 있는 월세방을 '보증금 70만 원에 월세 5만 원

전전세'로 광고를 올리고 여러 사람에게서 보증금을 받기도 했다. 돈 없이 도시에 나와 취직자리를 구하려던 젊은 사람들이 전 재산이다시피 한 70만 원을 사기당하고 울고불고하며 고소했다. 피해자들은 조사를 받으면서 자신과 같은 사람이 여럿이라는 걸 알고 더 충격받았다. 기록을 읽다가 열이 올랐다. 몇천만 원, 몇억 원씩 등쳐먹고도 별로 죄책감을 느끼지 않는 사기꾼들도 많이 만나봤지만, 가진 것 없이 사회에 나와 열심히 살아보려던 젊은이들의 70만 원을 가로챈 그가 그런 전문사기꾼보다 더 나빠 보였다. 내가 통화했던, 시원시원 호감이 가게 말하는 그 사람과 기록 속 주인공이 동일 인물이라는 게 믿기지 않았다.

그런 식의 전과가 10년간 거의 매년 있었다. 금액이 적은 사건이 한 건씩 기소되면 대부분 약식 벌금으로 끝났고, 그런 건을 몇 건 모아서 기소한 사건에서 징역형 집행유예를 한두 번 받았고, 실형을 받은 건 한 번뿐이었다. 사기 쳐온 그 긴 세월 동안 사기 금액이 올라가지도, 속임수가 진화하지도 않았다. 피해자들에게 자기 명의 휴대폰으로 연락하고, 자기 명의 계좌로 돈을 입금하게 하고, 심지어 이름도 정확하게 알려줬다. 그래서 그의 이름과 휴대폰 번호가 '더 치트'(중고나라 거래할 때 사기꾼 여부를 확인하는 사이트)에 종종 올랐다. 그래도 눈먼 피해자는 널려 있었다. 자기 명의 계좌로 돈을 받았으니 피해자가 물건을 못 받고 경찰에 신고하면 곧바로 신원이 파악된다. 고소장을 접수한 경찰이 연락하면 그는 자기가 사기 친 게 맞다고, 돈 갚고 피해자와 합의할 테니 좀 기다려달라고 말했다.

그렇게 수사 과정에서도 시간을 끌었다. 범죄경력조회회보를 보니 처벌받은 경력이 35건이었다. 대부분 중고나라 사기, 그리고 통장이나 체크카드를 빌려준 전자금융거래법위반이었다. 전과 35범이 규모와 수법에서 아무런 발전 없이 늘 하던 대로 고만고만한 사기만 쳐오고 있는 게 특이했다. 전문 사기꾼들은 아마도 그를 보고 이렇게 말할 것 같았다. "머리가 나쁜 거야, 간이 작은 거야?"

착실한 그 선수의 행방

재판 당일, 법정 밖 의자에서 졸고 있던 남자가 있었는데 알고 보니 그였다. 술을 마시고 덜 깬 사람 같아 눈살이 찌푸려졌다. 막상 가까이서 보니 술 마신 얼굴은 아니었고 술 냄새도 전혀 나지 않았다.

"밤에 대리 기사 알바 하거든예. 새벽 6시쯤 일은 마쳤는데 그때 자면 오전 10시 재판 시간 맞춰 못 올 거 같아서예. 밤새고 일찍 왔더니 졸리네예."

그는 멋쩍은 듯 웃으며 깍듯하게 인사했다. 고단한 삶의 무게가 드리워진 얼굴이었다. 사기꾼 하면 연상되는 교활이라곤 찾아볼 수 없었다. 있는 돈, 없는 돈 다 끌어모아 보증금 70만 원을 마련한 젊은이들에게 사기 친 그 파렴치한을 떠올리니 다시 혼란스러웠다.

그가 공소사실을 모두 인정하면서 다만 돈 갚을 시간이 필요하다고 하니 재판장은 선고기일을 일단 한 달 후로 지정하고 시간이 더 필요하면 선고기일 연기신청을 해보라고 했다. 법정을 나온 그는 바로 공사장으로 일하러 가야 한다며 서둘러 인사하고 자리를 떴다.

그 이후 선고기일을 며칠 앞두고 전화가 왔다.

"변호사님, 이번에 제일 작은 금액 두 건 합의했어예. 중고나라 피해자분들은 전국구거든예. 한 분은 부산에 살고 한 분은 강릉에 살데예. 돈만 송금하면 합의서를 못 받으니까 찾아가서 무릎 꿇고 사과하겠다 카니까 오라 캐서 부산도 가고 강릉도 갔어예. 부산 분은 17만 원인데 20만 원 들고 갔고예, 강릉 분은 8만 원인데 10만 원 들고 가서 아 셋 키우느라 너무 힘들어서 잘못된 생각했다 카니까 다들 고맙게도 합의서하고 처벌불원서 써 주데예. 아직 못 갚은 돈이 많이 남았는데, 일단 연기 좀 부탁할께예."

내게 합의서 양식을 달라는 말도 없었는데 선수는 알아서 합의서를 받고 피해자들 신분증 사본과 처벌불원서까지 받아왔다. 그걸 제출하고 선고기일 연기신청을 했다. 기일이 4주 뒤로 변경됐다.

예정된 선고기일 며칠 전에 다시 전화를 걸어온 그가 두 건을 더 처리했으나 아직 네 건이 남았다며 한 번 더 선고 연기를 부탁했다. 같은 사이클이 두 번 더 반복됐다. 그는 몇 달간 전국을 누비며 여덟 명의 피해자를 만나 합의서와 처벌불원서를 척척 받아왔다. 270만 원을 갚았고, 이제 금액이 가장 큰 300만 원짜리 한 건만 남아 있었다.

선고기일을 코앞에 두고 아니나 다를까 또 전화가 왔다.

"변호사님, 아 셋 먹여 살리면서 돈 갚을라카니 진짜 힘드네예.

남은 금액이 너무 커서 아직 준비를 못했거든예. 이제 진짜 한 건 밖에 안 남았는데, 한 번만 더 연기 신청 부탁할께예."

재판장이 몇 번이나 선고를 연기해준 것은 피해를 변제한 자료와 합의서를 냈기 때문이다. 변론 종결 후 벌써 넉 달이나 지났고, 이번에는 추가 변제 자료로 못 내니 선고 연기가 안 될 수도 있을 것 같았다. 의견을 전하니 그는 대뜸 찾아오겠다고 했다.

투잡 뛰랴, 전국 돌아다니며 합의하랴, 애 셋 먹여 살리랴 바쁜 그가 사무실로 찾아왔다. 내가 말을 하지 않았는데도 알아서 적절한 양형 자료를 들고 왔다. 반성문, 막내 백일 때 찍은 가족사진, 가족관계증명서까지. 이 시점에 어떤 자료를 내야 하는지 정확히 알고 있었다. 선고가 연기될 수 있도록 잘 부탁한다고 하고는 일하러 가기 위해 또 급히 일어섰다. 그가 남기고 간 반성문을 읽어봤다. 안 그래도 용건만 간단히 말하고 끊는 그와의 통화 중에 어떻게 살아왔는지까진 물을 틈이 없어 궁금하던 참이었다.

중고등학교 다닐 때 운동을 했던 그는 부상으로 선수 꿈을 접고 돈을 벌기 위해 졸업하자마자 도시에 왔다고 했다. 목돈 없이 도시 생활을 하다 보니 당장 먹고사는 게 힘들었고, 여자친구의 임신으로 급하게 결혼하면서 늘 생활비에 쪼들렸다. 금융권 대출을 받을 만한 신용이 전혀 없어 소액 사채를 알아보다가 통장을 몇 개 빌려준 게 화근이었다. 보이스 피싱이 아직 널리 알려지지 않았던 2000년대 중후반의 일이었다. 통장들은 범죄에 이용됐고, 통장 명의자인 그에게 벌금이 쏟아졌다. 통장 한 건마다 따로 재판받다 보니 벌금이 50만 원에서 500만 원까지 쭉쭉 올랐다. 그 와중에도 사채 이자, 월세, 생활비, 큰아이의 교육비 등 돈은 늘 궁했다. 당장 돈이 급한데 운동하면서 당한 부상 때문에 몸 쓰는 일은 오래 하지도 못했다. 자기도 변명에 불과하다는 걸 알지만, 벌금에 생활비까지 충당하기 위해 중고나라 사기를 시작했다고 했다.

나는 수사 기록 중 범죄경력조회회보를 펼쳐놓고 그가 지금까지 받은 벌금을 합해봤다. 전자금융거래법 위반과 사기 건을 합쳐 10여 년간 3천만 원이 훌쩍 넘었다. 그도 잘 알고 있었다. 언젠가는 고소당하고 잡힌다는 것, 기소되어 재판받을 때 조금이라도 유리하려면 그때 당장 급해서 사기 쳐서 가로챈 돈보다 조금이라도 더 많은 돈을 갚아줘야 합의할 수 있다는 것, 그리고 합의금보다 훨씬 더 많은 돈을 벌금으로 내야 하고, 그게 쌓이면 감옥행도 감수해야 한다는 것까지. 그 모든 사정을 알면서도 돈이 궁한 순간에는 방법이 없었다. 그 악순환의 고리를 10여 년째 돌고 있었다.

그가 들고온 사진은 셋째 백일 때 찍은 스튜디오 사진이었다. 평범하고 행복한 5인 가족처럼 보였다. 아이 셋은 사랑스럽기 그지없었고, 부모는 아무 걱정이 없는 사람처럼 활짝 웃고 있었다. 스튜디오 사진이니 모르긴 해도 찍는데 몇십만 원은 들었을 것이다. 그렇게 돈이 없어 단돈 몇만 원 사기를 치면서 이런 고급 사진을 찍을 돈은 어디서 났을까 하는 생각이 머리를 스쳤다. 자녀들에게 남들하는 만큼은 해주고 싶지만 돈이 없어서 자잘하게 사기 치는 인생이 사진에서도 보이는 것 같았다. 그가 가져온 자료를 첨부해서 선고 연기 신청서를 냈다.

다음 날 법원 실무관이 이번 연기 신청은 재판장이 불허했다는 소식을 전해줬다. 그에게 문자로 알리기가 무섭게 바로 전화가 왔다.

"변호사님, 이제 한 건 남았는데, 한 달만 더 주시면 합의할 수 있는데예, 판사님이 이번에는 선고 연기를 안 해주신 이유가 뭘까예? 판사님도 제가 피해자들에게 돈 갚는 거 원하실 텐데 말입니다."

이번에도 선수가 답을 몰라 묻는 건 아니다. 이미 판결문을 다 써놓으셨을 판사님이 불허할 땐 이유가 있지 않겠느냐고, 선고기일에 출석해서 간청해보시라는 말로 대화가 끝났다. 그리고 정말 기일 연장을 한 번 더 받았던 모양이다. 다시 4주 후 데자뷔처럼 그의 전화를 받았을 때, 그에게 더 이상 잡을 지푸라기조차 없다는 걸 알았다. 선고기일에서 판사님은 너무 애원하니 한 번 더 기회를 주지만, 다음에는 무조건 선고한다고 했단다.

"제일 큰 금액을 해결을 못 했으니까 집행유예도 안 되겠지예? 안 그래도 집에도 일단 얘기는 해놨거든예. 이번에는 안 될지도 모른다고, 짧게라도 살고 와야 할 수 있다고예. 애들한테는 지방에 일하러 간 걸로 하고예."

선수는 스스로 묻고 답하고서 전화를 끊었다.

선고일, 결과가 궁금해 대법원에서 관리하는 국선전담변호사시스템을 확인해봤다. 선고 명단에 그가 나오지 않았다. 알고 보니 그가 예정된 선고기일에 출석하지 않아서 그날 곧바로 영장이 발부됐다. 선고기일을 다시 정하지 않고 추정해둔 상태였다. 그가 잡히면 그때 선고하겠다는 뜻이다.

영장이 발부됐다는 소식을 전하기 위해 그에게 전화했지만 받지 않았다. 문자를 남겼다. 평소 같으면 내 문자를 받자마자 금방 전화해서 "변호사님, 이 일을 우짭니까?"라고 할 만한 사람이었다. 며칠 뒤에 궁금해서 또 전화를 했다.

"지금 거신 전화는 없는 번호이오니 다시 한번 확인하여 주시기 바랍니다."

번호를 잘못 눌렀나 싶어 다시 걸어보아도 똑같이 상냥한 안내 목소리가 흘러나왔다. 다 듣지 않고 수화기를 내려놓았다. 선수는 이제 자기 명의의 휴대폰을 사용하지 않는 모양이었다. 그는 아마 영장이 발부됐다는 소식을 듣고 곧바로 도피 생활에 돌입했을 것이다. 가족들이 사는 집에도 들어갈 수 없고, 언제 경찰이 신분증을 요구할까 전전긍긍하며 발 뻗지 못하고 사는 생활 말이다.

연락이 끊긴 그는 무엇을 하며 어디서 어떻게 살고 있을까. 마지막 300만 원을 해결하기 위해 잠적한 건 아닐 것 같았다. 그 문제가 해결돼도 그가 간절히 바라던 집행유예는 물 건너갔다는 걸 잘 알고 있을 것이기 때문이다. 그 사이에 무슨 큰 사고를 치고 도피 중인 것은 아닐까. 구속을 피할 수 없다는 걸 잘 아는 선수 중에는 가끔 그런 경우가 있다. 어차피 구속될 게 뻔하니 자신이 없는 동안 가족들은 먹고살 수 있도록 미리 크게 한탕 쳐놓는 거다. 발각되면 그 사건으로 형이 크게 늘어나겠지만 눈앞이 급한 선수들은 앞뒤를 재지 않는다. 이런 목적이라면 그동안 그가 친 사고 규모를 훨씬 뛰어넘어야 했다. 10년 동안 사기꾼으로서 아무런 발전이 없었던 그가 이제 드디어 한 단계 높은 범죄를 시도하고 있는 걸까.

그가 실형을 살고 나온다고 문제가 해결될 리도 없다. 애들은 어떻게든 아내가 건사하겠지만, 감옥에 있는 동안 빚은 더 늘어날 거고, 출소한다고 해서 갑자기 큰돈을 벌 수도 없다. 구속영장이 발부된 지 반년이 다 돼가는 이 시점에서도 아직 그는 잡히지 않았다. 이자에 월세, 유치원 납입금, 학원비에, 돈이 필요한 매 순간이 심장을 조여올 때마다 그가 지난 10년간 해온 선택과 다른 선택을 할 수 있을까. 그의 막내 아이는 이제 곧 돌이다.

중독의 굴레

환자복을 입고 나온 그는 환각물질 중독자라기엔 너무 멀쩡해보였다.
멀리까지 와주셔서 감사하다며 정중하게 인사했고, 차분하고 조리 있게 말했다.
중독이란 그런 것 같았다. 너무 멀쩡함과 결코 멀쩡하지 않음의 완벽한 공존.

그의 죄는 부탄가스를 흡입했다는 것이었다. 범죄란 남의 돈을 훔치거나 남을 때려 다치게 하는 식으로 대개 다른 사람에게 피해를 준다. 그런데 남이 아닌 자신에게 해를 끼치는 행동도 '죄'로 정해놓으면 '죄'가 된다. 남의 돈을 훔치는 건 어느 나라에서나 다 죄가 되지만, 부탄가스를 흡입하는 건 마약을 하는 것과 마찬가지로 죄가 될 수도 있고 아닐 수도 있다. 우리나라에서 술은 아무리 마셔도 술 마시는 행동 자체를 벌하지는 않지만, 부탄가스를 마시는 행위는 그 자체를 벌한다. 부탄가스의 성분 중 환각을 일으키는 화학물질이 건강에 몹시 나쁘고 그걸 흡입하면 다른 사고를 일으킬 위험도 크다 보니 국가가 나서서 죄로 정해놓았을 것이다.

신뢰 가는 궤변

그는 이전에도 부탄가스를 흡입한 죄로 여러 번 처벌받았다. 이 직전 사건에서는 징역 8월과 더불어 치료감호 명령을 받아 국립법무병원에서 치료감호를 받다 1년 만에 가종료(어느 정도 회복됐다고 판단돼 치료감호를 임시로 종료하는 것)로 출소했다. 그로부터 겨우 한 달 남짓 지났을 무렵 이번 사건이 일어났다. 중독에서 벗어나게 해달라고 기도하러 교회에 갔다가 일어난 일이었다. 교회는 5층짜리 건물 지하였고 그 건물 1층에 편의점이 있었다. 배가 고파 편의점에 먹을 걸 사러 들어갔다가 부탄가스가 눈에 보이자 유혹을 이기지 못했다. 부탄가스 열 통을 사서 교회 지하로 들어갔다. 그걸 한꺼번에 흡입하고 교회 바닥에 널브러져 있었다. 기도하러 왔다던 어떤 아저씨가 교회 바닥에 누워 헛소리를 하며 일어나지 못하자 교회 관계자는 영문도 모른 채 무서워서 경찰에 신고했다. 가종료는 즉각 취소됐고, 그는 다시 국립법무병원에 구금됐다.

1심에서 징역 10월을 선고받은 사건의 항소심 건으로 내게 왔다. 항소한 이유는 위헌법률심판제청신청을 하기 위해서라고 쓰여 있었고, 항소 이유서에 본인이 직접 쓴 위헌법률심판제청신청서가 첨부돼 있었다. 그의 주장을 요약하면 이랬다.

'마약을 하면 처벌해야 한다. 마약은 위험하니까. 그래서 마약은 금지하고 마약류관리자 외에는 마약에 합법적으로 접근할 수 없다. 부탄가스를 흡입하면 처벌해야 한다. 부탄가스도 위험하니까. 그런데 부탄가스는 마약과 달리 누구든지 쉽게 구할 수 있다. 국가는 국민을 보호해야 할 의무가 있는 데도 중독성이 있는 부탄가스를 쉽게 접할 수 있는 현실을 방관하고 있고, 이와 같은 현실로 부탄가스 중독자는 중독에서 벗어나기가 매우 어렵다. 그러니 현실을 개선하지 않고 부탄가스 흡입을 처벌하는 법은 헌법이 보장하는 안전한 환경에서 살 수 있는 권리를 침해한다.'

변호사 친구와 밥을 먹는 자리에서 이에 대해 어떻게 생각하느냐고 물었더니 무슨 궤변이냐고 했다. 그런 논리라면 칼은 살인사건을 일으킬 수 있으니 사용을 금지해야 하고, 자동차는 사망 사고를 일으킬 수도 있으니 운행 금지해야 한다는 말과 다를 바가 없지 않으냐고 했다. 맞는 말이다. 일상생활에서 흔히 쓰는 부탄가스를 마약처럼 엄격하게 관리해야 한다는 말은 받아들이기 어렵다. 더구나 법적으로 따지면 위헌법률심판제청신청은 기각일 게 뻔했다. 제청신청은 법률에 대해서만 할 수 있는데, 환각물질을 흡입하면 처벌한다고만 돼 있는 법률은 아무 잘못이 없다. 부탄가스를 환각물질로 분류한 건 법률이 아니라 시행령이다. '링'에 올라갈 자격이 안 되는 것이다.

그런데 나는 그 이상한 주장에 끌렸다. 그를 직접 만나보기로 마음먹고 직원에게 접견 신청서를 제출해달라고 했다. 직원이 깜짝 놀라 물었다.

"전화 통화나 화상 접견 말고 그냥 접견 신청이요?"

충남 공주에 있는 국립법무병원은 차로 두 시간 정도 운전해서 가야 한다. 한 사람을 위해 멀리 있는 수용시설에 가는 일이 내게는 매우 드문 일이라 직원이 의아해할 만도 했다. 사실 그 사건에 최선을 다하려는 국선변호인의 순수한 마음에서 공주까지 가기로 한 건 아니었다. 그의 주장에 끌린 건 내 친구 L의 아들이자 게임 중독에 빠진 J 때문이었다.

중독이라는 괴물

어렸을 때부터 친하게 지낸 L은 결혼했다가 혼자가 되어 J를 키워냈다. 나는 L과 아주 가깝게 지냈고, J는 아주 어릴 때부터 나를 '이모'라고 불렀다. 사춘기에 들어서서 좀 서먹해지긴 했지만 J는 내게 친조카와 다름없을 정도로 사랑스러운 아이였다. 내가 오랜만에 만나 친한 척하며 "잘 지내니?"라고 하면 "뭐, 그냥 그렇죠"라고 멋쩍게 대답할 때 보이는 약간의 어색한 미소, 교회에서 어린 동생들과 놀고 있는 모습이 찍힌 사진에서 보이는 영락없는 10대의 장난스러운 모습, 그리고 가끔 첼로를 켤 때 보이는 서툴게 진지한 얼굴. 내가 기억하는 J는 그런 평범한 청소년이었다.

그런 J가 게임에 빠져 평범한 모범생으로 살아온 내 친구 L이 감당할 수 없는 일들을 하나둘 벌이더니 어느 순간부터는 학교도 가지 않았다. 게임을 하느라 밤을 새 아침에 일어나질 못했다. 학교에 있는 내내 책상에 엎드려 잠만 자는 J가 수업에 방해가 된다고, L이 학교로 불려간 것도 여러 번이었다. 학교에 가지 않는 건 최근의 일이었지만 게임 때문에 J가 학업을 거의 포기하다시피 한 건 벌써 몇 년째였다. 세계보건기구wHO에서는 게임 통제 능력이 손상되고 다른 일상생활보다 게임을 중요하게 여기며 이러한 부정적인 결과에도 불구하고 게임을 하는 현상이 12개월 이상 지속되면 정신적, 행동적, 신경발달 장애 영역 중 하나인 게임 중독(게임이용장애)으로 분류할 수 있다고 하는데, J는 그 기준을 일찌감치 넘었다.

작은 가게를 운영하며 남부럽잖게 자식을 키우려고 애썼던 L은 그렇게 착하고 엄마를 위하던 아들의 전혀 다른 모습에 놀라고 당황했다. L은 J를 어르고 애원하고, 네가 이러면 엄마는 죽는 수밖에 없다며 협박도 해보고, 상담치료센터와 정신과 병원을 가보기도 했지만 상황은 크게 나아지지 않았다. 울분과 속상함, 그리고 J에 대한 걱정으로 L은 거의 정신이 나간 듯했다. 요즘 애들 다 그렇다고, 그것도 한때라고 쉽게들 말하지만, 게임 중독에 빠진 청소년의 위태위태한 삶을 직접 겪어보지 않으면 모른다. 다만 L의 고통을 간접적으로나마 듣고 보고 있노라면 내 삶도 대책 없이 흔들렸다. 내가 할 수 있는 일은 우는 L을 껴안고 같이 우는 것뿐이었다. J를 이해하기 위해서라도 중독이라는 괴물을 알고 싶었고, 그 괴물에 맞서 진지하게 싸우는 사람의 이야기를 듣고 싶었다.

두 세계의 공존

오전에 재판이 한 건만 있던 날, 이후 일정을 다 비우고 국립법무병원으로 향했다. '공주 치료감호소'라는 이름으로 더 잘 알려진 국립 법무병원은 치료감호 명령을 받은 범죄자들을 수용하고 있는 교도소 병원이다. IC에서도 외진 곳까지 한참을 들어갔다. 안내 데스크 직원이 내 접견 신청서에 적힌 대상자를 검색하더니 "약물중독센터에 있는 환자네요" 하며 곤란한 표정을 지었다. 통화를 몇 번 하더니 좀 기다리란다. 약물중독센터는 병원 내에서도 고립된 곳이라 수용자를 접견실로 데리고 나오려면 일이 너무 많기 때문에 일반 접견실에서는 접견이 불가능하다고 했다. 대신 직원이 나를 데리고 센터에 가기로 했다. 몇 번의 철제문을 통과해 몇 번의 우회전과 좌회전을 반복하고, 계단을 여러 번 오르내린 뒤에야 센터 간판이 보였다. 안내자 도움 없이는 금세 길을 잃을 곳이었다. 직원이 안내한 곳은 임시 사무실인지 텅 빈 작은 방이었다. 직원이 옆 사무실에서 의자 두 개를 가져다놓고는 잠시 기다리라고 하더니 몇 분 후에 그를 데리고 왔다.

환자복을 입고 나온 그는 환각물질 중독자라기엔 너무 멀쩡해 보였다. 멀리까지 와주셔서 감사하다며 정중하게 인사했고, 차분하고 조리 있게 말했다. 불현듯 마찬가지로 평상시에는 멀쩡한 J가 떠올랐다. 중독이란 그런 것 같았다. 너무 멀쩡함과 결코 멀쩡하지 않음의 완벽한 공존.

창고같은 빈방에서 그의 인생 이야기를 들었다. 처음 부탄가스를 흡입한 건 중학교 3학년 때였단다. 같은 반에 좀 엇나가는 애가 있었는데, 어느 날 자기 집에 데려가서는 "이렇게 하는 거야" 하며 가스 흡입하는 걸 보여주고 따라하도록 강요했다. 안 하면 맞을 것 같아 따라했는데 몇 번 하다 보니 마음이 편안해졌다고 했다. 평소 무서웠던 그 친구 앞에서도 전혀 꿀리지 않았고, 학교에서 선생님이나 다른 애들 앞에서도 자신감이 생기기까지 했다. 아직 중독과는 거리가 멀던 때다. 아주 잠깐의 이탈일 뿐이었다. 고등학교 졸업 후 동사무소에서 공익요원으로 병역의무를 이행하다 다시 가스에 손을 대기 시작했다. 첫 전과는 군사법원에서 생겼다. 사회생활을 제대로 한 적이 없었다. 거의 30년을 부탄가스에 붙들려 살았다. 40대 중반의 그는 동종 전과 14범이었다.

그는 그 하찮은 물질에서 벗어나기 위해 언제나 발버둥 쳤다고 했다. 재판을 받을 때는 치료감호 처분을 해달라고 적극적으로 요청해서 치료감호를 받은 게 무려 여덟 번이었다. 출소 후에는 중독전문병원에 입원하기도 했으며, 통원 치료를 받기도 했다. 'NANarcotics Anonymous'라고 부르는 중독자들의 회복을 위한 자조 모임에도 열성적으로 나갔다. 몇 년간 부탄가스 없이 잘 살아낼 때도 있었다고 했다. 그럴 때면 이젠 중독에서 벗어날 수 있을 거라는 희망이 생기기도 했다. 하지만 어쩌다 종종 정기적으로 받아야 할 치료와 상담을 한 번씩 빼먹었고, 자조 모임에도 빠질 때가 있었다. 마음 한구석에 불안함이 스멀스멀 올라오지만 애써 이를 외면했다. 그러다가 어느 순간 또 부탄가스를 마시고 있는 자신을 발견했다. 발버둥, 몸부림, 그리고 좌절의 반복이었다.

"이미 뇌가 중독된 겁니다. 뇌 편도체의 해마 부분에 보상회로라는 게 있어요. 중독되면 보상회로가 자극돼 신경전달물질인 도파민이 과도하게 분비됩니다. 이러면 뉴런이 흥분하게 돼요. 유입됐던 중독 물질의 효과가 사라지면 도파민의 분비도 갑작스럽게 감소하면서 다시 약물을 갈망합니다. 중독 환자는 일상생활에서 이 보상회로가 정상적인 기능을 하지 못하는 병적인 상태에 놓여 있습니다. 한마디로 정신병이죠. 의지로 끊을 수 있는 게 아닙니다. 제가 한심한 놈이긴 하지만 도덕성이 없어서 못 끊는 게 아니라 병이라 제 맘대로 안 되는 겁니다. 병 고치는 걸 국가가 도와달라는 겁니다. 환각을 일으키는 물질을 빼고 부탄가스를 만들도록 하면 되는 거 아니겠습니까."

뇌 과학은 물론 화학물질 또한 내가 전혀 모르는 분야였다. 환각을 일으키는 물질을 빼고 부탄가스를 만들 방법이 있는지는 모르겠지만 그냥 듣기에는 그럴듯했다. 그런 전문적인 용어를 어떻게 알고 있느냐고 물었다.

"하도 답답하니까 여기저기 많이 다녔습니다. 중독에 관해 책도 여러 권 읽었고요. 정신병원 보호사 교육도 받고 자격증도 땄습니다. 자조 모임에 나가면 외국 사례를 이야기해주시는 분들이 있는데 그분들한테 듣기도 했고요."

이 분야에 대한 지식이 전혀 없어서 어떻게 도와야 할지 모르겠다고 했더니 그는 곧바로 몇 권의 책을 언급했다. 자신의 주치의를 만나보라는 추천과 함께 우편으로 자료를 보내주겠다고도 했다.

공주를 다녀온 뒤 도서관에서 중독 관련 책을 찾아 읽기 시작했다. 그가 추천한 책들은 대부분 중독 상담 및 심리치료에 관한 교과서였다. 중독의 원인, 상담, 치료에 관한 문장들은 너무 명료해서 뻔해 보였다. 책에서는 괴물의 실체와 극복 방법이 명쾌했지만, 그동안 내가 만나본 중독 범죄자들의 삶은 그것이 별로 통하지 않는다는 걸 반복해서 입증하지 않았던가. 물론 검색도 해봤다. 문과 출신이라 그런지 이해되지 않는 말들이 너무 많았다. 그의 말처럼 환각 물질 성분이 없는 부탄가스가 유통되는 선진국이 있는지 확인하기가 어려웠다. 약물중독 치료 국내 권위자로 알려진 그의 주치의는 통화하기가 하늘의 별 따기였다. 병원에 여러 번 전화해 메시지를 남겼지만 한 번도 연락이 오지 않았다. 직원은 "워낙 바쁘신 분이라…" 하며 묻고 싶은 말을 서면으로 보내달라고 했다.

그사이 그는 내게 우편물을 몇 번 보내줬다. 병원 심리 상담사에게 부탁해서 받았다는 논문과 화학물질 흡입 중독 범죄에 관한 본인의 주장을 다시 정리한 서면도 있었다. 논문은 내게 별 도움이 되지 않는 내용이었다. 하지만 그런 것까지 찾아서 읽고 자료를 보내줬다는 사실 그 자체에서 절실함이 느껴졌다. 반면 나의 변론 구상은 아무런 진전이 없었다. 그의 주치의에게 사실조회를 보낸 게 다였다. 한 달 반 만에 사실조회 회신이 왔지만 답변은 교과서 문장과 마찬가지로 허공에 떠 있었다.

의미 있는 서면을 하나도 써내지 못한 채 재판이 끝났다. 돕고 싶은 마음은 굴뚝 같았지만 뭘 해야 할지 알 수 없어서 아무것도 하지 못하고 말았다. 항소기각, 위헌법률심판제청신청 각하 혹은 기각의 결론이 뻔히 보였다. 변론 종결되던 그 날, 법정 밖 복도에서 포승줄에 묶이기 위해 가만히 서 있던 그와 얼굴이 잠깐 마주쳤다. 그가 고개를 숙이며 가볍게 묵례를 했다. "변호사님, 그동안 감사했습니다." 나직한 목소리로 작별 인사를 건넸다.

나도 답례로 묵례를 하는데 뭔가 뜨거운 것이 등줄기를 타고 올라오는 것 같더니 순식간에 눈앞이 흐릿해졌다. 당황한 나는 서둘러 뒤돌아섰다.

형 복무와 치료감호를 마치고 나와서 그는 어떤 삶을 살아가게 될까, 그가 수도 없이 했을 다짐, 부탄가스에 다시는 손을 대지 않으리라는 그 다짐에도 불구하고 출소 후 머지않아 또 법정에 서게 되지 않을까 하는 생각에 미치자 또 J가 떠오른 것이다. J가 앞으로 살게 될 삶을 나도 모르게 그려봤다. 지금은 적극적으로 헤어나오고 싶어 하지 않는 것 같지만, 빠져나가고 싶은데 뜻대로 안 돼 괴로워하는 날이 올 때, 그 고통을 J는 어떻게 견뎌낼까. 벌써 숨이 막혀왔다.

그가 추천한 책을 도서관에서 찾다가 마약 중독에 빠진 아들을 구해내고자 했던 아버지의 이야기를 우연히 읽고는 눈물범벅이 됐다. 아들 닉은 사랑스럽고, 똑똑하고, 아버지를 닮아 글을 잘 썼다. 그런 닉이 어쩌다 마약에 빠지면서 갈수록 교묘해지고, 거짓말을 입에 달고, 바락바락 대들고, 물불을 가리지 않았다. 아버지는 경고하고, 달래고, 통금령을 내리고, 차를 뺏고, 심리치료사에게 끌고 가고, 벌금을 대신 내준다. 하지만 닉은 더 깊은 중독의 수렁으로 빠져든다. 심장이 타들어가는 불안감, 가슴이 미어지는 슬픔, 손에 잡힐 듯 생생한 절박감. 아들은 여전히 돌아오지 않고 있는데, 삶은 계속된다. 때로는 두 세계가 공존한다는 사실이 현실 같지 않다고 적혀 있었다. 내 친구 L이 몇 년째 싸우고 있는, 가끔 내게 울면서 하소연하는 먹먹한 감정이 그 위로 겹쳐졌다. 저자의 아버지는 중독자 가족 모임에서 세 가지 '할 수 없습니다'를 배운다.

당신에게 잘못이 없습니다.
당신이 어떻게 해줄 수 없습니다.
당신이 낫게 할 수 없습니다.

머리로는 쉽게 이해하지만 마음으로 받아들이기까지는 길고도 긴 시간이 걸렸다. 마지막에 아버지는 이렇게 썼다.

내 근심 걱정은 어디로 갔을까? 그것은 머릿속 이미지로 남아 있다. 사실주의 화가 척 클로스Chuck Close는 "나는 전체는 감당하기 어렵다"고 말했다. 그래서 그는 감당할 수 있을 정도로 이미지를 잘게 쪼갰다. 쪼갠 정사각형을 하나씩 칠해나가면서 그는 경이롭고 신비로운, 거대한 초상화를 완성했다. 나도 종종 전체에 질려버리곤 했다. 그래서 닉에 대한 걱정을 작은 정사각형에 나누어 담는 법을 배웠다. 그리고 가끔씩 그것들을 들여다본다. 그럴 때면 온갖 감정이 북받쳐 오르지만, 결코 휩쓸리지는 않는다.[14]

아버지의 저 고백이 그의 재판 과정 내내 무력하기만 했던 나를 위로했다. 전체를 보면 좌절감이 압도하지만 그가 지금까지 그래왔듯 L도, 언젠가는 철이 들 J도, 정사각형에 나누어 담은 오늘을 살아낼 것이다. 흑백으로 분명히 나뉘는 것은 없다. 온통 회색뿐인 세상에서 허우적거리며 모순 가득한 세상을 인정하고 받아들이는 법을 배우고, 버둥버둥 그렇게 사는 게 삶이라는 걸 어깨 너머로 알았다.

나는 L에게 전화를 하려다가 메신저 앱으로 음료 선물을 보냈다. 그리고 대화 창에 구구절절 썼다 지우기를 반복하다가 그냥 '친구야 힘내!'라고 한 줄을 썼다.

한밤중에야 답장이 왔다.

오늘은 J가 저녁에 PC방 안 가고 집에서 "엄마, 배고파. 밥 줘" 하는데 갑자기 어쩌나 눈물이 나던지.

이게 삶인가 싶다가도 따뜻한 밥 한 끼 아들에게 먹일 수 있는 이 순간이 얼마나 행복한지 새삼 깨닫게 돼.

J는 오랜만에 집에서 저녁 먹고 자기 방으로 들어갔어.

또 게임할 게 뻔하지만 그래도 같이 저녁 먹은 행복감에 마음이 너그러워진다.

악몽 같은 날들도 언젠가는 지나가겠지.

늘 고맙다.

나도 피해자라고요

그는 자기가 뭘 잘못했는지 제대로 모르고 있는 것 같았다.
한때 피해자였던 그는 이제 가해자이면서도 '나는 피해자'라는
굳건한 틀 안에서 나오려 하지 않았다.

서른 살 그는 공연음란 처벌 전력만 여러 건이 있었다. 처음엔 벌금 250만 원, 그다음엔 벌금 500만 원, 그다음엔 징역 6월에 집행유예 2년, 그리고 실형 1년. 마지막 사건에서는 그 전 사건의 집행유예가 취소된 데다(집행유예 기간에 또 범죄를 저질러서) 성도착증에 대한 치료감호 명령까지 받아서 실제로는 2년 반을 수감돼 있었다.

다시 사회로 나온 그는 가족도, 집도 없었고, 연락할 누군가도 전혀 없었다. 구금시설에서 출소해 오갈 데 없는 사람들에게 단기 숙식을 제공해주며 사회 복귀를 돕는 기관인 한국법무보호복지공단의 한 지부가 그의 임시 숙소가 됐다.

그곳에서 하룻밤을 보낸 다음 날 오전, 그는 막 문을 열고 있는 쇼핑몰에 들어갔다. 평일 이른 오전 시간이라 손님은 거의 없었다.

그는 어느 여성복 매장에서 일하는 중년 여성을 목표로 정했다. 적절한 시점을 노려 노출 행위를 했다. 그 여성은 인생에서 별의별 산전수전을 겪은 분이었던 것 같다. 허름한 복장에 왜소하게 생긴 젊은 남자가 아침부터 추한 짓을 하고 있으니 무척이나 한심했던 모양이다. "아침부터 미친놈 만나서 운수 대통했네. 네 것보다 큰 것도 많이 봤다, 이놈아. 썩 꺼져!" 그녀가 눈 하나 깜짝 않고 그에게 호통쳤다. 보통은 못 볼 걸 본 여성이 비명을 지르며 도망가는 모습을 보고 흐뭇해하며 미리 봐둔 퇴로로 도주하는데, 전혀 계획대로 되지 않아 당황한 그가 어벙하게 도망쳤다.

한 시간 남짓 후 그가 매장으로 전화를 했다(그는 114에 전화해 매장 전화번호를 물었다). "빨간 치마 입은 아줌마? 나 아까 그 사람이야. 나를 봐주니까 너무 좋았어." 전화를 받은 매장 직원은 그의 목표였던 여성과 다른 젊은 여성이었는데, 어느 미친놈 이야기를 이미 들어 그 전화가 무슨 전화인지 금방 알았다. 그 여직원이 기겁하고 신고했다. 경찰이 발신 전화를 추적해보니 쇼핑몰 근처 공중전화 부스였다. 경찰은 그 공중전화 수화기를 감식해 지문을 채취하고 근처에서 잠복했다. 한참 후 다른 공중전화를 이용해 그 매장에 또 전화하던 그는 현장에서 경찰에 체포됐다. 범죄 혐의가 세 개였다. 건조물 침입(누구나 드나들 수 있는 곳이라도 범죄 목적으로 들어가면 침입이 된다), 공연음란, 통신매체(전화)를 이용한 음란행위까지.

이상과 현실의 차이

2년 반 만에 얻은 자유를 이틀 만에 제 발로 차버린 대책 없는 사람이었다. 벌건 대낮에 보안요원까지 있는 쇼핑몰에서 그런 행동을 하면 곧바로 잡힐 수 있다는 걸 모르지 않을 텐데, 노출 행위에서 얻는 성적 쾌감이 커봐야 얼마나 크기에 그런 위험을 무릅쓴단 말인가. 오갈 데가 없으니 먹여주고 재워주는 감옥에 다시 가고 싶은 자포자기 심정으로 한 행위라면 한낮에 못 볼 꼴을 본 시민은 무슨 죄란 말인가. 한편으로는 이런 사람이 어떻게 치료감호심의위원회를 통과했나 싶기도 했다. 나온 지 이틀 만에 재범했으니 치료가 잘 됐다고 할 수 없음이 분명했다.

구치소 변호인 접견실에서 만난 그에게 치료감호를 받았으면 어느 정도 치료가 돼서 나왔을 텐데 왜 그랬느냐고 물었다. 그의 답은 내가 전혀 예상하지 못한 것이었다.

"변호사님은 치료감호소에서 치료가 된다고 생각하죠? 저도 처음에는 그런 줄 알았어요. 돈 없이 치료받으려면 거기로 가는 길밖에 없다고 해서 지난번 사건에서 치료감호를 보내달라고 애원하다시피 했습니다. 그런데 거기에서 환자들이 당하는 인권침해가 말도 못 합니다. 내가 왜 보내달라고 했나 후회 참 많이 했습니다."

치료감호 명령은 검사가 청구해야만 받을 수 있고, 피고인에게는 치료감호 명령을 신청할 권리가 법적으로는 없다. 공연음란은 중범죄가 아니어서 판사 한 명이 재판하는 단독 사건인데, 치료감호 명령은 판사 세 명이 재판하는 합의부 사건에서만 내릴 수 있다. 그의 지난번 사건은 처음에 단독으로 배당됐다가 그가 치료감호를 받고 싶다고 하자 정신감정을 보냈던 모양이었다. 감정 결과 그는 성도착증 환자로 진단됐고, 감정한 의사가 재범 방지를 위해 치료감호를 통한 전문적인 정신과 치료가 필요하다는 의견을 제시했다. 그 후 그의 사건은 합의부로 건너간 것이다.

치료감호소는 범죄자의 정신건강을 치료하는 것을 넘어 향후 사회 복귀 시 재범을 막기 위한 예방적 조치로 세워진 교도소 병원이다. 그런데 여러 여건상 인력 및 시설이 턱없이 부족하다 보니 이상과 현실의 차이가 큰 것 같았다. 정신건강보건법은 입원환자 60명당 정신과 의사 한 명을 두도록 규정하고 있는데, 치료감호소에서는 정신과 의사 한 명당 맡은 환자 수가 135.75명[15]이니 제대로 된 치료를 기대하기는 어렵다. 일반 정신병원과는 달리 수용시설이면서 병원이기도 한 이곳에서 환자 통제와 관련한 인권 문제도 심심찮게 불거졌다.[16] 그의 말에 과장은 좀 있겠지만 충분한 치료를 받을 여건이 안 된다는 건 사실이었다.

"다시는 치료감호소를 가고 싶지 않아서 감호소에서 나오던 날 여기저기 다니며 알아봤습니다. 그런데 범죄 피해자에게 심리 상담 해주는 기관은 많아도 저 같은 사람을 상담해주는 기관은 없었습니다. 일반 정신과 병원도 가봤는데 한 번 상담하고 치료받는 데 돈이 들고 그렇다고 한 번 치료받는다고 될 일도 아니고요.[17] 잘못한 거 알죠. 하지만 자기 의지로 어떻게 할 수가 없는데 어쩝니까. 병이 있는데 국가 병원인 치료감호소에서도 치료가 안 되지, 사회에 나와서는 돈 없는 사람 치료받을 방법이 없지, 어쩌란 말입니까."

그는 그동안 내가 봐온, 소극적이고 부끄러워하며 말도 제대로 못하는 전형적인 공연음란 국선 피고인들과는 많이 달랐다. 말도 잘했고, 나름대로 논리도 있었다. 무엇보다 자기방어에 적극적이었다.

한낱 국선변호인이 해결할 범위를 넘어서는 문제라고 생각했다. 그렇다 보니 이야기가 불편하게 느껴졌고, 일부러 사건 이야기로 방향을 돌려 변론에서 치료 의지가 강하다는 걸 강조해보겠다고 답했다.

"그럼 피해자들 이름이라도 확인해주세요. 그건 변호사님이 할 수 있는 일이죠?"

피해자 보호를 위해 공소장에 적힌 여성들 이름은 가명이었다.

"피해자들이라니요? 쇼핑몰 여성복 매장의 직원들 말인가요? 그분들 이름 알아서 뭐 하시게요?"

"변호사님은 이제 제 사정 다 이해하시니까 저와 이렇게 대화가 되잖습니까. 그런데 그 사람들은 모르잖아요. 제가 그 여성분들 놀라게 한 건 죄송하지만, 편지로 제 사정을 자세히 설명하면 그 분들도 저를 불쌍히 여기지 않겠습니까. 탄원서를 써달라고 부탁하려고 합니다."

그가 말하는 자기 사정이란 대략 이런 이야기였다. 그가 어릴 때 아버지가 죽고 어머니가 재혼을 했는데, 계부가 몽둥이로 그의 사타구니와 성기 부위를 겨냥해 무자비하게 치는 일이 많았다고 했다. 계부가 그를 하도 심하게 학대해서 동네 사람들이 경찰에 신고했고 그는 아동보육시설로 보내졌는데, 거기서도 보육원 누나들한테 많이 '당했다'고 말했다. 지난번 정신감정에서 그가 어릴 때 받은 성적 학대가 성도착증의 주요 원인이 됐다고 분석했다.

수사 기록을 복사할 때 피해자 정보는 가리고 복사를 하게 돼 있다. 특히 성범죄 피해자 정보 보호는 다른 사건보다 더욱 엄격하다. 기소된 후에는 법원에서 피해자에게 '변호인에게 인적사항을 알려줘도 되겠느냐'고 의사를 물어볼 수 있지만 피해자가 거절하면 알 방법이 없다. 혹여 그 여성들의 이름을 알게 돼 피고인이 말한 내용으로 편지를 쓴다고 쳐도, 받은 여성이 그의 기대처럼 '어머나, 병 때문에 그런 행동을 하셨네요. 저는 몰랐어요. 당연히 용서해야죠. 판사님, 이 사람 알고 보니 불쌍하네요. 선처해주세요' 식의 탄원서를 써줄 리가 없다. 턱도 없는 소리였다.

"본인 입장에서야 과거에 입은 피해로 재범한다고 생각하실 수 있지만, 피해 여성분 입장에서는 상관없는 이야기죠. 마음은 이해하지만, 그건 좋은 방법이 아닌 것 같네요. 피해자 정보를 알 수도 없고, 이 사건에서 피해자들이 그런 탄원서를 써준다고 해도 양형에 도움이 되는 것도 아니고요. 그것보다는 어린 시절 받은 학대와 치료 의지 등을 중심으로 변론하겠습니다."

내 말에 그는 더 고집 피우지 않았다. 그렇게 접견을 마쳤고, 재판도 무사히 마쳐 변론이 종결됐는데, 선고일을 코앞에 두고 변론 재개 통지가 왔다. 시간이 촉박해 그를 다시 만나지 못한 채 법정에 나갔다. 그런데 전혀 예상치 못한 일이 기다리고 있었다.

"피해자들의 항의 편지입니다."

재개된 공판기일에 검사가 추가로 증거 서류를 제출했다. 쇼핑몰 여성들이 검사에게 보낸 편지였다. 왜 우리 이름을 알려 줬느냐고 항의하는 내용이었다. 판사님의 표정이 그 어느 때보다 싸늘했다.

"피고인, 피해자들 이름을 어떻게 안 겁니까? 피고인이 용서해달라고 피해자들에게 편지를 쓴 행동이 피해자들에게는 기억하기 싫은 그때를 다시 기억하게 하는 2차 피해라는 걸 모릅니까?"

평소 인자하기만 했던 판사님이 이날만큼은 완전히 달랐다. 그는 잠시 머뭇거리다 상황 파악을 했는지 아무 말도 못 하고 고개를 푹 숙였다.

사건의 전말은 이랬다. 그는 나에게 알리지 않고 법원에 수사 기록 열람신청을 했다. 피고인의 수사 기록 열람권은 형사소송법이 보장하는 권리다. 다만 법원은 피해자 정보를 보호해야 할 의무가 있으므로 피해자 정보에 포스트잇을 붙여 안 보이도록 하고 혹시 피고인이 떼어보지 못하도록 법원 직원이 옆에서 지켜본다. 그런데 그가 직원의 눈을 잠시 피했는지 피해자들 이름을 확인한 것이다. 그는 쇼핑몰을 주소로 기재하고(범죄 장소이므로 공소사실에 나와있었다) 목표했던 여성과 전화를 받았던 젊은 여성의 이름을 적어 각각 편지를 보냈다. 편지를 받은 피해자들은 경찰에 전화해 격렬하게 항의했다. 개인정보가 유출된 게 법원이라는 게 확인되자 법원도 난리가 났던 모양이었다. 정식으로 항의하라는 담당 검사의 조언에 피해자들이 검찰청으로 편지를 보낸 것이었다. 욕이 절로 나왔다. 검사가 지난번 변론 종결 때 징역 1년6월을 구형했는데, 2차 가해를 참작해야 한다며 징역 3년으로 수정했다.

무거운 마음으로 그에게 다시 접견을 갔다.

"제가 안 된다고, 그거 좋은 방법 아니라고 했는데, 왜 일을 이 지경으로 만들었어요? 전문가와 상의해서 변론하라고 국가가 국선변호인 붙여주는 거 아닙니까. 그런데 변호인 무시하고 자기 맘대로 하고…. 그리고 피해자들 이름에 포스트잇 붙여져 있었을 텐데, 그 이름은 어떻게 확인한 거예요?"

나는 단단히 화가 나서 그를 몰아붙였다. 그도 의도한 방향과 정반대의 결과에 적잖이 놀란 것 같았다.

"저는 그냥 단순하게 피해자가 탄원서를 써주면 도움이 될 거라고 생각했어요. 일이 이렇게 되리라고는 생각지도 못했습니다." 그는 짧은 변명을 끝내고는 또 청산유수 같은 말솜씨로 방어 논리를 폈다. "그래도 3년 구형은 너무하잖습니까. 왜 자꾸 같은 짓을 하냐면서 매번 형을 올리는데, 내 의지로 멈출 수 있는 게 아닌 걸 어쩌라는 겁니까."

그는 아직도 자기가 뭘 잘못했는지 제대로 모르고 있는 것 같았다. 그는 방심하고 있는 여자들 앞에서 '보여줌'의 권력을 즐기면서도(아마 볼품없고 아무도 주목해주지 않는 그가 권력자가 되는 유일한 순간일 것이다) 막상 심판대에 서면 피해자들에게, 변호인에게, 판사에게, 자신이 당한 과거의 피해를 들이밀었다. 한때 피해자였던 그는 이

제 가해자이면서도 '나는 피해자'라는 굳건한 틀 안에서 나오려 하지 않았다.

선고 결과는 징역 2년이었다. 공연음란의 법정 최고형이 징역 1년이니 어마어마한 중형이다. 옆방 변호사님 말을 빌자면 이 정도는 '공연음란계의 사형 판결'이었다. 공연음란 외에 다른 죄가 두개 더 있어서 1년보다 더 높은 형을 선고하는 게 가능하기도 했지만(그가 저지른 세 개 범죄 중 가장 중한 범죄는 건조물 침입으로, 법정 최고형이 징역 3년이다), 그가 스스로 매를 벌어들였으니 자업자득이라고 해야 할 사안이었다. 판결문을 발급받아 보니 양형의 이유에 '심신미약 감경'까지 돼 있었다. 정신질환 사유로 범죄에 이르렀으므로 형을 낮췄다는 뜻이다. 다른 한편으로는 중한 벌을 준다고 무슨 의미가 있을까 싶었다. 형을 다 살고 나온 뒤가 또 문제다. 치료되지 않는 이상 형기를 마치고 자유의 공기를 마시자마자 어떤 행동을 할지 너무 뻔한 일이었다.

그의 사건이 끝난 직후 '제주지검장의 공연음란 사건'이 터졌다. 술 취한 남성이 음란 행위를 한다는 신고에 출동한 경찰이 그를 체포했는데 정체는 지검장이었다. 지검장은 검찰시민위원회의 만장일치 의견에 따라 치료조건부 기소유예 처분을 받았다. 언론은 '검찰의 제 식구 감싸기'라며 맹비난했다. 사실 나는 높으신 지검장님이 아니더라도 가족과 직장이 있고, 응당 반성하며 선처를 구하면 처음 한 번은 봐줄 수도 있다고 생각했다. 멀쩡하게 사회생활을 하는 사람이라면 수사 과정에서 충분히 낯뜨거울 정도로 부끄러웠을 것이기에 치료를 적극적으로 받을 확률이 높다. 재범의 위험이 낮아질 수도 있다는 얘기다. 그럼 그 반대의 경우를 생각해보지 않을 수 없다. 가족도 없고, 직업도 없고, 돈도 없고, 치료받을 가망도 없는, 그래서 재범의 위험이 명백하게 보이는 이에겐 중한 처벌이 당연한 걸까.

재범의 위험이 비교적 낮은 지검장에게 치료가 필요하다면, 재범의 위험이 너무나 높은 그에게는 더 말할 것도 없다. 그런데 형사 재판의 경우 치료는 거의 뒷전이고 처벌에만 골몰한다. 미국에는 치료사법therapeutic jurisprudence이 있다. 판사와 검사, 변호인, 보호관찰관, 사회복지사, 전문 상담인, 의사 등이 팀을 구성해 개별 피고인에게 맞는 치료 계획을 수립한 뒤 피고인이 이를 잘 따르지 않으면 일반 형사 절차로 처벌하고, 잘 따라오면 처벌을 면해주는 제도다.[18] 성도착증 환자의 재범을 막으려면 이처럼 치료에 초점을 둔 제도가 필요하지 않을까. 그런 제도가 이 땅에선 잡을 수 없는 무지개에 불과한 것이라면, 그를 상습 공연음란범으로 만드는 데 우리 사회가 일조했다고 해도 터무니없는 과장은 아닐 것이다.

조금 독특하다고 생각했던

국선변호인과 피고인의 관계도

서로가 함께 만들어가는

관계라는 점에서

세상의 다른 모든 관계와

다를 바가 없다.

그러니 재판받는 사람 입장에서

한 번 더 생각해보고 말하고

행동해야 하는 게 답일 것이다.

그 단순한 진리가 현실에서는

왜 그렇게 어려운지 모르겠다.

4

.

변론의 처음과 끝,
소통

그들의 변호인

방청석에 있던 딸이 눈치 빠르게 일어나 피고인석에 있는 아버지를 향해
법정이 울릴 만큼 큰 소리로 말했다.
"아빠~ 잘.못.한. 거. 맞.지? 밤.에. 골.목.에.서. 잘.못.한. 거?"
"응, 내가 잘못한 거여. 다시는 안 그럴 거여."

인터넷 채팅 메신저로 음란한 문자를 보냈다는 혐의를 받는 20대
남자 사건을 맡았다. 채팅 때 쓴 말은 하나같이 짧은 문장이었다.
한 문장이 다섯 자를 넘는 경우가 없었다. 성적으로 노골적인 말이
라 그 문장을 읽는 순간 내 얼굴도 살짝 붉어지긴 했지만, 성에 대
해 호기심만 가득하고 실제 아는 건 전혀 없는 어린이가 쓴 것 같은
느낌이었다.

그 남자는 청각장애인이었다. 수사 기록을 보니 경찰이 컴퓨터
화면으로 글자를 써서 보여주면, 그가 자판을 두드려 답변을 쓰는
방식으로 피의자신문을 진행했다. 보통은 말로 경찰이 묻고 피의자
가 답하면 경찰이 문답을 글로 다시 정리하는데, 이 사건은 필담으
로 나열돼 있었다. 수화 통역인을 통해 의사소통을 할 수도 있겠지

만 그는 수화를 배운 적이 없었다. 필문필답에서 그는 질문을 제대로 이해하지 못하는 것 같았다. 묻는 말에 엉뚱한 답이 많았다. 답변은 띄어쓰기도 안 돼 있었고, 그냥 읽기만 해서는 정확하게 무슨 말인지 모를 내용이 많았다. 다만 한 가지 사실은 분명했다. 그가 혐의 사실을 인정하지 않고 있다는 것 말이다.

부유하는 각자의 말

채팅을 한 아이디 명의자는 그도 아는 또래 남자 청각장애인이었다. 채팅 상대방은 그가 모르는 또래 여자 청각장애인이었다. 문제의 아이디로 접속한 IP는 여러 군데였다. 채팅 중에는 그냥 평범한 대화도 있었고, 이번처럼 음란한 대화도 있었다. 대화체가 각기 달라서 한 사람 같지가 않았다. 여러 사람이 그 아이디를 사용한 것 같았다. 접속 IP 중에 그의 집 IP가 두 번 나왔는데 모두 음란한 내용이었다.

그는 부모, 형과 함께 살았다. 형은 청각장애인이 아니었고 나이도 그보다 훨씬 많았다. 나이로 보나, 또래 문화로 보나, 그런 글을 쓸 사람이 그밖에 없다고 볼 만했다. 하지만 그는 그런 적이 없다고 했다. 경찰이 "그럼 부모님이 했겠느냐, 형이 했겠느냐"고 물었을 때 그는 자기 집에 놀러 온 친구 중에 누군가가 했을 수도 있다는 취지로 답했다.

재판 전에 상담을 해야 하는데 말이 안 통하니 어떻게 상담해야 할지 고민하던 참에 사무실로 어떤 중년 여성이 전화를 해왔다. 그의 옆집에 사는 아줌마라고 했다. 그도 말을 못하고, 그의 엄마도 장애로 말을 잘 못하니 연락할 일이 있으면 자기에게 전화를 하라고 했다. 막막한 와중에 고마웠다. 아줌마와 의논해 그의 집에서 만나기로 했다. 내비게이션에 주소를 입력해서 가보니 이 도시에서 내가 한 번도 가보지 않은 동네였다. 좁은 골목길, 허름한 가게, 낡은 간판 등 동네 풍경이 내가 어릴 때 살던 정겹지만 가난한 동네를 생각나게 했다. 이웃집 아줌마와 그, 그의 어머니가 골목길 입구에서 나를 기다리고 있었다.

그의 부모는 둘 다 청각장애가 있었다. 아버지가 장애인 특별채용으로 공무원 생활을 하며 마련한 작은 집에서 그 가족은 20년 넘게 살아왔다. 그의 방에 네 명이 둘러앉았다. 어머니의 말은 그래도 조금은 알아들을 수 있었지만, 그의 말은 추측조차 할 수가 없었다. 크게 말하면 알아듣는다기에 내 말은 별도의 통역이 필요 없었고, 그의 말은 이웃 아줌마가 통역했다. 어떻게 이해하시냐고 물으니 이웃으로 오래 살아서 그냥 이해한다고 하셨다.

"지금 '내가 안 했다, 내 친구가 이 집에 놀러 와서 했을 수도 있다'고 주장하는 거잖아요. 맞죠?" 그가 고개를 끄덕인다. "그러면 공소사실에 적힌 1월 2일과 1월 3일에 다른 친구가 이 집 컴퓨터를 이용했다는 사실이 입증돼야 해요. 그 이틀 동안 친구들이 놀러 왔어요?" 내 말을 듣고 그가 뭐라고 소리쳤다. 옆집 아줌마가 "친구들이 1학년 때도 왔고, 2학년 때도 놀러 왔대"라고 답했다. 이게 무슨 소리인가. 그가 고등학교를 졸업한 지 2년이나 지났는데 언제적 이야기를. "아니, 그게 아니라 올해 1월 2일과 3일" 하고 외쳤다. "지민이도 오고, 민수도 왔대."

통역을 듣고 나니 그가 한 말에서 '지민', '민수' 비슷한 발음을 들은 것 같았다. 그의 어머니도 옆에서 거들었다. 친구들이 자주 와서 컴퓨터를 했다는 말 같았다.

나는 공소사실에 특정된 바로 그날, 그의 친구들이 왔는지 알고 싶은 건데 그는 자꾸 엉뚱한 답을 했다. 집에 달력이 없느냐고 하니 그의 어머니가 다른 방에서 큰 달력을 가져왔다. 나는 달력을 가리키며 말했다.

"자, 잘 들어봐. 오늘이 5월 14일이야. 그런데 이미 지나간 1월 2일과 3일을 말하는 거야. 여기 달력에는 떼내고 없어. 겨울, 추울 때, 1월 달, 해 바뀌고 하루, 그리고 이틀 지난날, 그때 어떤 친구들이 놀러 왔냐고."

답답한 마음에 목소리는 더 커지고 문장은 짧아지면서 반말이 저절로 나왔다. 그가 또 뭐라고 소리쳤다. 옆집 아줌마는 말했다.

"겨울엔 눈이 많이 왔대."

경찰이 한 것처럼 글로 소통을 시도했다. 내가 묻는 말에 답을 써보라고 했다.

"1월 2일과 3일에 그 친구들이 놀러 왔어?"

"예."

"1월 2일과 3일에 그 친구들이 놀러 왔다는 걸 어떻게 기억해?"

"자주 와써요."

상담 시간이 길어지면서 한숨도 길어졌다. 피고인이 말로 의사소통하는 데만 어려움이 있는 게 아니라 지적 능력도 많이 떨어진다는 사실을 확인한 채 사무실로 돌아와야 했다.

재판장은 피고인의 장애를 감안해 최대한 그의 주장을 입증할 수 있는 여러 증거를 모아보라고 기회를 줬다. 나는 그 아이디로 접속한 다른 IP 중 음란한 채팅을 한 다른 IP 위치를 찾으려고 사실조회를 보내봤지만, 통신사에서는 개인정보라며 답변을 거절했다. 그의 집에 놀러 왔다는 친구를 증인으로 신청하는 방안도 강구해봤지만, 그 친구의 주소를 알 수 없어 소환장을 보낼 수 없었다. 설령 친구가 증인으로 나온다 해도 자신이 형사책임을 져야 할 수도 있는 일을 피고인에게 유리하게 증언해줄 거라고 기대하기 어려웠다.

그가 음란한 채팅을 직접 해놓고도 발뺌하며 친구 평계를 댔을지도 모른다. 하지만 그건 내게 중요하지 않았다. 누구든 형사상 자신에게 불리한 진술을 강요당하지 않을 권리를 헌법이 보장하고 있다. 게다가 그의 주장대로 친구가 놀러 와서 그랬을 가능성도 충분히 있었다. 변호인인 나는 피고인이 주장하는 그 다른 가능성의 존재를 변론 과정에서 보여줘야 했다. 형사 재판에서는 공소사실이 '합리적 의심이 없을 정도로' 입증돼야 유죄이므로, 친구가 그의 집에 놀러 와서 했을 수도 있다는 의심이 합리적 수준이라면 피고인은 무죄다. 그런데 의사소통의 벽에 가로막혀 피고인이 주장하는 다른 가능성을 구체적으로 주장하기가 어려웠다. 재판 과정에서 나는 종종 한숨을 쉬었고, 그는 답답한 듯 주먹으로 가슴을 치며 알아듣지 못할 말로 소리를 지르곤 했다.

나는 공소사실이 합리적 의심의 여지 없이 증명됐다고 할 수 없어 무죄라고 강하게 주장했지만, 실망스럽게도 결과는 선고유예였다. 선고유예는 경미한 사건에서 형의 선고를 유예해주는 것으로 당장 아무런 처벌을 받지는 않지만, 엄연히 유죄 판결의 일종이다. 피고인에게 아무 전과가 없었고, 피해자 어머니가 청각장애 자녀를 키우는 부모로서 그 부모의 고충도 이해한다며 아무 대가 없이 처벌불원서를 써준 데다, 그의 고3 담임까지 나서서 절절한 탄원서를 제출했기에 그나마 그런 결과가 가능했다.

선고기일에 변호인은 출석하지 않는 관행이 있어 그의 사건 선고에도 나가지 않았다. 결과를 보고 그가 선고유예의 의미를 이해하지 못했을 거라는 생각이 들어 후회됐다. 이웃 아줌마에게 전화를 걸어 설명해주고 그에게 잘 전해달라고 했다. 아줌마는 알겠다며 걱정 말라고 했지만 나는 알고 있다. 통역 과정에서 많은 정보가 사라지고, 그나마 남은 정보 중 상당 부분도 그의 제한된 인지능력으로 사라질 거라는 것을 말이다.

허수아비 변호인

그다음 해에 수화를 하지 못하는 청각장애인 사건을 또 맡게 됐다. 공연음란으로 기소된 50대 아저씨였다. 어둑어둑한 저녁에 골목길에서 이상한 행동을 하고 있었는데, 어린 딸을 데리고 지나가던 아줌마가 기겁을 하고 112에 신고해 현장에서 체포됐다. 겨우 연락이 닿은 20대 딸이 경찰서로 달려와 아버지를 대신해 대답하는 식으로 신문이 이루어졌다. 딸은 아버지가 잘못을 인정한다고 답했다. 경찰이 확보한 방범용 CCTV에는 그의 범행 장면이 고스란히 녹화돼 있었다.

딸에게 전화를 했다. 재판 전에 장애가 있는 아버지와 어떤 식으로 상담하면 좋겠느냐고 묻자, 딸은 상담을 꼭 해야 하느냐고 되물었다. 아버지를 모시고 사무실로 오기 불편하면 내가 집으로 찾아가서 상담할 수도 있다고 했더니 극구 만류했다. 아버지가 술에 취하면 종종 실수를 하는데 이번에도 그런 것이었고, 본인이 잘못한 행동이라고 인정하니 상담 같은 건 필요 없단다. 재판이 빨리 끝나기만을 바란다고 했다. 아닌 게 아니라 그의 범죄경력에는 공연음란으로 받은 벌금 사건이 여러 개였다. 그렇다고 변호인 입장에서 피고인과 대화 한번 없이 재판에 나갈 수는 없었다. 재판 전에 법정 앞에서 잠깐이라도 만나자고 했다.

변론기일, 법정 앞 복도에서 아저씨와 그 딸을 만났다. 아버지는 허름한 복장에 눈의 초점도 잘 맞지 않았다. 딸은 야무진 얼굴이었지만 조금 지쳐 보였다. 딸과 먼저 인사한 후 그 아저씨에게 "안녕하세요, 국선변론 맡은" 하고 인사를 하는데 딸이 끼어들어 말했다.

"그렇게 말씀하셔도 아버지는 못 알아들으세요."

보통 사람의 다섯 배 정도로 소리를 질러야 겨우 알아듣는다고 했다. 조용한 복도에서 다섯 배나 소리를 질러 인사할 엄두는 나지 않았다. 20대 청년 사건과는 달리 증거가 명확해 피고인 의사를 직접 확인하지 못해도 괜찮을 것 같았다. 이 사건으로 아저씨가 구속될 일은 없을 테고 처벌은 벌금형 정도일 것이니 재판을 빨리 끝내는 게 당사자와 가족을 위해 가장 좋은 변론일 거라는 데 나도 동의했다. 그런데 예상치 못한 데서 복병을 만났다.

"피고인, 말하고 싶지 않으면 말 안 하셔도 되고, 유리한 말씀은 언제든지 하셔도 됩니다." 재판장이 평소대로 진술거부권을 고지했다. 진술거부권 고지가 형사 재판의 시작이다. 내가 일어섰다. "재판장님, 피고인이 청각장애로 말을 잘 못 알아듣습니다. 다섯 배쯤 큰 소리라야 들린다고 합니다." 재판장은 마이크에 입을 가까이 대고 평소보다 두 배쯤 큰 소리로 또박또박 천천히, 아까 한 말을 다시 했다. 피고인석에 서 있던 아저씨는 눈만 껌뻑껌뻑하고 있었다. 피고인이 못 들었다고 생각한 재판장은 내게 "변호인, 제 말을 좀 전해주세요"라고 말했다. 재판장과 피고인 사이의 거리보다 변호인과 피고인 사이의 거리가 훨씬 가까운 건 사실이지만 재판장은 마이크가 있고, 나는 마이크가 없었다(변호인석에도 마이크가 있는 법정이 있지만 여긴 아니었다). 방청석에 사람이 많아서 그런지 크게 말하는 것이 왠지 민망했다. 나는 아주 잠깐 망설이다 일단 외쳤다.

"말하고 싶지 않으면 말 안 하셔도 되고요." 크게 말한다고 했는데 마이크를 쓴 재판장의 소리보다 작았다. 괜히 얼굴이 붉어졌다. 방청석에 앉아 있던 딸이 머뭇거리며 일어나 재판장을 향해 말했다.

"판사님, 아버지가 못 듣는 것도 못 들으시는 건데, 평소 하는 말이 아니라서 아무리 크게 말해도 못 알아들을 겁니다."

"진술거부권을 풀어서 말해도 그 말 자체를 이해 못하는 건가요?" 재판장이 딸에게 물었다. "네." 재판장은 곤혹스러운 표정이었다. "피고인이 새로운 말을 이해하려면 시간이 얼마나 걸리나요?"

"말에 따라 다른데, 지금 이 말은 어렵기 때문에 최소 일주일은 계속 이야기해줘야 겨우 이해할 것 같습니다."

"그럼 2주 뒤에 기일을 잡을 테니 그동안 집에서 진술거부권에 대해 계속 말 좀 해주시겠습니까?"

"재판에 또 나와야 하나요? 오늘 끝내주시면 안 되나요?"

"형사 재판에서 꼭 지켜야 하는 절차가 있는데, 진술거부권은 피고인의 중요한 권리고 그런 권리를 이해시키지 않고는 제가 절차를 진행할 수 없습니다. 수고스럽더라도 다음 기일 전까지 꼭 집에서 연습시켜주세요."

"제가 직장을 다녀서 2주 만에 또 휴가를 쓰기가 곤란합니다."

"그럼 한 달 뒤로 잡을까요?"

"네? 판사님, 그냥 오늘 재판 끝내주시기를 부탁드립니다."

딸의 태도는 '제발 그렇게 해주세요' 식의 애원이라기보다 단호한 협상 제안 같았다. 변호인석에 앉은 나는 마음이 몹시 불편했다. 이 재판장은 꼼꼼하고 깐깐하기로 유명한 분이었다. 절차에 세심하고, 증거조사는 빈틈이 없고, 기록도 아주 자세히 검토하다 보니 판결문을 보면 감탄할 정도였다. 역시 진술거부권 고지도 허투루 형식적으로만 하지 않으려는 것 같았다. 그런 재판 진행이 원칙에는 맞겠지만 아무래도 융통성은 없어 보여 속으로 생각했다. '진술거부권을 고지했으면 됐지, 피고인이 그걸 꼭 이해해야 한다는 건 아니잖아. 내가 의견서도 자백 취지로 이미 냈는걸. 일반 직장인이 한 달에 한 번 휴가 쓰기가 얼마나 어려운데…. 게다가 자기 일도 아니고, 아버지 일로 이렇게 나온 딸의 입장도 이해해줘야지.'

괜히 재판장이 원망스러웠다. 재판장은 잠시 생각하는 듯하더니 다른 사건을 진행하고 있을 테니 밖에 나가서 피고인에게 진술거부권의 의미를 이해시킨 뒤 다시 오라고 했다. 다행히도 딸의 단호한 태도에 재판장이 양보한 것 같았다. 오전 재판이 끝나려면 아직 한 시간 반 정도가 남아 있었다. 피고인, 딸과 함께 법정 밖으로 나와 사람이 없는 안쪽 복도로 갔다. 딸이 아버지 귀에 입을 대고 소리를 질렀다.

"아.빠. 말.하.기. 싫.으.면. 안. 해.도. 된.대."

"…뭐?"

"말.하.기. 싫.으.면. 안. 해.도. 된.다.고."

"…뭐?"

어쩌다 지나가는 사람이 깜짝 놀라 쳐다보면 내가 "아, 청각장애가 있으셔서" 하고 어색한 미소를 지었다. 부녀가 그렇게 30~40분을 씨름하는 동안 나는 복도 의자에 앉아 똑같은 말을 계속해서 소리치는 딸을 거의 우러러보다시피 지켜봤다. 아버지가 사고를 칠 때마다 경찰서, 검찰, 법원을 오가며 묵묵히 뒤치다꺼리를 해왔을 그녀. 피고인의 방어권 보장을 위해 헌법이 보장하는 고매한 권리인 진술거부권이 이 사건에서는 애꿎은 딸만 괴롭히고 있었다.

근처 정수기에서 물을 가져와 딸과 피고인에게 줬다. 딸은 고맙다면서 찬물을 단숨에 들이켜고는 이제 그만하고 재판에 들어가자고 했다.

"아버지가 이해하셨을까요?"

"모르겠어요. 그런데 어차피 연습한 말 외에는 아무 말 안 하실 테니 상관없어요."

딸의 태도는 여전히 다부졌다. 다시 법정으로 갔다. 재판장도 그 사이에 원칙을 좀 수정했는지 딸에게 "충분히 이해시키셨죠?" 하고는 진술거부권 고지 후 피고인의 답을 기다리지 않았다.

다음 절차는 검사의 공소 요지 진술과 피고인의 모두진술冒頭陳述 (공소사실에 대한 입장을 밝히는 것)이었다. 나는 피고인을 대신해 "피고인은 공소사실을 인정합니다"고 말했다. 방청석에 있던 딸이 눈치 빠르게 일어나 피고인석에 있는 아버지를 향해 법정이 울릴 만큼 큰 소리로 말했다.

"아빠~ 잘.못.한. 거. 맞.지? 밤.에. 골.목.에.서. 잘.못.한. 거?"

그 말에 대한 답변은 평소 연습이 됐는지 그가 금방 답했다.

"응, 내가 잘못한 거여. 다시는 안 그럴 거여."

그렇게 간신히 재판을 마쳤다.

변호인의 가장 기본적인 역할은 피고인의 변명을 듣고 이를 법률적 용어로 바꿔 말해주는 것이다. 그런데 그 역할을 하려면 전제가 있다. 바로 피고인과 소통할 수 있어야 한다는 것이다. 나는 자격증만 있는 허수아비였다. 피고인의 변호인 역할은 딸이 다 했다. 제도가 붙여준 허수아비 변호인은 피고인에게 아무 도움이 되지 못했지만 그 아저씨는 그런 딸이 있어 그나마 다행이었다.

몇 주 후 선고 결과를 확인하니 벌금 100만 원이었다. 나는 단호하고 야무졌던, 그러나 지쳐 보였던 딸을 생각했다. 재판은 끝났지만 그녀의 일은 끝나지 않았을 거다. 아버지를 노역장에 보낼 순 없으니, 지금까지도 그랬듯 빠듯한 월급에서 매달 얼마라도 떼어내 벌금 낼 돈을 만들어야 한다. 모르는 번호로 전화가 오면 아버지가 또 사고를 쳤을까 봐 늘 가슴 졸이는 일상도 딸은 감당해야 한다. 법은 하지 말라는 행동을 한 아버지를 매번 심판대에 세우고 그에게 벌을 내렸지만, 심판당하는 과정과 그 결과는 모두 딸의 몫이었다.

형사 재판에서 구현돼야 하는 중요한 이념 중 하나가 피고인의 방어권 보장이다. 대등한 당사자 사이의 일을 다루는 민사 재판과 달리 형사 재판은 국가(검사) 대 개인(피고인)이므로 피고인이 변명할 수 있는 권리가 충분히 보장돼야 한다. 청각장애인(법에는 '농아자'로 표현돼 있다)은 반드시 변호인이 있어야 하는 사건으로 규정돼 있는데 그 이유가 바로 방어권을 보장하기 위해서다. 그런데 이 사건에서 방어권이 제도로써 제대로 보장되었다고 할 수 있느냐고 누군가 묻는다면 말문이 막힐 것 같다. 젊은 청각장애인 옆집에 살던 아줌마의 호의는 정말 고마웠지만 그 통역이 맞는지 확인할 길이 없었고, 맞는다고 해도 변호인인 내가 이해할 수 있는 언어로 통역되지 않았다. 아저씨 청각장애인은 똑똑하고 헌신적인 딸이 없었다면 세상에 자신의 뜻을 전할 수 없었다. 변호인이 피고인의 언어를 이해할 수 없으니 피고인을 제대로 변호하는 건 불가능했다. 제도가 있어도, 그 제도가 공정하게 운용돼도 혜택을 제대로 누릴 수 없는 사람이 있다는 걸 부끄럽게도 그제야 알았다.

뫼비우스의 띠

"증거에 동의하면 어떻게 되는데요?"
"유죄 나오겠죠."
"내가 왜 유죄야? 뭘 잘못했다고."
또다시 원점으로 돌아왔다. 목덜미가 뻐근해지기 시작했다.

50대 아줌마인 내 피고인은 전화번호도, 집도 모르는 한 30대 여성의 직장으로 찾아갔다. 따지고 싶은 것이 있었기 때문이다. 다른 건 몰라도 그 여성이 어느 백화점 무슨 매장에서 일한다는 건 알고 있었다. 처음에 손님인 줄 알고 피고인을 맞이한 30대 여성에게 그녀는 어떤 남자 이름을 대면서 잠시 밖에 나가서 이야기를 좀 하자고 했다. 그제야 그녀를 알아본 젊은 여성은 당황하며 여기에 왜 왔느냐고 나가달라고 했다. "이야기 좀 하자니까. 잠깐이면 돼" 하는 그녀와 "자꾸 이러시면 영업 방해로 신고합니다. 나가 주세요" 하는 젊은 여성 사이에 언쟁이 오갔다. 옆 매장 직원이 백화점 보안요원에게 도움을 요청했고, 젊은 여성은 112에 전화해 이상한 손님이 있으니 내보내달라고 했다. 화가 난 그녀는 목소리가 커지다가 이

내 그 자리에서 할 말을 다 해버렸다. 유부남 꾀어 바람피우고 그따위로 살아도 되느냐고. 죄명은 허위사실 적시 명예훼손과 위력에 의한 업무방해였다.

돌고 돌아 원점으로

그녀는 수사를 받으면서도 자신은 잘못한 게 없다며 오히려 저 여자 때문에 자신이 피해를 봤다고 억울해했다. 피해 여성은 그날 이후 직장 사람들이 다 본인을 이상하게 쳐다봐서 너무 괴롭고, 혹시 그녀가 앙심을 품고 또 찾아올까 봐 두렵다고 했다. 젊은 여성이 그녀에게 뭘 잘못했는지는 정확히 모르겠지만(화두에 올랐던 유부남이 그녀의 남편이겠거니 했는데 아니었다) 설령 대단한 걸 잘못했다고 해도 남이 듣는 데서 바람을 피웠느니 마느니 할 건 분명 아니었다.

명예훼손은 말하는 사람 입장에서는 대수롭지 않게 여길 수 있지만, 당하는 사람 입장에서는 엄청난 일이다. 직장에 '유부남과 바람피운 여자'로 소문난다는 건 상상만으로도 끔찍하다. 피고인은 그게 사실인데 뭐가 문제냐고 경찰에게 따졌다. 하지만 이 상황에 사실 여부는 중요하지 않다. 젊은 여자가 유부남과 바람피운 것이 사실로 입증되면 사실 적시 명예훼손으로 공소장이 변경될 수는 있지만, 공인도 아닌 평범한 백화점 직원에게 그런 말을 하는 것이 공익을 위한 목적에서였다고 할 수 없으므로(사실 적시가 공익을 위한 목적에서라면 위법성이 없어 무죄가 될 수 있다), 사실 여부를 힘들게 다투는 게 별 실익이 없기 때문이다(게다가 형사소송에서 피해자의 은밀한 사생활을 입증한다는 건 거의 불가능하다).

다만 위력에 의한 업무방해는 다퉈볼 여지가 전혀 없진 않았다. '위력'이라는 건 피해자의 자유의사를 제압하는 유·무형적 힘을 말하는데, 백화점 매장에서 큰소리 몇 번 친 행위를 위력으로 평가할 수 있겠느냐고 의심해볼 수 있다. 하지만 상대방의 사생활을 공개적으로 말하는 것 자체가 피해자의 자유의사를 단번에 제압했다고 볼 수도 있었다(아마 검사는 그런 시각에서 기소했을 것이다). 어쨌든 상대방에게 피해가 될 수 있는 말을 내뱉은 것은 사실이기 때문에 내가 뭘 잘못했느냐는 식으로 나오면 양형에서 매우 불리했다. 피고인을 반드시 설득해야 했다.

상담 시간을 잡으려고 연락했는데 그녀는 전화로만 상담하길 원했다. 하던 사업이 망해서 서울의 한 식당에서 설거지를 하고 있고, 집도 없어 찜질방을 전전하며 살고 있어서 상담하러 갈 차비가 없다고 했다. 경찰서에 불려 다니는 것도 힘들었는데 재판에, 변호사 사무실까지 가야 하느냐고, 정말 먹고살기 힘들어서 그렇다고 자꾸 토를 달았다.

"억울한 게 없으면 전화 상담도 괜찮아요. 절차나 결과에 관해 설명만 해드리면 되니까요. 하지만 기소 자체가 억울하다고 하시는 입장이잖아요. 그러니까 증거 기록도 찬찬히 같이 보고 설명해드려야 하고요. 입장 정리에도 의논이 필요해요. 전화로는 충분히 상담하기 어려운 사건입니다."

단지 상담하러 오라고 설득하는 데에도 시간이 꽤 걸렸다. 그녀는 사무실로 들어오기가 무섭게 목소리를 높였다.

"내가 그 여자 때문에 얼마나 큰 피해를 봤는데 왜 그 여자가 나를 고소하는 거예요? 이거 무고로 제가 고소하면 되는 거죠? 뭐? 명예훼손? 세상에! 내가 없는 말을 한 것도 아니고, 도대체 뭐가 명예훼손이라는 거예요? 그거 다 사실이라니까요."

안 오겠다는 사람을 억지로 오게 했더니 역시 예상대로다. 나는 최대한 차분하게 피해를 봤으면 억울한 마음도 있겠지만 그 피해를 이 사건과 연관 지어 생각하면 안 된다고 설명했다. 그리고 중요한 부분을 짚었다.

"보안요원이랑 매장에 있던 다른 사람들이 '유부남을 꼬셨네, 어쨌네' 하는 이야기를 들었잖아요. 남이 듣는 데서 남에 대해 안 좋은 소리를 하면 그 말이 사실이든 아니든 상관없이 명예훼손이 돼요. 그러니 그게 사실이라 해도…."

그녀가 내 말을 끊으며 들은 사람이 아무도 없다고 했다. 그러니까 신고한 그 여자가 이상하다는 거다. 나는 그녀에게 기록에 있는 서류와 영상을 하나하나 보여줬다. 보안요원과 다른 매장 직원이 쓴 사실 확인서에는 '유부남과 바람피운 년'이라는 말을 들었다고 적혀 있었다. 경찰이 찍은 영상에는 경찰이 그녀에게 "자꾸 그런 말 하시면 명예훼손죄로 처벌받을 수 있습니다"라고 경고하는데도 그녀가 "내가 무슨 명예훼손이야? 틀린 말 한 것도 아닌데. 저 년이 유부남이랑 바람 피웠다니까요" 하며 소리치는 장면이 녹화돼 있었다. 경찰과 그녀 외에도 보안요원과 지나가는 사람들 몇 명이 화면에 보였다. 그녀는 같은 편인 사람들이 단체로 거짓말을 하는 건데 이게 어떻게 증거가 되느냐며 더욱 흥분했다. 같은 회사 사람이야 자기 동료를 감싸주기 위해 거짓말을 할 수도 있겠지만, 경찰이 찍은 영상은 설명되지 않는 말이었다. 그녀는 그 30대 여성에게 남자를 순식간에 홀리는 능력이 있다고 했다. 변호사님도 보면 아실 거라며 동조를 구했다.

"그러니까 경찰이 그 여자 편드느라 없는 영상을 조작해서 만들었다는 거예요?"

대답이 궁했던지 그녀는 "아니, 그런데 경찰이 그런 거 막 찍어도 되는 거예요?" 하며 또 화를 냈다. 설득되기는커녕 지은 죄가 없고 먹고살기 바쁜 본인을 오가게 한 데다 이제 번거롭게 재판에까지 부르는 것에 대해 급기야 나에게 따졌다. 나도 인내심에 한계가 오기 시작했다. 도움을 주고자 검사가 신청한 증거를 함께 보며 설명하고 있는 나에게까지 왜 이러시느냐고 나도 모르게 목소리를 높였다. 그랬더니 그녀는 나보다 더 어이없어했다.

"무슨 변호사가 이래요? 억울한 사람 도와주라고 있는 게 변호사지, 억울한 사람한테 도로 화내는 게 변호사가 할 일이에요?"

나는 어느새 설득을 포기하는 쪽으로 돌아서고 있었다. 괘씸죄로 중한 형을 받든 말든 당신의 사정이고, 나는 그저 피고인이 원하는 방향으로 변론해주자는 심정이었다. 입장을 바꿔 억울함을 푸는 재판 과정을 설명하기 시작했다. 변론기일에서 공소사실을 부인한다고 진술하면, 검사가 피해자 여성, 보안요원, 다른 매장 직원, 경찰을 증인으로 부를 거다, 이들에 대해 증인신문을 한다, 검사도 물어보고 변호사도 물어보고 판사도 물어본다, 원하면 본인도 물어볼 수 있다, 그리고…. 설명이 끝나기 전에 그녀가 또 말을 끊었다.

"아니, 그 사람들은 전부 나한테 불리한 사람들인데, 증인으로 왜 불러요? 검사가 부르면 변호사님이 못 부르게 막아줘야죠."

정식 재판을 처음 받는 사람이 절차에 대해 모르는 건 당연하지만, 모르면 전문가의 말을 잘 들어야 한다. 형사 재판에 대해 전혀 모르면서 큰소리만 치는 그녀를 보며 속이 터질 듯 열불이 났다.

"저 사람들 하는 말이 다 거짓말이라면서요? 그런데 그들이 쓴 사실확인서에는 본인이 무슨 말을 했는지 적혀 있잖아요. 그러니까 판사가 사실확인서나 영상을 그대로 받아들이면 안 되잖아요. 그게 증거가 되면 안 되니까요. 그래서 그 증거들에 대해 '부동의'하는 거예요. 부동의하면 검사가 영상을 찍거나 확인서를 쓴 사람을 증인으로 불러서 사실인지, 조작은 없는 건지 물어봐야 해요. 그게 재판 절차예요. 그 사람들이 증인으로 나오는 게 싫으면 증거에 다 동의해야 해요. 그러면 검사가 증인 신청을 안 하거든요. 증거에 동의한다는 뜻은 '판사가 그 서류를 읽어보고 그대로 판단해도 된다'는 뜻이에요. 증거에 동의하시겠어요?"

"증거에 동의하면 어떻게 되는데요?"

"유죄 나오겠죠."

"내가 왜 유죄야? 뭘 잘못했다고."

또다시 원점으로 돌아왔다. 목덜미가 뻐근해지기 시작했다. 증거
동의와 부동의라는 용어는 법을 모르는 피고인들에게 설명하기 가
장 어려운 개념 중 하나다. 내가 피고인에게 했던 설명은 몹시 단순
화한 것으로, 실상은 꽤나 복잡해서 형사소송법을 처음 배우는 법
학도들에게조차 '넘어야 할 산'이다. 법을 잘 모르는 피고인에게 이
에 대한 설명은 오해를 일으키는 경우도 많아서 그냥 설명하지 않
고 변호인이 알아서 처리하는 게 사실 편하다. 대부분의 경우 그렇
게 하고 있다. 그런데 이 사건에서는 피고인 뜻에 따르면 부동의해
야만 하는 증거의 진술자를 검사가 증인으로 부르지 못하도록 변호
인더러 막아달라고 하니 어쩔 수 없이 개념을 설명해야 했다. 내 설
명을 듣던 그녀가 말했다.

"그럼 이러나저러나 어차피 저한테 불리한 거 아닙니까? 다 봤
네, 들었네, 적혀 있고, 그 사람들이 나와서 이렇게 말한 적 없다고
하진 않을 테니까요. 저 사람들 다 같은 편이니까요. 그러면 결국
증거가 된다는 거 아네요?"

"대체로는 그렇겠죠. 자기가 쓴 게 사실이라고 하는 경우가 많죠.
하지만 그걸 못 믿겠으면 법정에 불러서 물어볼 수 있는 권리가 피
고인에게 있는 겁니다."

그녀가 한번 더 씩씩거리더니 다시 유죄가 나오면 어떻게 되는
지 물었다. "글쎄요. 가벼우면 벌금, 무거우면 징역형의 집행유예,
실형이 나오지는 않을 것 같지는 않지만…" 말이 채 끝나기 전에
그녀가 또 치고 들어온다.

"벌금이 얼마인데요?"

"그건 판사님이 정하시는 거라 제가 알 수 없어요. 하지만 보통의 경우 몇백은 나옵니다."

"몇백이라는 건 몇백만 원을 말하는 거예요? 지금 몇백이 가볍다고 하는 거예요?"

"몇백이 작은 돈은 아니지만, 형벌로는 아주 가벼운 벌이에요."

"아니, 무슨 변호사가 말이 이래요? 몇백이 가볍다니. 법은 서민들을 죽이라고 있는 겁니까?"

목덜미에 이어 안면 근육까지 뻐근해진다. 설명을 설명으로 받아들이지 않고 공격으로 받아들이는 태도를 보니 그녀의 삶도 꼬인 게 아주 많아 보였다. 남의 입장을 한 치도 생각해보지 않는 팍팍함의 근원은 무엇일까. 어디서부터 어떻게 풀어야 하나. 그녀와의 대화는 뫼비우스의 띠처럼 또 원점으로 돌아갔다.

"아무것도 아닌 걸 가지고 사람을 이렇게 오라 가라 하질 않나. 먹고살기도 어려운데 가벼우면 벌금 몇백이라니. 억울한 거 풀어달라고 하고 재판 마치면 무죄는 받을 수 없는 거예요?"

"무죄 다투려면 증거조사 절차를 거쳐야 해요. 아까 말한 대로 증인들 불러서 신문하고, 영상이 조작되지 않았는지 국과수에 의뢰도 하고요. 그러려면 재판이 몇 달 갑니다."

"아니, 저 여기까지 오는 데 드는 차비 몇천 원도 부담스럽다고요. 잘 곳도 없어 찜질방에서 잔다고요. 하루에 만 원 하는 찜질방이요. 아시겠어요? 그런데 재판에 어떻게 여러 번 나와요?"

"재판 빨리 마치려면 증거 동의할 수밖에 없어요."

"그러면 벌금 몇백 나온다면서요? 왜 억울한 내가 벌금을 내야 하는데요?"

말은 돌고 돌아 상담을 시작한 지 한 시간이 다 되도록 공소사실에 대한 의견을 정리하지도 못했다.

억울하다면서도 대면 상담할 시간이나 재판에 나올 시간은 없다고 하는 피고인은 종종 있었다. 하루 벌어 하루 먹고사는 일용직 노동자도 있었고, 한 달에 한 번 휴가를 내기가 눈치 보여서 못 나오는 직장인도 있었으며, 일정한 직업은 없지만 몸도 아프고 차비가 부담스러워 나올 수 없다는 노인들도 있었다. 심지어는 나오겠다고 했다가 아무 소식도 없이 약속된 상담이나 재판에 나오지 않아 전화하니 휴대폰 요금 연체로 발신 서비스가 정지돼 전화도 문자도 못했다고 미안하다는 사람도 있었다. 아주 가끔은 내가 무죄 가능성에 꽂혀 의욕을 불태우고 있는데 피고인이 재판에 나오기가 어렵다며 그냥 인정하겠다고 해버려서 맥이 풀리는 사건도 있었다.

진짜 억울하면 끝까지 밝혀야지 재판 시간 핑계를 대는 건 자기가 잘못한 걸 스스로 아는 거로 생각하기 쉽지만(나도 오랫동안 그렇게 생각했다), 실제로 먹고살기 위해 억울함을 밝히는 걸 포기해야만 하는 사람들도 없지 않았다. 그런데 그녀의 사건은 주관적인 억울함이 객관적인 억울함을 훨씬 뛰어넘는다는 데 있었다. 짜증이 나기 시작했다.

"지금 상담이 전혀 진척되지 않고 있어요. 결정을 하셔야 해요.

잘못 인정하고 증거 다 동의해서 재판을 빨리 끝내시든지, 억울해서 인정 못 한다 하시면 재판이 길어지는 거 감수하시든지. 결정하신 방향대로 변론할게요."

"억울하지만 먹고살기 힘들어서 인정할게요. 재판 빨리 끝내고, 벌금 안 나오고 집행유옌가 뭔가 있잖아요, 그걸로 해주세요."

벌금형의 집행유예 제도가 있지만, 이미 그녀에겐 가벼운 벌금 전력이 몇 개 있는 데다 피해자가 엄벌을 탄원하는 이 사건에서 그녀가 말하는 선처를 받기란 불가능했다. 게다가 그녀가 말하는 건 징역형의 집행유예를 의미하는 것 같았다.

"징역형의 집행유예 말하시는 거죠? 그건 당장 돈 내는 부담이 없지만 벌금형보다 센 형벌이에요. 그건 아셔야 합니다. 벌금이 300만 원 이하면 사회봉사 명령으로 대체할 수 있는 제도도 있어요. 하루 10만 원 쳐 주니까 30일 봉사하면 되거든요. 물론 이 사건에서 300만 원 이하로 나온다고 장담할 수 있는 건 아니고요."

"봉사할 시간이 어디 있어요?"

"징역형의 집행유예를 선고할 때 판사님에 따라서는 사회봉사명령을 붙일 수도 있는데요."

"아니, 먹고살기 바쁜데 그걸 어떻게 하느냐고요?"

"형편을 말씀드리면서 사정을 좀 봐달라고 변론하겠지만 결정은 판사님 재량이에요. 사회봉사명령 면제를 제가 장담할 순 없어요."

"그거 붙으면 절대 안 돼요!"

그녀가 흥분하며 소리를 질렀다.

"지금 마트에서 쇼핑하는 게 아니잖아요. 벌 받는 사람이 어떻게 마음대로 벌을 골라요? 벌주는 사람이 주겠다면 할 수 없죠."

"그렇게 안 되도록 하는 게 변호사님이 하는 일 아녜요? 그럼 변호사님이 나를 위해 하는 일이 뭔데요?"

이럴 땐 정말 국선을 때려치우고 싶다(물론 순간적으로 그렇다는 거다. 나도 먹고살아야 하니 이런 일로 때려치우진 못한다).

말한다고 다 대화가 아니다

결국 재판을 빨리 끝내고 싶으니 공소사실을 자백하는 걸로 겨우 정리했다. 나는 노파심에 재판 때 억울하다느니, 이 여자 때문에 내가 피해를 많이 봤느니, 그런 말을 절대 하면 안 된다고 신신당부했다. 말을 할 타이밍엔 오로지 잘못했다, 죄송하다, 반성한다, 앞으로 이런 일이 없도록 하겠다는 말만 하라고 했다.

알겠다고 하고 돌아간 그녀는 하루가 멀다 하고 전화를 걸어왔다. 벌금이 나오거나 집행유예에 사회봉사명령이 붙으면 어떻게 하느냐는 내용이었다. 결과가 좋지 않을 수도 있다면 차라리 끝까지 가는 게 낫지 않겠느냐고도 했다. 그녀가 사무실을 떠나고 나서도 뫼비우스의 띠는 여전히 돌고 있었다. 마음을 가다듬고 정 억울하면 재판 시간이 좀 걸리더라도 다퉈보는 걸로 입장을 바꾸시겠느냐고 물었다.

"그런데 그렇게 한다고 무죄가 되는 건 아니라면서요? 그리고 먹고살기 바쁜데 법원을 여러 번 어떻게 가요?"

너무 여러 차례 반복되는 패턴에 나도 순간 눈이 홱 돌아서 전화기에 대고 소리를 지르고 말았다.

"그럼 저더러 도대체 어쩌라고요오오."

그 소리에 내가 놀랐다. 피고인이 아무리 답답해도 변호인으로서 해서는 안 될 행동이었다. 그녀에게 일단 사과하고, 나는 도저히 사건을 어떻게 해야 할지 모르겠으니 증거 동의와 부동의, 재판 절차에 관해 친절하고, 차분하고, 쉽게 설명해줄 다른 국선변호사를 만나서 상담받아볼 필요가 있겠다고, 사임허가 신청을 하겠다고 했다 (국선변호인은 마음대로 사임할 수 없고 재판장의 허가를 받아야 한다).

"아니, 다른 변호사로 바뀌면 또 상담받으러 오라고 할 거 아니에요. 어떻게 또 가요. 그냥 변호사님이 그대로 해주세요."

"제가 변론을 하려면 본인이 공소사실에 대한 입장을 명확하게 정해주셔야 합니다. 그런데 그걸 안 해주시잖아요."

"제가 법을 모르잖아요. 그냥 벌금 안 나오게, 봉사 안 하게 해달라는 것뿐인데 그걸 왜 못 해줘요? 그럼 다른 변호사는 그걸 해줄 수 있어요?"

원점에서 한 치도 벗어나지 못했음이 분명했다. 대화를 하면 할수록 그 사건을 감당할 자신이 없었다.

"다른 변호사는 모르겠지만, 저는 아무튼 원하시는 결과를 받아줄 자신이 없습니다. 변호사로서 능력이 부족한가 봅니다. 다른 국선변호인 선정되면 그분과 잘 이야기해보세요."

하루 무사히 일하고 만 원짜리 찜질방에서 피로를 풀 수 있으면 나쁘지 않은 하루였다고 여겨야 하는 절벽. 그녀가 자꾸 뫼비우스의 띠처럼 원점으로 돌아온 건 그 때문인지도 모른다. 눈을 뜨고 둘러보면 사방이 가슴 철렁한 절벽이니 차라리 눈을 감아버리는 것을 택했는지도 모른다. 그래서 자기 행동은 돌아보지 않고 남 탓만 해대고 있는 것일 수도 있다. 그녀처럼 절벽에 서 있는, 말이 도무지 안 통하는 피고인 사건이 나는 가장 힘들었다. 피도 눈물도 없는 잔혹한 범죄를 저지르고도 반성의 기미조차 없는 파렴치한의 사건은 마음이 무겁지만, 아무리 나쁜 사람이라도 변호 받을 권리는 있으니 변호인 역할에 충실하게 변호하면 된다. 사건 기록이 방대하거나 법리가 어려운 사건은 밤을 새워서라도 파고들면 된다. 하지만 소통이 되지 않는 피고인과는 뭘 어떻게 해야 할지 알 수가 없었다.

국선변호인 사임 신청을 해버린 건 분명 비겁한 행동이었다. 나도 알고 있었다. 내 뒤에 선정될 국선변호인이 고스란히 짐을 떠맡을 걸 알면서도 나는 도망쳤다. 사임 허가서에는 피고인과의 신뢰 관계를 변호인이 깨버린 일이 생겨서 부득이하게 사임허가를 구한다고 썼다. 재판장이 사임을 허가해 가장 어려운 사건은 내 손을 떠났다. 이 일은 내가 자의로 마무리하지 못한 첫 사건이 되었다.

국선전담변호사로 지원할 때는 형사법 전반에 대한 지식만 어느 정도 있으면 될 줄 알았다. 면접시험에서도 형사소송법 주요 판례와 형사 절차에 대해, 그리고 교과서적인 상황을 가정한 변호사 윤리에 대해 물어볼 뿐이었다. 그러니 다들 이 직업을 준비하면서 법

전과 판례집과 교과서만 냅다 판다. 그런데 일하면서 막히는 순간은 법을 모르거나 판례를 못 찾을 때가 아니라 이 사건처럼 피고인과 전혀 합리적인 대화가 통하지 않을 때였다. '절벽에 서 있는 사람들과 대화하는 법' 같은 걸 가르쳐주면 좋겠다. 책이나 대한변호사협회의 변호사 연수나 법원의 국선전담변호사 교육프로그램으로 말이다. 이 직업에 필요한 건 바로 그런 것이었다. 지금까지도 그 어려운 걸 알려주는 곳이 없다.

주제넘은 상담

"변호사면 다입니까? 다들 바쁘다, 못 맡는다…. 돈 안 주니까 못 맡겠죠.
돈 안 되니까 안 맡는 거고요. 기초생활수급자가 무슨 돈이 있겠습니까?
변호사들이 다 돈 보고 하니까 우리 같은 돈 없는 사람은 그냥 죽어야죠. 안 그래요?"

며칠 전 전화 메모를 남겼던 사람이 막무가내로 사무실을 찾아왔
다. 소송구조 관련해 상담을 원한다고 통화를 요청했는데 내가 전
화를 안 해줘서 약속도 안 잡고 찾아왔다는 거다. 그때 본 메모에
"'×같은 형님' 상대로 하는 손해배상 사건이라고 합니다"라고 적혀
있었다. 전화 건 사람이 얼마나 험한 말을 했으면 직원이 그렇게 인
용 표시를 하면서 메모했을까 싶었다. 메모만 봐도 골치가 아픈 기
분이었다. 내가 전혀 모르는 이름이었고, 소송구조를 맡아줄 의무
도 없어서 메모를 받고도 무시하고 있었다.

막무가내식 사건 의뢰

소송구조訴訟救助란 민사 사건 등에서 국가가 재판 비용, 변호사 보수와 같은 소송 비용을 지원해주는 제도다. 변호사 보수 소송구조에 한정해 말한다면 국가가 국선변호사를 붙여주는 개념이라고 할 수도 있겠으나, 크게 두 가지가 다르다. 하나는 형사 사건에서 국선변호인은 법원이 선정해주므로 피고인에게 선택권이 없지만, 소송구조에서 법원은 구조 결정만 하므로 당사자가 소송 대리를 해줄 변호사를 직접 찾아야 한다는 점이다. 다른 하나는 국선변호인을 선정해줄 때 피고인의 경제적 형편에 대해 별 자격을 심사하진 않지만, 소송구조는 경제적 형편에 관한 요건을 엄격하게 심사한다는 점이다.

법원은 '소송비용을 지출할 자력이 부족한 자가 패소할 것이 명백한 경우가 아닐 때' 소송구조 결정을 하는데, 여기에서 문제는 '패소할 것이 명백한 경우가 아닐 때'라는 요건이다. 누가 봐도 말이 안 되는 주장을 하는 사건에까지 국가가 비용을 지원해주지는 않는다는 게 입법 취지다. 그런데 현실에서는 불을 보듯 패소가 뻔한 사건에서 소송구조 신청이 인용되거나 혹은 재판부에서 직권으로 소송구조 결정을 해줄 때도 있다. 당사자의 주장이 도무지 정리되지 않거나 절차 진행 협조가 전혀 안 되는 경우 등 법원이 도저히 재판 진행을 할 수 없을 때도 소송구조 결정을 해주는 것이다.

나도 패소할 것이 명백한 소송구조 사건을 몇 번 해본 적이 있다.

사건 수임을 위한 영업 활동을 전혀 하지 않는 나에게까지 오는 사건은 변호사 사무실에서 매번 문전 박대당하는 수준의 사건들이었다. 국선전담변호사는 원칙적으로 영리를 목적으로 사건을 수임할 수 없지만 소송구조 사건은 '공익 사건'으로 분류돼 예외다. 민사 사건 경험을 쌓을 요량으로 소송구조 사건을 몇 번 맡았는데, 실상은 민사 법정에 나가본다는 경험 외에는 대부분 전혀 도움이 되지 않았다. 직원은 그런 사정을 잘 알기에 소송구조 사건 의뢰가 들어오면 늘 조심스럽게 보고하곤 했다.

난처해하는 직원에게 여기까지 찾아왔으니 일단 들어오시라고 하자고 말했다. 그날 당장 급한 일정은 없으니 봉사하는 셈 치고 한 30분 정도 상담해주자 싶었다. 직원 안내를 받아 들어온 사람은 30대 후반으로 보이는 남자였다. 생각보다 그리 험한 인상이 아니라서 다소 안심이 됐다. 그는 소송구조 변호사 명단을 보고 나를 찾아왔다고 했다. 그 명단에 있는 변호사가 한둘이 아니고, 게다가 내 사무실은 법원에서도 한참 떨어진 구석에 있는데, 어떻게 여기까지 찾아온 거냐고 물었다. 명단에 있는 변호사들 사무실 몇 군데에 전화해봤더니 사건 이야기는 들어보지도 않고 다들 안 맡겠다며 만날 기회도 주지 않아서 할 수 없이 변호사를 직접 찾아다니는 것이라고 했다. 역시나 이번에도 문전 박대당한 사건이었다.

"그렇다고 약속도 안 정하고 그냥 막 오시면 어떡합니까. 제가 자리에 없을 수도 있고, 급한 일이 있을 수도 있지 않겠어요? 여기까지 오셨다니 할 수 없이 들어오시라 했습니다만"했더니 그 사람이 버럭 화를 냈다.

"변호사는 다 그렇습니까? 다 바쁘다고 하고 만나주지도 않고?"

어이가 없었다. 기꺼이 시간을 낸 내게 그가 할 말은 아니었다. 다시 메모 내용이 환기되면서 이상한 사람을 괜히 사무실에 들어오게 했나 싶었지만 일단 엎질러진 물이었다.

그는 'x같은 형님'에 대해 장황하게 이야기를 시작했다. 요지는 이랬다. 그가 어떤 민사 소송을 형님에게 맡겼는데(소송 대리는 원칙적으로 변호사만 할 수 있지만, 4촌 이내 친족이 법원 허가를 받아 대리할 수 있는 예외가 있다), 형님이 소송 상대방과 짜고 자신에게 불리하게 조정에 응해 그대로 확정됐으니 형님이 자기에게 손해배상을 해줘야 한다는 주장이었다. 형님이 상대방과 짰다는 걸 어떻게 증명할 수 있느냐고 물었더니 가방에서 두툼한 서류 묶음을 꺼냈다. 당장 많은 서류를 다 보기 어려우니 소장과 소송구조 결정문을 먼저 보여달라고 했다. 그는 소송구조 결정문을 가방에서 따로 꺼내면서 소장은 뭔지 모르겠지만 여기 있는 서류가 전부라고 했다.

서류 묶음을 앞부분만 조금 훑어봤다. 대부분 'x같은 형님'에 대해 그가 쓴 비난 글이었다. 아무리 봐도 소장이라고 할 만한 서류가 없었다.

"이거 말고요. 형님 상대로 법원에 재판 거셨다면서요? 그래서 소송구조 결정도 받은 거잖아요? 재판 걸 때 내는 서류 있잖아요. 원고 누구, 피고 누구, 돈 얼마 달라, 이렇게 쓴 서류요."

"지금 이 서류 다 냈는데요."

대화해도 답이 나올 것 같지 같아 소송구조 결정문에 적힌 사건 번호를 확인하고 곧장 담당 재판부로 전화했다. 사건번호를 불러주자마자 담당자가 "그 사람 좀 이상한 사람인데요"라고 했다. 내 앞에 있는 그에게 전화 상대방의 목소리가 들릴까 봐 긴장이 됐다. 소장이 뭔지 모르겠다는 사람이 어떻게 소장을 접수할 수 있었는지 확인해보니 기가 막혔다. 그가 법원 민원실에 서류를 잔뜩 가지고 가서 '×같은 형님'한테 돈 받아야 한다며 사건 접수를 해달라고 했단다. 민원실 담당자가 그에게 이런 상태로는 사건을 접수할 수 없다, 대한법률구조공단이든 법무사든 도움을 받아 서류를 정리해서 소장 형태로 내라고 몇 번 설득했지만 그 사람은 왜 사건 접수를 안 받냐, 사람 무시하나, 공무원이면 다냐면서 계속 자기 고집만 피웠단다. 며칠을 민원실에서 우기니 담당자가 어쩔 수 없이 그 서류를 받고 '원고 ×××(그 사람), 피고 ○○○(형님), 손해배상 청구'라고 정리해서 사건 접수 번호를 부여했단다. 민원실 담당자의 보고를 받고 재판부에서 직권으로 소송구조 결정을 해준 사건이었다. 사건 접수 경위만 들어봐도 한숨이 저절로 나왔다.

그 서류들이 결국 소장 역할을 한 셈이니 일단 서류를 끝까지 훑어봤다. 서류 더미에서 그가 말하는 이전 사건 관련 서류를 찾아냈다. 그가 법원에 제출한 위임장에는 보통의 소송 위임장과 마찬가지로 조정을 포함한 모든 사항을 위임한다고 기재돼 있었다. 서류에는 고소장, 피의자신문조서 같은 수사 기록도 제법 포함돼 있었다. 조정 내용이 그에게 일방적으로 불리해 보이지는 않았다. 관련 형사 사건이 있느냐고 물었더니 그가 형님과 당시 소송 상대방을 고소한 사건, 역으로 당시 소송 상대방이 그를 고소한 사건이 서로 열 건을 넘겼다고 했다. 하나의 소송을 두 개로, 다섯 개로, 열 개로 만드는 배배 꼬인 사람 부류라면 답이 없었다. 나는 서류를 덮으며 말했다. "못 이길 사건 같습니다." 그가 왜 못 이기냐며 또 버럭 소리를 질렀다. 나는 나름의 근거를 들어 왜 안 될 사건인지 조목조목 설명했다. 그는 설득력이 전혀 없는 일방적인 주장으로 반박했다. 말하자면 그냥 막무가내였다. 민원실 공무원이 오죽했으면 사건 접수를 해줬을까 싶었다. 그가 사무실에 들어온 지 30분이 넘어가고 있었다. 나는 이제 그를 돌려보내야겠다고 생각했다.

"제 능력으로는 이 사건 못 이깁니다. 다른 유능한 변호사를 구해보시든지 하세요."

"왜 안 맡아요? 변호사가 그래도 됩니까?"

그의 목소리가 더 높아졌다. 사건 검토를 해보니 이건 의미 없는 소송인데 변호사 의견은 전혀 안 들으시니 사건을 안 맡겠다는 것이라는 내 말에 그는 "변호사잖아요. 변호사니까 사건을 맡아야죠. 변호사가 안 맡아주면 우리 같은 사람은 억울해도 그냥 죽으라는 소리밖에 더 됩니까?"라고 했다. 이건 또 무슨 비약인가 싶었다.

"저는 못 이긴다고 했잖아요. 못 이겨도 괜찮으세요?"

"안 괜찮죠. 당연히 이기는 사건인데 왜 못 이깁니까?"

"제 생각엔 못 이기는 사건입니다."

"맡기 싫으니까 못 이긴다고 하는 거 아닙니까? 다들 안 맡아준다고 하는데 그럼 나는 어쩌라는 겁니까?"

그의 화와 나의 한숨이 뒤엉켜 작은 내 사무실이 불쾌한 열기로 달아올랐다. 그에게 일단 들어오시라고 했을 때 나는 첫 소송구조 당사자를 생각했다. 인터넷 게임 중독이었던 40대 남자였는데 인터넷 게임 회사를 상대로 보호의무를 다하지 않았다고 손해배상을 청구한 사건이었다. 안 될 사건임이 명백했다. 나는 이런저런 설명을 하며 소를 취하하는 게 좋겠다고 권유했다. 하지만 그는 패소해도 괜찮다, 그래도 법의 판단을 받아보고 싶다, 왜 말이 안 된다는 건지 국가가 답해줄 의무가 있지 않으냐고 했다. 그래서 그 사건을 맡았다. 그는 패소 후 내게 감사 인사를 하러 왔다. 변호사 사무실에 가서 상담하려고 해도 사무장이 사건을 대충 보고는 그냥 가라고 하고, 변호사를 만나도 들어주지도 않았는데 자신은 법원 판단을 받고 싶었다고, 그래서 자신의 이야기를 들어준 것만도 고맙다고, 판결에 동의하지는 않지만 법이 그렇다면 어쩌겠느냐며 인사했다. 그런데 갑작스레 찾아와 내 앞에 앉아 있던 이 사람은 고맙게 여기는 건 둘째치고 왜 사건을 맡지 않느냐고 도리어 나를 비난했다. 속에서 열이 차올랐다.

시계를 보니 그가 내 방에 들어온 지 거의 한 시간이 다 돼가고 있었다. 더 이상 대화를 해본들 사태가 해결될 것 같지 않았다. 나는 일부러 그와 반대로 평소보다 더 나지막하게 말했다.

"저와 인연은 아닌 것 같습니다. 이만 돌아가시죠. 다른 좋은 변호사님 구해서 잘 해결하시기 바랍니다."

그러고는 자리에서 일어나 내 방 문을 열고 그가 일어나 나가길 기다렸다. 그는 여전히 앉은 채로 목소리를 높였다.

"변호사면 다입니까? 다들 바쁘다, 못 맡는다…. 돈 안 주니까 못 맡겠죠. 돈 안 되니까 안 맡는 거고요. 기초생활수급자가 무슨 돈이 있겠습니까? 변호사 왜 합니까? 어려운 사람 도와주는 게 변호사 아닙니까? 변호사들이 다 돈 보고 하니까 우리 같은 돈 없는 사람은 그냥 죽어야죠. 안 그래요?"

나는 아무 대꾸도 하지 않고 문을 연 채 그대로 서 있었다. 그러자 그 사람도 할 수 없다는 듯 서류를 다시 가방에 넣고는 씩씩거리며 자리에서 일어섰다. 나가면서 내게 "이름이 뭡니까?" 하고 물었다. 소송구조 변호사 명단에 있는 주소를 보고 제 발로 여기 사무실까지 찾아온 사람인데 내 이름을 모를 리 없었다. 무슨 수작이냐는 생각이 들었지만 또박또박 답했다. "정혜진 변호사입니다."

"내가 지금까지 진정한 검사들, 판사들, 변호사들 여럿인데, 다들 조사받고 있습니다. 기다려보쇼. 그쪽한테도 연락이 갈 테니까."

진정하려면 하라지 싶었다. 시간 내서 상담해준 게 잘못이 될 수 없으니 겁날 것도 없었다. 그가 사무실 문을 나서는 걸 끝까지 지켜본 후 직원에게 말했다. "저 사람 전화번호 차단하세요."

막다른 길에서 처음을 생각하다

문을 닫고선 한참을 아무것도 하지 않고 가만히 앉아 있었다. 그에게 목소리를 높이진 않았으나 나는 화를 삭이는 중이었다. 이 분노의 정체는 무엇인지 생각했다. 무례했던, 한 치의 상식도 통하지 않던 그 사람에 대한 분노일까. 그건 분명 아니었다. 기분이 나쁘긴 했지만 화가 난다기보다는 '저 사람 인생은 어쩌다 저 지경까지 꼬였나' 하는 생각에 측은했다. 화가 난 대상은 나 자신이었다. '친절하게 설명해줄게요. 자, 당신 말을 왜 재판에서 안 받아주는지 이제 아시겠죠?' 하면 그도 내 첫 소송구조 당사자처럼 넙죽 절이라도 하며 친절한 설명에 고마워할 거라고 순진하게 기대했던 내가 미웠다.

이런 일을 하다 보면 그와 비슷한 상황에 놓인 사람들을 종종 만난다. 어쩌다 소송을 벌였다가, 혹은 소송에 말려들었다가 그 소송에서 지고 패배의 결과를 받아들이지 못해 그 연장선에서 두 개, 다섯 개, 심지어 열 개의 소송을 만들어내고, 온갖 고소와 고발을 남발하는 사람들 말이다. 첫 소송에서 정말 억울한 어떤 일이 있었을 수 있지만 그걸 법 테두리 내에서 제대로 전달하지 못했으니 그 억울함의 실체라는 건 변호사가 볼 수도 잡을 수도 없는 막연한 것이었다. 첫 소송의 억울함을 해결하고자 만드는 또 다른 소송은 내용으로도 받아들여지기 어렵지만, 절차상으로 그야말로 무의미한 소송인 경우가 많았다. 그런데도 그들은 억울하다는 생각에만 갇혀 변호사가 무슨 말을 해도 귀를 닫고 자기 고집만 피웠다.

시간이 한참 지나니 분노도 점차 가라앉았다. 능력 밖의 일을 벌이고 스트레스를 자초한 내가 너무 미워서 '끝까지 들어주고 설득할 능력이 없으면 아예 처음부터 피했어야지!' 싶었는데 마음이 좀 안정되고 나니 '처음부터 피하는 게 맞는 걸까. 여기까지 찾아왔는데 문전 박대는 너무 냉정한 거 아닌가. 상담하다 서로 마음이 안 맞을 수도 있지' 하는 생각도 들었다. 마음을 가다듬다 보니 불현듯 소송구조 제도가 어떻게 시작되었는지 떠올랐다. 이 제도는 1960년 민사소송법 제정 당시부터 있었지만 처음 활용된 건 1988년 이른바 '상봉동 진폐증 사건'에서다. 인권변호사의 대명사가 된 고故 조영래 변호사가 당시 집 근처 연탄 공장에서 배출되던 탄가루로 진폐증에 걸린 한 여성을 대리해 연탄 공장을 상대로 손해배상을 구하는 소송을 제기하면서 가난한 서민이 정당하게 권리 행사를 할 수 있는 새로운 길을 찾아준 사건이었다.

어떤 변호사는 법조문 속에 잠자던 제도를 깨워 경제적 약자의 재판받을 권리를 실질적으로 보장하도록 사회적 합의를 끌어냈는데, 나는 스트레스를 받는다는 이유로 소송구조 상담을 아예 받지 않으려는 생각을 하고 있다니 앞서가신 분에게 죄송한 마음이 들었다. 만약 이런 일이 또 생긴다면 그땐 처음부터 소송구조 제도의 그 고매한 시작을 상기하며 마음을 너그럽게 가지리라(일단 마음가짐은 그렇다).

좋은 국선, 나쁜 국선

―――――

"변호사님만 제 말을 들어주고 믿어줬습니다. 제 말이 증명됐으니 이젠 어떤 벌을
받아도 여한이 없습니다. 항소기각 돼도 괜찮습니다. 정말… 고맙습니다."
그는 나를 완벽하게 오해하고 있었다.

국선변호인을 바꿔달라고 하는 피고인들이 가끔 있다. 이유는 다양
하지만(나를 바꿔달라는 이유로 '여자 변호사가 맡아서 사건이 잘 된 적이 없
다', '로스쿨 출신은 싫다'던 경우도 있었다), 변호인이 국선이라 성의가
없고 자백을 강요한다는 불만을 품는 게 가장 대표적이다.

변호사와 의뢰인의 일반적인 관계에 비춰 보면 국선변호인과 피
고인의 관계는 좀 독특하다. 형사 재판을 받는다는 것이 대개는 인
생에서 일어나는 일 중에 상당히 심각한 일이므로 자신이 의지할
수 있고 신뢰할 수 있는 사람에게 일을 맡기는 게 보통이다. 그래서
마음에 드는 좋은 변호사를 찾기 위해 본인은 물론 가족들까지 나
서서 여러 노력을 한다. 그런데 국선변호인은 법원에서 정해주니
자기 의사대로 선택할 수 없다. 인생 중대지사에 조력자로 선정된

전문가가 자기 말을 잘 들어주지도 않고 자기 뜻대로 해주지 않으니 피고인은 속이 탄다. 변호사 비용을 내지도 않으니 국선변호인에게 당당하게 다양한 요구를 하기도 힘들다. 반대로 국선변호인은 당사자에게 돈을 받지 않기 때문에 사건을 다소 냉정하고 객관적으로 보는 경향이 있다. 그래서 조언은 듣지 않고 법과 재판 현실을 무시하면서 고집만 피우는 당사자에게는 쓴소리도 눈치 보지 않고 한다. 국선변호인은 최대한 유리한 판결이 나올 수 있도록 조언하는 건데 피고인은 자백을 강요한다고 여기거나, 국선이라 성의가 없거나 귀찮아서 하는 말로 생각하기 쉽다(적어도 나는 그렇게 생각한다).

누군가에게는 나쁜 사람

나를 '나쁜 국선'으로 기억할 피고인 중에 가장 먼저 M이 떠오른다. 40대 불구속 피고인(변호인이 필수로 있어야 하는 사건은 아닌 사건)이었는데, 1심에서 무죄 주장을 했지만 유죄 판결을 받고 항소한 사건이었다. 내 생각엔 법률가 100명에게 물어보면 100명이 다 '1심 결론이 맞다'고 할 만한, 항소기각이 뻔해 보이는 사건이었다.

　M은 상담을 위해 처음 사무실에 찾아와서 "이렇게 훌륭한 변호사님이 제 국선변호사라니 정말 영광입니다" 하며 내게 거의 90도로 인사했다.

　그 무렵 헌법재판소에서 이른바 '장발장법'에 대해 위헌 결정을 했고 몇몇 신문에 위헌법률심판제청신청을 한 국선변호인이라며 나에 관한 기사가 실렸는데, 그가 그걸 읽은 모양이었다. 언론에 그려진 나는 생계형 절도범과 같은 소외된 계층의 범죄자들에게 연민을 느끼는 따뜻한 마음씨를 가진 변호사이자 잘못된 법률과 기소에 대항해 분연히 일어나 이를 바로잡은 정의의 사도였고, 쏟아지는 찬사에는 "국선변호인이 당연히 해야 할 일을 했을 뿐입니다"라고 말하는 겸손한 변호사였다. 그런데 그 훌륭한 국선이 그에게는 냉정하기 이를 데 없었다.

"이건 안 될 사건이에요. 제가 지금까지 설명 드렸잖아요. 1심에서 유죄로 판단한 게 맞다고 봐요. 항소심에서 결론이 바뀔 가능성은 전혀 없어 보입니다."

M은 전혀 수긍하지 않았다. 그러면서 몇 번이고 내게 물었다.

"신문에 나온 그분 맞습니까?"

결국 설득이 안 돼서 그의 주장대로 무죄 변론을 하기로 하고, 1회 변론기일에서 그가 원하는 증인을 신청했다. 재판장이 "그 증인이 나와서 피고인이 원하는 말을 한다고 해도 공소사실과는 별개의 문제 아닌가요?"라고 했다. 내가 피고인에게 여러 차례 설명했던 바로 그 말이다. 하지만 피고인이 그렇게 해달라는데 어쩌랴.

"재판장님, 사실심 마지막 기회이고, 그 증인이 사실대로만 증언해주면 피고인에게 유리할 수도 있다고 피고인은 판단하고 있습니다. 피고인으로서는 달리 다른 증거방법이 없고 이게 유일하게 신청하는 증거방법이니 꼭 채택해주시기 바랍니다."

나는 속마음과는 달리 그 증인이 꼭 필요하다는 어조로 말했다.

재판장은 탐탁지 않아 하면서도 증인을 채택해줬다. 다음 기일을 증인신문기일로 진행하기로 하고 마무리했다. 법정 밖으로 나온 M이 내게 재판이 어떻게 될 것 같은지 물었다. 나는 그렇게 설명하고 설득했는데도 말이 안 통하는 그가 너무 한심해서 "이건 안 되는 사건이라고 말씀드렸잖아요" 하고 쏘아붙였다.

며칠 뒤 M이 국선변호인을 바꿔달라는 탄원서를 재판부에 제출했다. 그 탄원서에 적힌 나는 그의 말을 들으려고도 하지 않고 무조건 안 된다고만 하는 데다, 그 말도 너무나 큰 소리로 해서 그의 고막을 떨어지게 한 사람이었다(그가 나를 상해로 고소하거나 내게 고막 손상으로 인한 손해배상을 청구하지는 않았다). 재판장은 국선변호인을 바꿔달라는 그의 요구를 받아들이지 않았고, 그는 변호인 없이 혼자 재판을 받았다. 나중에 확인해보니 결론은 항소기각이었다.

누군가에게는 좋은 사람

S 사건은 M 사건과 정반대 상황이 벌어진 경우였다. 마약 전과가 수두룩한 마약범 S에게 나는 무려 일곱 번째 국선이었다. 1심에서 국선변호인이 두 번 바뀌어 세 명의 변호사가 거쳐 갔고, 피고인만 항소한 항소심에서 두 달 만에 세 명의 국선변호인 선정 결정과 취소 결정이 있고 나서 이 사건이 내게 왔다. 1심 첫 번째 국선은 본인 의사와 달리 법정에서 공소사실을 인정한다고 말했다고, 두 번째와 세 번째 국선은 구치소 접견에서 본인 말은 안 들어주고 자백

을 강요했다고 갈아치웠다. 항소심 첫 번째 국선, 즉 그의 네 번째 변호인은 우연히 1심 두 번째 변호인과 같은 변호사여서 취소됐고, 다섯 번째 국선은 원하는 증거 신청에 대해 계속 부정적인 의견을 말했다는 이유로 바뀌었다. 내 직전에 선정된 여섯 번째 국선은 변호사 본인이 절대 마약 사건은 안 맡는다고 해서 취소됐다. 재판부가 이렇게까지 여러 번 국선을 바꿔준 이유는 S가 구속 피고인이어서 변호인 없이 진행할 수 없는 사건이었기 때문이었다.

그 사건의 다섯 번째 국선은 나와 같은 사무실을 쓰면서 친하게 지내는 K였다. 그 사건이 내게 왔다고 했더니 본인은 그로부터 협박 편지까지 받았다며, 조심해야 할 피고인이라고 주의를 줬다. 속으로는 말이 안 되는 소리라고 생각하더라도 겉으로는 '절대복종, 절대 겸양'을 실천해야 했다. 한 시간이 걸리든 두 시간이 걸리든 다 들어주겠다는 비장한 각오를 하고 구치소에 접견을 갔다.

그에게 하고 싶은 이야기를 다 해보라고 했다. 아니나 다를까 주장이 가관이었다. 체포가 위법하다, 증거가 모두 위법하게 수집됐다, 자백할 때까지 검사가 모든 접견을 금지시켰다, 억울한데 가족도 못 만나게 하니 자백을 안 할 수 없었다는 등 다양한 이야기가 나왔다. 위법하게 수집한 증거는 증거로 사용할 수 없지만, 그의 사건 기록에서 증거가 위법하게 수집됐다고 볼 여지는 없었다. 게다가 검사 앞에서 자백해놓고 이제 와서 그걸 허위자백이라고 하니 다른 국선들도 어이없어했을 것이다. 내가 일곱 번째 국선변호인이 아니었다면 평소처럼 그의 말을 중간에 자르고 "그 주장이 먹히

리라고 생각하세요? 증거가 빤한데 그렇게 부인하다간 형만 더 올라가요. 인정하고 선처를 구하는 게 좋을 거예요"라고 말할 게 뻔한 그런 사건이었다. 나는 속마음과 달리 '초 진상 피고인님' 말씀에 전혀 토를 달지 않고, 여러 번 접견해서 그가 원하는 모든 증거 신청을 해줬다. 재판장도 그가 갈아치운 국선변호인 수를 생각해서인지 신청한 증거를 다 받아줬다.

반전은 변론 종결 즈음에 일어났다. 그가 주장한 내용 중 수사기관에서 자백할 때까지 접견 금지를 시켰다는 사실이 문서제출명령에 대한 회신으로 증명된 것이다. 회신된 경찰서 공문에는, 피고인에게 접견을 허용하면 공범과 말을 맞출 수 있으니 검찰 송치 때까지 모든 접견을 금지한다고 돼 있었다.[19] 유치장에 갇힌 10일 동안 아무도 만나지 못한 피고인은 검찰로 송치된 후 그동안의 '부인' 주장을 버리고 '자백'을 했다. 피고인은 그제야 가족을 접견할 수 있었다. 그러니 '자백해야 가족을 만나게 해준다고 해서 허위로 자백했다'는 그의 말이 신빙성이 없는 게 아니었다. 그 회신을 받아보고 나도 아찔했다. 당연히 아닐 거로 생각했던 게 사실이라니! 한편으로는 아직도 이런 일이 벌어지나 싶기도 했다. 그는 마약 투약을 여러 차례 한 것으로 기소됐는데, 그중 일부는 무죄로 판단돼 1심 판결이 파기될 게 확실했다. 그에게 회신 서류를 보여주던 날, 국선을 숱하게 갈아치우면서 재판부도 꼼짝 못 하게 했던 그 못 말리는 '초 진상'이 눈물을 쏟아냈다.

"변호사님만 제 말을 들어주고 믿어줬습니다. 제 말이 증명됐으니 이젠 어떤 벌을 받아도 여한이 없습니다. 항소기각 돼도 괜찮습니다. 정말… 고맙습니다."

그는 나를 완벽하게 오해하고 있었다. 나는 그를 믿지 않았다. 내가 그의 말을 들어준 건 단지 내가 일곱 번째 국선이라는 사실 하나 때문이었다.

그 후에 L의 항소심 사건을 맡았다. 그 사건의 1심 국선이 S로부터 협박 편지까지 받았던 '나쁜 국선' K였다. 구치소에 접견을 갔더니 그 피고인이 K 얘기를 했다.

"K 변호사님과 같은 사무실 쓰시죠? 사무실 주소가 같더라고요. 그 변호사님, 진짜 훌륭하신 변호사님이더라고요. 잘 계시나요?"

항소심 국선에게 1심 국선을 욕하는 피고인들은 많아도 칭찬하는 경우는 드물다. K 변호사가 피고인 말을 잘 들어주면서도 말 안 되는 주장을 하는 피고인 설득도 잘하고, 일을 열심히 한다는 거야 나는 잘 알고 있었지만, 피고인은 구체적으로 어떤 부분에서 훌륭하다고 느꼈는지 궁금했다.

"제가 벌을 피해보려고 처음에 부인했거든요. K 변호사님이 처음에 오셔서 제 말을 듣더니 여러 증거를 보여주시면서 '이런 증거가 있는데 그 주장이 받아들여지겠느냐', '이 사람은 이해관계 없는 3자인데 일부러 당신한테 불리하게 말할 이유가 없지 않겠느냐' 하면서 설명을 자세히 해주시더라고요. 저는 국선변호인이 제 맘대로 안 해주고 자꾸 불리한 증거를 보여주고 하니 마음에 안 들어서 나중에 변호사를 선임했어요. 그런데 나중에 보니 K 변호사님 말씀이다 맞았어요. 변호사님이 내신 변론요지서도 항소심에서 기록 열람 신청해서 봤는데, 저에게 유리하게 엄청 잘 써주셨더라고요. 사선 변호사는 K 변호사님보다 훨씬 못했어요. 제가 뭐라고 하면 그대로 주장만 해줬지 설득 같은 게 없었어요. 변론서도 K 변호사님이 쓰신 내용 그대로 베꼈더라고요. 제가 미쳤죠. 훌륭하신 국선변호사님을 못 알아보고 돈까지 들여서 사선변호사를 샀으니⋯. 에휴."

나와 K 변호사는 전적으로 '나쁜 국선'도, 전적으로 '좋은 국선'도 아니었다. 피고인과 의사소통이 얼마나 잘되느냐에 따라 '좋은 국선'이 되기도, '나쁜 국선'이 되기도 했다. 핵심은 결국 소통이었다.

의사와 환자, 국선과 피고인

아툴 가완디는《어떻게 죽을 것인가》에서 의사와 환자의 관계에 관한 연구 내용을 인용했다.[20] 이 이야기는 국선변호인과 피고인의 관계에도 적용할 수 있다.

의사-환자 관계에서 전통적 모델은 '가부장적' 관계다. 의사는 의학적 권위를 가진 사람으로서 환자에게 필요한 중요한 결정을 내린다. 빨간 약과 파란 약이 있을 때 의사는 환자에게 "빨간 약을 드세요. 그게 당신에게 적합합니다"라고 말하면서, 파란 약에 대해 말해줄 수도 있고, 그렇지 않을 수도 있다. 환자가 알아야 할 필요가 있다고 판단한 정보만 말해주면 된다. 두 번째 유형은 전자와는 정반대인 '정보를 주는' 관계다. 의사는 환자에게 사실과 수치를 제공하면서 "빨간 약은 이런 효과가 있고, 파란 약은 저런 효과가 있습니다"라고 설명만 하고, 환자가 약을 선택하도록 한다. 지식과 기술을 제공하는 게 의사가 할 일이고, 최종적으로 결정하는 건 환자의 몫이다. 세 번째 유형은 '해석적' 관계다. 이 관계에서 의사의 역할은 환자가 무엇을 원하는지 스스로 이해하도록 돕는 것이다. '해석적'인 의사들은 우선 "환자분에게 가장 중요한 건 뭔가요?", "걱정되는 게 무엇이죠?"와 같은 질문을 던진다. 대답을 듣고 난 후에는 빨간 약과 파란 약에 관해 설명하고 환자의 우선순위에 맞는 약은 어떤 것이라고 말해준다.

국선변호인과 피고인의 관계에서도 전통적으로나 현실적으로나 가부장적 관계가 대세다. 의사-환자 관계에서는 환자가 너무 쇠약하거나, 가난하거나, 나이가 많거나, 시키는 대로 하는 유형이면 이와 같은 경향이 심해진다고 한다. 국선변호를 받는 피고인 중에도 앞서 말한 유형과 유사하거나 혹은 장애로 인해 자기표현이 어려운 사람들이 많아서 비슷한 양상을 보일 것이다. 게다가 국선변호인은 일반적인 변호사와 의뢰인의 관계에서처럼 신뢰를 두텁게 형성할 시간도 적다. 그러니 "인정해야 하는 사건입니다" 혹은 "무죄 가능성이 없지는 않겠네요. 이런저런 걸 준비해오세요" 등 전문가가 알아서 피고인을 위해 결정해주는 게 대체로는 효율적이다.

국선변호인이 정한 결론이 당사자가 원하는 결론과 같은 의견이면 좋겠지만 그렇지 않으면 당사자는 어쨌든 불만이다. 게다가 인터넷으로 법률과 판례를 쉽게 찾을 수 있을 뿐만 아니라 법률 상담도 여기저기서 무료로 받아볼 수 있는 요즘 피고인들은 일방적인 가부장적 관계에 만족하지 않는 경우가 많다. 이런 피고인들에게 정보를 주는 관계는 어떨까. 그 관계에서는 피고인이 재판 결과에 대해 책임을 져야 한다. 억울하다고 다투어서 형이 더 올라가더라도 이를 감수하겠다면 건강한 관계가 된다. 그러나 그런 사람은 그리 많지 않다. 형사 처벌에 대한 부담감이 큰 경우에 특히 그렇다. 국선변호인은 정보를 줬는데 피고인은 변호사에게 다시 묻는다. "변호사님은 저보다는 더 잘 아시잖습니까. 어떤 선택을 하는 게 더 좋겠습니까." 피고인은 정보를 원하면서도 변호인이 자기를 위해 최선의 결정을 해주기를 동시에 원한다.

'해석적'인 변호사는 '해석적'인 의사와 마찬가지로 전문가적 의견을 내세우기 전에 여러 질문을 던질 것이다. 재판받는 사건의 경위뿐 아니라 그 사람의 인생에 대해 어느 정도 알아야 해석적이 될 수 있다. "지금 가장 걱정되는 게 무엇인가요?", "피해자와 사이가 좋았다가 나빠지게 된 경위가 무엇인가요?", "본인 주장과 모순되는 증거를 검사가 제출했는데 여기에 대해서는 어떻게 생각하나요?", "대법원 판례는 이렇기 때문에 본인 주장이 받아들여지기는 어려운 것으로 보이는데 어떤가요?" 등을 묻게 될 것이다. 이 관계는 의사 결정을 공유한다는 것이 장점인 만큼 피고인이 질문에 대해 적절히 답해줄 수 있는 최소한의 자질을 가져야 하고, 결과만이 아니라 과정도 중요하다고 생각하는 가치관을 따르고 있어야 한다. 그런데 국선 사건의 당사자 상당수가 교육 수준이 낮은 이유 등으로 자기가 하고 싶은 말을 제대로 표현하지 못한다. 무엇보다 이 방법으로 한다고 피고인에게 유리한 결과가 보장되는 건 아니어서 결론은 가부장적 관계에서 낸 결론과 다르지 않거나 혹은 그보다 나쁠 수도 있다. 그러니 국선 입장에서는 들이는 시간과 노력에 비해 효율성이 떨어진다.

아툴 가완디는 학창 시절 과제로 그 논문을 읽었을 때 외과의사에게 '해석적' 관계라는 건 허무맹랑하다고 생각했다. 그러던 중 의사인 저자의 아버지가 척수 종양에 걸려 어떤 의사에게 어떤 치료를 받을지 선택하는 과정에서 의사-환자 관계를 진지하게 생각하게 됐다고 했다. 환자와 환자의 보호자가 모두 유능한 의사였던 그들조차도 만족스럽지 못한 가부장적 의사와 정보를 주기만 하는 의사를 여러 번 경험했다. 부자父子 의사가 모두 만족하는 해석적 의사를 만난 건 수많은 시행착오를 거친 후였다. 그 과정에서 의사로서의 전문 지식과 인맥을 전적으로 활용했음은 물론이다. 해석적 관계는 그렇게 어렵다.

국선변호인을 여섯 번이나 갈아치운 S는 자신이 처했던 특이한 상황과 억울함을 전문가에게 설득력 있게 이야기하는 법을 알지 못했다. 일곱 번째 국선은 '할 수 없이' 들어줬고 결과적으로 '해석적'이었다고 평가할 수 있지만 내가 의도적으로 해석적이진 않았다. L에게 K 변호사는 해석적이었다. 하지만 L은 과정보다는 결과를 중요하게 여겨 그 변론을 소중히 여기지 않았다. M에게 나는 평소처럼 '가부장적'이었다. 그 관계에 만족하지 못하면 피고인도 전문가의 조언에 귀를 기울이면서 의견을 조율해야 하는데 내가 보기에 M은 전혀 그런 노력을 하지 않았다. 그럼 M 사건에서 모든 건 M의 잘못이었을까. 내가 M에게 법률적 의견을 말해주면서 "제 생각엔 안 될 사건이 분명한데, 그래도 본인이 동의하지 않으면 제 의견이 아닌 본인 뜻대로 변론할게요. 하지만 결과는 본인 책임이에요"라고 하거나, 그게 아니더라도 최소한 쏘아붙이는 말을 하지 않았더라면 '나쁜 국선'까지는 안 됐을 것이다(M이 신문에 나온 걸 그대로 믿어서는 안 된다는 쓸쓸한 진리를 깨닫는 데에는 조금 도움을 줬을 것이니 그거라도 보람으로 여겨야 할까).

조금 독특하다고 생각했던 국선변호인과 피고인의 관계도 서로가 함께 만들어가는 관계라는 점에서 세상의 다른 모든 관계와 다를 바가 없다. 그러니 재판받는 사람 입장에서 한번 더 생각해보고 말하고 행동해야 하는 게 답일 것이다. 그 단순한 진리가 현실에서는 왜 그렇게 어려운지 모르겠다.

그녀에게 과연 국가란 무엇이었을까.

정책을 잘못 입안해 시위하게 만들고,

불법적인 행동을 하지 않았음에도

무차별적으로 시위대 사진을 찍고,

그 사진을 무수한 SNS와 대조하며

단순 시위 참가자를 찾아내 기소하고,

한편으로는 국선변호인을

붙여주면서 방어하게 하고,

대법원에서 새 법리가 나왔으니

무죄라고 하고, 채증이 위헌은

아니라고 하면서도 반대 의견으로

당신 말도 일리가 있다며 위로하는.

이 모든 모순이 가능한 존재.

그게 바로 국가였다.

5

.

법과
사람 사이

무죄가 부끄러울 때

"제가 이상하다고 그랬잖아요. 그 판사님 참 정확하시네요.
역시 판사님이네요. 역시 판사님이셔…."
날 원망하는 마음을 애써 판사에 대한 칭송으로 바꿔 말하다니 참 점잖은 분이었다.

1심 형사공판 사건에서 무죄율은 3%대다. 그만큼 무죄 받기가 어렵다. 쉽지 않은 일인 만큼 무죄 판결을 받으면 보람도 크고 경력 관리에도 도움이 된다. 국선전담변호사를 지원할 때 제출하는 서류 양식에는 그동안 수행한 형사 사건 중 무죄 판결을 몇 개나 받았는지 적는 란이 따로 있다. 국선전담변호사가 아닌 국선변호사(일반 사건과 국선 사건을 모두 하는 변호사)가 무죄 판결을 받으면 유죄 판결 사건보다 보수를 더 많이 받을 수 있다(국선전담변호사는 보수를 사건이 아닌 월급으로 받기 때문에 무죄 판결을 받았다고 보수를 더 받진 않는다). 파렴치한 '나쁜 놈들'과 말 안 되는 주장을 고집스럽게 늘어놓는 '진상들'이 득실득실한 이 업계에서 무죄 판결은 드물게 찾아오는 기쁨의 결정체. 내게도 치열하게 다툰 끝에 얻어낸, 무고한 자의 억울함을 풀어준, 그래서 자랑스러운 무죄 판결이 있다. 하지만 무죄 판결이 다 짜릿하고 감격스러웠던 건 아니다. 국선전담변호사로 일하며 받은 첫 번째 무죄 판결은 나를 어리둥절하게 했다.

어리둥절한 무죄

피고인은 주유소를 운영하던 사람이었다. 사업이 거의 망해 돈을 빌려도 갚을 수 없다는 걸 알면서 저축은행에서는 사업 자금을, 캐피털 회사에서는 자동차 대출을 받아 사기죄로 기소됐다. 사선변호인이 1년 반 동안 변호를 하다 사임해버려 내게 온 사건이었다. 소송 기록을 보니 사선변호인은 피고인이 갚지 못할 걸 알면서 대출받은 건 아니라고 변론했다. 그때는 형편이 돼서 갚을 수 있을 줄 알았는데 나중에 사정이 나빠져 돈을 못 갚은 것뿐이라는 취지인데, 법률 용어로 '기망행위'와 '편취의 고의'가 없어 사기죄가 안 된다는 주장이다.

사선변호인이 서면도 많이 썼고, 자료도 많이 낸 걸 보니 변론을 열심히 한 것 같았다. 하지만 내가 볼 때는 대출받을 당시 이미 피고인에게 빚이 많은 상황이었고 주유소에서도 거의 수익이 나지 않아 빌린 돈은 못 갚을 거로 예상되는 상황이었다. 처음부터 대출금을 먹고 튀겠다는 확정적 고의는 아니었더라도 '돈을 못 갚을 수도 있겠지만 어쨌든 일이 잘 풀릴 거야'라고 생각하고 별 대책 없이 대출을 받았으니 사기죄의 미필적 고의가 충분히 인정될 것 같았다.

1억 5천만 원 정도의 편취 금액을 판결 선고 때까지 거의 못 갚았기 때문에 유죄 판결이 나오면 구속될 것이 뻔했다. 나는 사선변호인의 변론을 앵무새처럼 반복하면서도 속으로는 유죄가 확실하다고 생각했고, 선고일에 피고인에게 법정구속될 각오를 하라고 했다.

선고공판기일, 직원이 그 피고인의 전화를 돌려주는 게 아닌가. 법정구속이 되면 전화를 할 수 없다. 집행유예를 받을 리가 없다고 생각했던 나는 의아해하며 전화를 받았다.

"변호사님 덕분에 무죄 판결받았습니다. 고맙습니다."

나는 무죄라는 말에 당황하며 "아, 네" 하고선 무슨 말을 해야 할지 몰라 분주히 머리를 굴렸다.

"원래 무죄가 될 사건은 무죄 납니다. 제가 뭐 한 건 없고요. 그전에 사건 맡았던 사선변호사님이 열심히 하셨던 것 같습니다. 아무튼 그동안 고생하셨습니다."

내가 한 게 없다는 말은 정확했지만 유죄를 의심치 않은 사건에 대해 '원래 무죄 될 사건'이라고 하다니 나도 참 뻔뻔했다. 피고인은 들뜬 목소리로 몇 마디를 더 했는데 내 머릿속은 이미 하얘져 어떤 말도 귀에 들어오지 않았다. 그렇게 전화를 끊었다.

어찌 된 영문인가 싶어 판결문 발급을 신청했다. 피고인이 변제 의사나 능력 없이 피해자들을 기망하여 대출을 통해 금원을 편취했다고 볼 여지가 있는 것은 사실이지만, 피고인의 기망, 피해자(금융기관)의 착오, 재산적 처분행위(대출해주는 행위) 사이에 인과관계가 인정된다고 보기 어려워 무죄라고 했다. 저축은행이나 캐피털 회사는 대출 신청인의 변제자력 등을 평가해서 대출해주는 것이므로 피고인이 미필적 고의로 금융기관을 속였다고 해도 그건 사기죄가 안 된다는 거다. 기망행위 및 편취의 고의가 없었다는 내 변론은 받아들여지지 않았고, 내가 전혀 주장하지 않은 사실과 법리로 내려진 무죄 판결이었다(이 글을 쓰면서 사건을 찾아보니 검사가 항소했으나 항소 기각 됐고, 상고하지 않아 1심 무죄 판결이 확정됐다).

판결을 선고할 때 판사는 판단의 근거를 말로 설명한다. 그 피고인은 판사가, 그동안 변론 과정에서 전혀 쟁점이 되지 않았던 다른 쟁점을 들어 무죄라고 판단한 걸 알았을 것이다. 그럼에도 예의상 국선변호인에게 감사 전화를 했으리라. 내가 당황하는 모습도 다 눈에 보였을 거다. 생각할수록 부끄러운 일이었다.

시간이 지나면서 스스로 그때는 아직 경험이 너무 없었다며 위로하곤 했다. 어느 정도 경력이 쌓이면서 이 사건은 무죄다 싶으면 실제로도 무죄 판결이, 억울한 구석이 없진 않지만 무죄는 아니다 싶으면 실제로도 유죄 판결이 나오는 정도의 안목은 키웠다. 그래서 이젠 그런 창피를 당할 일이 없다고 생각할 무렵에 항소심 사건 하나를 맡았다.

있는 것과 없는 것

평범한 주부가 아파트 입주민 인터넷 카페에 '입주자대표회의 회장이 알뜰시장 운영 업체 대표한테 돈을 받았다는데 사실인가요?'라는 글을 올렸는데 그 글이 일파만파 퍼졌다. 입주자대표회의 의장이 돈을 받았는지 확인되지 않았지만 입주민들 여론 재판에서는 돈을 받은 게 이미 기정사실이 돼 버렸다. 의장이 이를 갈며 피고인을 고소했다. 인터넷에 허위 사실을 올려서 '정보통신망 이용촉진 및 정보보호 등에 관한 법률' 위반으로 기소됐는데, 1심에서 '비방의 목적이 없다'고 무죄 판결이 났다. 일반적인 명예훼손과는 달리 인터넷을 이용한 명예훼손죄는 비방의 목적이 있어야 성립한다. 그러자 검사가 항소해서 비방의 목적이 없어도 성립하는 일반적인 명예훼손으로 공소장을 변경해버렸다. 검사의 공소장 변경 후 재판장이 직권으로 국선변호인을 선정해준 사건이었다.

피고인은 입주민 인터넷 카페가 아파트 관련 정보를 공유하고 확인하는 공간이 아니냐며 본인은 소문의 사실을 확인하고 싶었을 뿐이고, 궁금한 걸 물어본 게 명예훼손이 된다는 건 받아들일 수 없다고 했다. 법률 용어로 명예훼손의 고의가 없다는 것으로, 피고인들이 가장 많이 하는 주장 중 하나지만 그걸 인정받기란 정말 어렵다. 보통 사람들이 생각하는 고의는 처음부터 그런 마음을 먹고 행동한 '적극적 고의'지만, 형법에서 고의는 그 범위가 매우 넓다. 가장 낮은 단계라고 할 수 있는 '미필적 고의'는 앞의 사기 사건에서처럼 자기의 행위로 인해 어떤 범죄 결과의 발생 가능성을 인식 혹은 예견할 수 있었는데도 '어쩔 수 없지'라고 생각하고 행동해버리는 것을 말한다. 웬만한 사안에서는 미필적 고의라는 그물에 죄다 걸린다. 이 사건에서도 사실 여부와 관계없이 의장이 여론 재판에

희생될 가능성을 예견할 수 있었을 것 같았다. 미필적 고의를 피해 갈 순 없어 보여 나는 '고의가 없다'는 주장은 하지 않기로 했다.

1심이 무죄이니 항소심에서도 어쨌든 무죄 변론을 해야 했다. 고민 끝에 내가 택한 변론은 '위법성이 없는 명예훼손 행위'라는 주장이었다. 허위 사실을 담은 명예훼손죄에서 '허위 사실을 진정한 사실이라 믿을 만한 정당한 사유'가 있으면 위법성이 없어서 죄가 안된다는 판례 법리를 가져왔다. 하지만 변론을 하면서도 속으로는 정당한 사유가 있다고 보기는 어렵다는 생각이 들었다. 카페에 글을 올리기 전에 입주자대표회의 회장에게 개인적으로 사실 확인을 해보는 정도의 노력은 했어야 정당한 사유로 평가할 수 있을 것 같았다. 유죄 판결을 면할 수 없다고 생각하면서 피고인에게는 자세한 설명을 하지 않고 법리적으로 유죄가 될 수도 있다고만 했다. 피고인은 범죄경력이 전혀 없었고, 입주자대표회의 회장이 돈 받은 사실은 입증되지 않았지만 다른 비리 건으로 이미 해임이 된 데다, 아파트 주민들이 피고인의 선처를 바라는 탄원서를 수십 장 제출해 유죄 판결이 나더라도 아주 가벼운 벌금형에 그칠 사안이었다. 내심 선고유예를 목표로 양형 자료를 잔뜩 제출했다.

몇 주 후, 피고인이 무죄 판결에 감사 전화를 했다는 메모가 남겨져 있었다. 의아해서 이번에도 판결문 발급 신청을 했다. 이 사안은 단순히 사실을 확인하기 위한 글이므로 명예훼손 고의가 있었다고 볼 수 없어 무죄라고 했다. 법에 무지한 평범한 주부가 했던 주장이 정확히 맞았고, 형사 사건 수백 건을 변론한 경험이 있는 변호사가 틀렸다. 고의가 없어 무죄라는 것과 위법성이 없어 무죄라는 것이 일반인에게는 똑같은 무죄로 보일 수도 있겠지만, 법률가에게는 천지 차이다. 고의가 없으면 명예훼손 행위 자체가 '없는' 것인 반면, 위법성은 명예훼손 행위가 '있어야' 그제야 논할 수 있는 것이다. 나는 있는 것과 없는 것의 차이를 구별하지 못했다. 내가 사무실에 없을 때 피고인이 전화를 해서 그나마 다행이었다. 전화기에 대고 말은 해야 하는데 머릿속이 하얘지는 당황스러운 경험은 한 번으로 족했다. 그 사건 이후 생각을 고쳐먹었다. 미필적 고의가 검사의 '불패의 무기'일 때가 많지만, 늘 그런 것은 아니라고(그 사건은 검사가 상고하지 않아 무죄 판결이 확정됐다) 새로이 정립했다.

그나마 두 사건은 법리 연구를 덜해서 변론 방향이 삐끗한 수준이었지만, 가히 부끄러운 무죄 판결의 최고봉 사건이 따로 있었다.

무안한 무죄

피고인은 지인 네 명과 돈을 합쳐 부동산을 사기로 했다. 각자 몇천만 원씩 내고 모자라는 돈을 은행에서 빌리기로 하는 내용의 투자 약정서를 썼다. 다섯 명이 각자 서명날인을 하고 원본을 다섯 장 만들어 각자 하나씩 가졌다. 그중 A가 내기로 한 돈은 안 내고 감 놔라 배 놔라 간섭만 했다. 피고인이 A를 제외하는 것으로 투자 약정 내용을 수정하자고 제안해 B의 사무실에서 모였는데, A만 다른 일이 있다며 오지 않았다. A 없이 네 명이 합의해 투자 약정서를 다시 썼다. 각자 가지고 있던 기존 약정서는 피고인이 받아 그 자리에서 다 찢어버렸다. B의 책상 서랍에 있던 A의 약정서도 함께.

피고인은 A 명의 투자약정서를 A 몰래 가져가는 방법으로 절취하고 그걸 폐기하는 방법으로 문서의 효용을 해했다는 사실로 기소됐다. 죄명은 절도와 문서손괴. A는 피고인에 대해 10여 가지 죄로 고소를 했는데, 검사가 대부분은 죄가 안 된다고 판단하고 두 개 죄로만 기소했다. 이런 사건의 특징은 수사 기록이 정리가 안 되어 있다는 거다. 수사가 산으로 갔다 바다로 갔다 우왕좌왕 난리도 아니었다. 기소 사실과 상관없는 내용이 너무 많았다. 너무 정신없는 기록에 슬슬 짜증이 나서 중간부터는 대충 훑어만 봤다. A의 허락을 받지 않고 서류를 가져가 찢어버린 건 분명하니 절도죄와 문서손괴죄가 성립한다는 데 의심의 여지가 없다고 생각했다. 피고인은 서류를 훔친 것도 아닌데 왜 절도가 되느냐며 억울하다는 취지로 서면을 제출한 상태였다.

"투자자 다섯 명 중 네 명이 합의해서 투자 약정서를 찢은 건데 죄가 된다니 이게 무슨 법입니까? 그때 A가 안 와서 네 명이 합의한 거지 일부러 뺀 것도 아니고 연락을 안 한 것도 아닙니다."

사무실로 상담하러 온 피고인은 여전히 억울함을 호소했다. 그 자리에 A가 안 나왔어도 전화로 동의를 받을 수 있지 않았느냐고 물으니 A를 빼는 내용으로 약정을 다시 하는 건데 동의를 했겠느냐고 반문했다.

"바로 그거예요. 중요한 건 A 동의를 안 받고 약정서를 폐기했다는 거예요. 제가 보기에는 절도죄와 문서손괴죄가 성립합니다."

"다른 네 명이 다 폐기에 동의해서 폐기한 거지, 내가 혼자 마음대로 한 것도 아니잖습니까. 서랍에서 서류를 꺼낸 것도 내가 아니고 A랑 친한 B였어요. A가 B에게 맡겨둔 걸 B가 나한테 준 거예요."

사실 피고인의 이 말에 늦게라도 힌트를 얻고 그 문서를 가져간 경위를 자세히 물었어야 했다. 하지만 나는 대수롭지 않게 여겼다. 남몰래 훔치는 것만 절도가 아니라 허락 없이 가져가는 것도 절도라고 이어서 설명했다.

"네 명이 동의했어도 한 명 동의를 안 받았으니 그 한 명에 대해 절도가 된다는 거예요. A가 10여 개 죄로 고소했지만 검사가 그 많은 혐의 다 불기소하고 왜 이것만 기소했겠어요? 검사가 바보도 아닌데."

몰래 훔친 것은 아니니 벌금도 적은 거라는 말을 덧붙였다(벌금 30만 원 약식 기소였는데 피고인이 정식 재판을 청구한 사건이었다). 피고인은 "이 나이에 절도범이라니, 나 참⋯" 하고 떨떠름해 하면서도 법적으로 죄가 된다면 어쩌겠느냐며 마지못해 공소사실을 인정하겠다고 했다.

제1회 공판기일에서 자백하고 변론 종결돼 선고기일이 잡혔다. 그런데 선고기일 직전에 판사가 직권으로 변론재개 결정을 하는 게 아닌가. 자백 사건이니 추가 증거가 필요한 것도 아니고, 병합해야 할 다른 사건이 있는 것도 아니고, 아무리 생각해도 재개 사유가 없었다. 불안한 느낌에 다시 수사 기록을 처음부터 끝까지 찬찬히 봤다. 내가 예단한 것과 사실관계가 전혀 달랐다. A 몫의 약정서는 A의 위임을 받은 B가 보관하고 있었는데, B가 자기 것과 A 것을 함께 피고인에게 폐기하라고 내준 것이었다. 법률적으로 절도는 '점유의 침탈'이 있어야 하는데 A의 위임으로 B가 점유하고 있던 서류를 피고인에게 줬으니 점유의 침탈이 없었다. 정당한 위임을 받은 자가 찢어버리라고 준 서류를 찢은 게 죄가 될 수 없었다(A가 B에게 왜 마음대로 했느냐며 민사적 책임을 물을 수는 있겠지만). 매우 곤란하고 엄청난 사태가 벌어지고 말았다.

아니나 다를까 피고인이 왜 변론재개가 됐느냐며 득달같이 전화를 해왔다. 난감했지만 달리 방법이 없었다. 지난번엔 기록을 대충 봤다고 솔직하게 말하고 죄송하다고 했다. 다시 보니 점유의 침탈이 없어서 절도죄가 안 되고, 승낙받은 서류를 손괴한 거여서 문서손괴죄도 안 되는 것 같다고, 아마 판사님이 판결문을 쓰시는 과정에서 자백에 의문이 생겨 변론재개 결정을 하신 것 같다고 했다.

"다 합의해서 폐기한 걸 죄가 된다고 하니 법이 이상하다고 제가 그랬잖아요. 그 판사님 참 정확하시네요. 역시 판사님이네요. 역시 판사님이셔…."

날 원망하는 마음을 애써 판사에 대한 칭송으로 바꿔 말하다니 참 점잖은 분이었다(이 업계에서 보기 드물 정도로). 속으로는 나를 한심하게 생각했을 터였다.

재개된 변론기일에서 나는 공소사실을 부인한다고 했다. 재판장은 별말을 하지 않고 "번의翻意(의견을 바꿈)해서 범죄가 성립되지 않는다는 주장이고요"라고만 하셨다. 화끈거리는 얼굴을 감추기 어려 웠다. 사실 재판장으로서는 피고인의 자백에도 불구하고 무죄 판결을 쓸 수 있었다. 그렇게 되면 나만 우스워질 될 상황이었다. 억울하다는 피고인에게 '법이 그러니 어쩔 수 없다'는 식으로 자백하라고 했는데 무죄 판결이 나면 국가 비용으로 붙여준 변호인이 뭐가 되겠는가. 내게 대놓고 욕하지 않은 피고인도, 기본도 하지 못한 변론을 바로잡을 기회를 준 재판장도 고마웠지만, 정색하고 고맙다고 말할 수도 없었다. 다시 변론 종결되고 선고일이 잡혔다.

선고 며칠 후 책상 위에 판결문이 놓여 있었다.

주문. 피고인은 무죄.

평소 내가 무죄 판결문은 따로 모아놓는 걸 아는 직원은 평소처럼 내가 그 무죄 판결을 보관하기를 원한다고 생각해 부탁하지도 않은 판결문 발급 신청을 했을 것이다. 무죄 이유를 읽어볼 필요가 없었다. 나는 그 판결문을 펼쳐 보지도 않고 무죄 판결함에 처박다시피 넣어버렸다. 이 무죄 판결도 언젠가는 모른 척하며 은근슬쩍 자랑스러운 무죄 판결 수에 산입하겠지만 말이다.

수사 기록을 읽으며 짜증이 올라올 때가 있다. 점잖았던 그 피고인 사건처럼 고소인이 뭐든 걸려봐라 식으로 그물망 던지듯 온갖 잡다한 건을 다 모아 고소한 사건이나, 끝도 없이 이어지는 계좌 내역이나 통화 내역 같은 서류 더미에서 의미 있는 정보를 찾기 위해 일명 '노가다'를 해야 하는 경우 특히 그렇다. 그럴 때마다 벌금 30만 원짜리 약식 명령 사건을 우습게 보다 꼴좋게 당한 그때의 부끄러움을 곱씹어보곤 한다. 무안하기까지 했던 부끄러움은 좋은 약이 됐다.

일명 자뻑 변론의 종말

국선변호사가 피고인에게 선고 결과를 알려줄 의무는 없다.
하지만 이 사건에서는 그렇게 하지 않은 걸 뒤늦게 후회했다.
내가 잘난 척하며 결과를 예단해서 말한 게 화근이었다.

직원이 다소 난처한 표정을 지으며 내 방에 들어왔다. 항소기간을 놓친 것에 대해 항의했던 사람에게서 또 전화가 왔다고 했다. 200만 원 약식 명령에 대해 정식 재판청구를 해서 최근에 벌금 100만 원이 선고된 사건의 피고인이었다. 약식 명령 정식 재판청구 사건은 다른 사건과 달리 선고일에 피고인이 출석하지 않아도 선고를 한다. 가끔 선고 결과를 본인이 안 챙기고 있다가 항소기간(선고일로부터 7일)을 놓치고는 국선변호인을 탓하는 사람들이 있다. 그럴 때 대개는 직원 선에서 알아서 처리해서 내가 항의 전화를 받는 일은 거의 없었다. 그런데 그는 벌금이 안 나올 거라는 나의 말을 철석같이 믿고 선고 결과를 확인하지 않았는데 벌금이 나왔다면서 꼭 통화하길 원했단다. 직원은 자기가 처리해야 할 일을 미처 해결하지 못한 것에 대한 미안함을 감추지 못했다. 도리어 내가 직원에게 미안해져서 곧바로 바통을 넘겨받았다.

전화를 거는데 조금 긴장이 됐다. 자기 재판인데 직접 확인하지 않은 그에 대한 원망과 그에게 장담했던 선고 결과와 다른 결과임에도 이를 알려주지 않은 나를 자책하는 마음이 힘겨루기를 했다. 항소기간을 넘긴 데에 내 잘못이 전혀 없다고 하기는 어려울 것 같았다. 그날 나는 몹시도 잘난 척을 했다.

호언장담의 최후

그는 7톤 지게차 운전사였다. 한 달에 월급 200만 원을 받으며 지게차 기사로 일하다 어느 날 도로에서 사고가 났다. 지게차 앞발이 승용차와 부딪힌 사소한 접촉 사고였는데, 지게차 무게 탓인지 승용차 운전자는 4주 진단 상해를 입었다. 운전 중 사고로 사람이 다치면 교통사고처리특례법에 따라 처리되는데, 대인對人 책임이 무한인 종합보험에 가입돼 있을 경우, '중과실'이 없는 한 형사책임을 면한다. 그런데 그 지게차가 가입된 보험은 '영업배상책임보험'으로 대인 사고 2억 원이 한도였다. 사소한 사고여서 그 보험만으로도 피해 배상에는 문제가 없었고, 중과실에도 해당되지 않았지만, 종합보험을 들지 않았다는 이유 하나만으로 형사책임을 져야 했다.

기록만 봤을 때는 어려운 사건이 아니라고 생각했다. 교통사고에서 과실을 인정하지 않을 수 없고, 종합보험에 가입돼 있지 않으니 합의하지 않는 한 처벌을 면할 길이 없다. 이 사건에서는 공소기각 판결이 최선이니 합의를 권유하는 쪽으로 상담 방향을 정하고 그를 만났다.

그는 합의가 안 될 것 같다고 했다. 피해자가 과하게 합의금을 요구하고 있고, 본인은 돈이 전혀 없다고 했다(기소 전 형사조정위원회에서 피해자가 요구한 금액이 비합리적이긴 했다). 잘못은 인정하지만 자기가 일부러 종합보험을 들지 않은 것도 아니고 차주가 안 든 건데 사고 책임은 자기가 져야 한다니 억울하다고 했다. 일하다가 난 사고로 한 달 치 월급에 해당하는 벌금을 내야 하는 것만으로도 걱정인데, 사고를 이유로 해고까지 당했고, 다른 일자리를 구해보고 있지만 벌써 두 달째 실직 상태라고 했다. 차주는 왜 종합보험 가입을 안 했느냐고 물었다.

"저도 사장님한테 따졌죠. 그런데 사장님이 몇 년 전부터 손해보험사에서 지게차한테는 종합보험을 안 판다는 겁니다. 들고 싶어도 못 든다고요. 그 말 듣고 저도 이리저리 알아봤어요. 그랬더니 그게 사실이더군요."

승용차만 운전해본 나는 선뜻 이해되지 않았다. 보험을 들려고 해도 들 수가 없다니 생경한 현실이었다.

일단 그를 돌려보냈다. 관련 규정을 찾아보니 그가 운전한 '타이어식 지게차'는 법적 규율이 특이했다. 자동차손해배상보장법에 따르면 자동차 보유자는 보험에 가입할 의무가 있는데, 타이어식 지게차는 '자동차'에 포함되지 않았다.[21] 그러면서도 교통사고처리특례법의 적용을 받는 '차'에는 해당됐다. 보험사는 의무보험 가입 대상이 아닌 지게차에 대해 종합보험을 팔아야 할 의무가 없다. 의무 없이 파는 것도 가능하지만 아마도 보험사들은 돈이 안 된다는 이유로 그런 상품을 판매하지 않는 것 같았다. 운전을 하다 보면 사고가 날 수도 있는데, 그럼 지게차 운전자는 매번 사고 때마다 처벌을 감수해야 하는 걸까. 이 사람처럼 지게차 소유자에게 고용돼 일하는 사람은 처벌과 해고의 위협을 무릅쓰면서 일해야 하는 걸까. 교통사고를 냈다고 전과자가 되고, 최소 한 달 치 월급을 벌금으로 내고, 고용도 불안한 현실을 그저 참고 살아야 하는 걸까. 일반 차량 운전자와 달리 부당한 대우를 받는 지게차 운전자의 현실이 너무 불합리해 보였다. 갑자기 의욕이 솟구치고 욕심이 났다. 전국 지게차 운전노동자 연합이 있다면 그 단체의 법률대리인으로 발탁이라도 된 심정이었다.

무엇이든 해야겠다는 생각에 자료를 찾고 이리저리 묻고 검색하며 며칠을 연구했다. 의무보험 가입 대상에 지게차를 포함하지 않은 법령이 잘못됐다고 다퉈볼까 싶다가도, 다투는 방법이 있을지언정 형사 재판 절차에서 할 수 있는 일은 아니었다. 현 법령이 불합리하니 합리적인 법령을 제정해달라고 입법청원을 하는 방법이 있겠지만, 그건 내가 개인적으로 며칠 연구한다고 할 수 있는 수준이 아니다. 설령 청원이 받아들여진다 해도 이 사건은 구제될 수 없다.

현재로선 법령을 바꿀 수 없을 것이 뻔해 방향을 틀었다. 의무가입 대상이 아니더라도 임의가입할 수 있는 상품이 있으면 된다. 그런데 보험사들은 손해를 보지 않으려고 크고 육중한 차에 대한 종합보험은 아예 개발하지 않거나 팔지 않을 것이다. 손해보험사가 지게차에 대해서도 종합보험 상품을 팔도록 지도·감독해야 할 의무가 국가에 있다고 할 수 있을까. 그런 의무가 있다면 지도·감독하지 않는 걸 헌법소원으로 다퉈볼 수도 있을 것이다. 무엇을 하지 않는 건 법적으로 '부작위不作爲'에 해당하는데, 국가기관의 부작위를 헌법소원으로 다투려면 매우 까다로운 법적 요건 심사를 통과해야 한다. 그것도 어려울 것 같았다. 게다가 이 방법 또한 형사 재판 절차에서 할 수 있는 일이 아니었다.

결국 용두사미가 됐다. 지게차 운전자가 지니는 부당한 위험을 근본적으로 해결해줄 방법이 있는지 알 수 없었고, 방법을 찾아낸다 해도 이 재판 절차에서 시도할 수 있는 건 아니라는 결론에 이르렀다. 손해보험협회에 사실조회 신청을 하는 것으로 만족해야 했다. 지게차에 대한 자동차종합보험 상품을 판매하는 회원사가 있는지, 만약 그런 상품을 판매하는 회원사가 없다면 그 이유가 무엇인지, 그런 경우 지게차 운전자는 일반 차량 운전자와 달리 형사책임의 위험에 그대로 노출되게 되는데 이런 문제와 관련해 협회에서 논의한 대책 혹은 회원사에 권유한 지도 내역이 있는지 밝혀 달라고 했다. 한 달이 지나도 답이 오지 않아 담당자를 독촉했다. 담당자는 "저희가 답변하기에 좀 곤란한 질문이라…"며 얼버무렸다. 그래도 법원에서 답하라고 명령했으니 어떤 답이든 해달라고 했다. 두 달이 지나도 답이 오지 않았다. 그사이에 변론기일이 세 번이나 열렸다. 재판장은 사실조회 회신은 오지 않을 것 같으니 변론을 종결하자고 했다. 최후변론을 했다.

"지게차 차주가 종합보험에 들지 않은 것은 지게차에 대한 종합보험이 없기 때문입니다. 현실에 존재하지 않는 상품에 가입하지 않았다고 해서 그 형사책임을 차주에 고용된 피고인에게 지도록 하는 것은 부당합니다. 게다가 이 사건 지게차에 대하여 영업배상책임보험이 가입돼 있고, 위 보험으로 이 사건 손해는 전부 배상될 수 있습니다. 피해자의 손해는 피해자 차량 보험사에서 일단 부담했고, 쌍방의 과실 비율을 확정하기 위해 피해자 차량 보험사가 지게차 보험사를 상대로 구상금 청구를 하고 있습니다. 즉 이 사건과 관련하여 배상이 되지 않는 손해가 전혀 없습니다. 합의를 하면 좋겠지만, 피해자가 요구하는 합의금이 과한 데다, 피해자 측은 과실이 전혀 없다고 주장하고 있는 반면, 지게차 보험사는 피해자 과실도 있다고 주장하고 있어서 보험사들의 구상금 청구 사건이 종료되기 전까지 합의가 되기는 어려울 것으로 보입니다. 이런 점을 종합적으로 참작하면 과연 피고인을 전과자로 만들어 벌해야 할 필요가 있는 사건인지 의문입니다."

재판장은 내 변론에 상당히 공감하는 눈치였다(고 느꼈다). 그리곤 "법과 현실 사이에 괴리가 좀 있어 보이긴 하네요. 잘 살펴보겠습니다"라는 말로 사건을 마무리했다. 재판을 마치고 나와 법정 밖에서 나는 그에게 호기롭게 장담했다.

"판사님이 마지막에 하신 말씀에 비춰보면 선고유예 나올 것 같아요. 일반 운전자들이 종합보험 안 들고 운전하는 것과는 사안이 다르니까요. 굳이 벌해야 할 사안은 아니거든요. 선고유예는 유죄 판결이긴 하지만 벌금은 안 내는 거니까 합의해서 공소기각 판결을 받는 것과 진배없어요. 벌금은 걱정하지 마시고, 앞으로도 교통사고 조심하세요."

그는 몇 번이나 고개를 숙이며 감사하다고 했다. 나도 뿌듯했다. 벌금 200만 원에 약식 기소된 사소한 사건에서 깊이 고민하고 변론을 했다는 것이 자랑스럽기까지 했다.

몇 주 후 선고 결과를 확인해보니 벌금 100만 원이었다. 벌금이 절반으로 줄어든 것도 변론의 성과겠지만 선고유예를 기대한 나로서는 매우 실망스러웠다. 그에게 전화를 할까 잠시 고민하다가 하지 않기로 했다. '그래도 내가 변론해서 벌금이 절반이나 깎였잖아, 그 사람도 만족하겠지'라고 생각했다. 선고 결과 확인이나 항소 여부는 보통 피고인이 직접 챙기고 결정한다. 상담할 때 이에 대한 설명도 충분히 한다. 항소장을 대신 제출해달라고 부탁하면 당연히 해주지만, 피고인에게 선고 결과를 알려줄 의무나 항소기간 중에 다시 항소 여부를 결정하라고 알려줄 의무는 없다. 하지만 이 사건에서는 그렇게 하지 않은 걸 뒤늦게 후회했다. 내가 잘난 척하며 결과를 예단해서 말한 게 화근이었다.

부끄러워도 오늘을 살아야 한다

"제 예상이 빗나갔네요. 그런데 선고 결과는 확인 안 해보신 거예요?" 나는 전화를 받은 그에게 선수를 쳤다.

"변호사님이 벌금 안 나올 거라고 말씀하신 데다 그 후에도 아무 연락이 없어서 벌금 안 내도 되는 줄 알고 있었죠. 일자리 겨우 구해서 먹고사느라 그걸 확인해볼 여유가 없기도 했고요. 그런데 그저께 검찰청에서 벌금 내라고 문자가 와서 그때 안 겁니다. 벌금이 나왔으면 그 결과라도 말씀해주셔야 하는 거 아닙니까."

그도 검사도 항소하지 않았으니 벌금 100만 원이 확정됐던 거다. 그는 목소리를 높이지 않았지만 나를 원망하는 것만은 확실했다. 일단 방패를 들었다.

"재판받으시는 분이 자기 선고 결과를 챙기셔야죠. 제가 맡는 사건이 한두 건도 아닌데 그걸 어떻게 다 챙깁니까. 국선변호인이 챙길 의무는 없습니다."

"네, 그러시겠죠. 그런데 변호사님이 저한테 분명히 그랬잖습니까. 벌금 걱정할 필요 없다고. 제가 선고 결과를 알았다면 항소를 해서 시간을 벌었을 겁니다. 100만 원이 저에겐 큰돈입니다. 목돈 마련할 시간이 필요하잖습니까. 이제 겨우 새 직장 구했고, 그동안 실직 상태에서 여기저기 돈 빌린 것도 좀 있고 그래서 모아놓은 돈이 전혀 없는데, 이렇게 벌금이 확정돼버리니 황당하잖습니까."

속으로는 그의 말이 틀리지 않았다는 걸 알았다. 법과 현실의 괴리를 발견하고 의욕이 넘쳐 사건을 크게 봤다가 용두사미로 변론을 마무리한 것까지야 그렇다고 칠 수도 있겠다. 고민하다가 버린 변론의 카드들을 재판에서 다 보여줄 수 없으니 피고인에게 생색을 내고 싶었던 게 문제였다. 재판장이 선고유예를 해줄 것이라는 확신은 도대체 무슨 근거에서 나왔단 말인가. 게다가 선고 결과를 예단하고 그게 확정인 듯 말하기까지 하다니. 국선전담변호사로 일하며 이런 적이 없었다. 스스로 이해되지 않는 한심하고도 어처구니없는 행동이었다. 사과를 해야 했다. 그리고 그가 항소할 수 있는 권리를 놓치는데 일조한 것에 대해 책임을 져야 했다. 입이 떨어지지 않아 한참의 침묵 끝에 말했다.

"재판장이 선고유예를 해주리라고 과신했던 것 같습니다. 선고 결과 확인하시라고 말씀드리든가 아니면 결과 확인한 뒤에 제가 문자라도 남겼어야 하는데…. 죄송합니다."

상대방을 볼 수 없는 전화라서 간신히 그 말을 할 수 있었다. 수화기 너머에서도 무거운 침묵이 흘렀다. 그도 막상 사과를 받으니 무슨 말을 해야 할지 난감해하는 것 같았다. 마음을 빠르게 정리했다.

"제가 실수한 것에 대해 제 몫의 책임은 지겠습니다. 제가 잘못한 것은 선고유예를 못 받았다는 데 있는 게 아니라 선고유예를 너무 확신한 나머지 본인이 선고 결과를 확인하고 항소할 것인지 여부를 검토할 기회를 막은 데 있습니다. 이렇게 하면 어떻겠습니까. 벌금을 한꺼번에 낼 형편이 안 되면 분할 납부 신청을 할 수 있습니다. 일반 변호사가 국선 사건을 맡으면 건당 보수가 30만 원 조금 못 되는데, 제가 이 사건 몫의 국선변호 보수를 손해배상으로 드릴 테니 일단 내시고 나머지 70만 원은 분할해서 내시는 겁니다. 제가 정확히는 몰라도 최소 한두 달 정도 시간은 벌 수 있을 겁니다."

"변호사님, 저는 그런 뜻에서 전화한 건 아닌데…." 전화 상대방은 당황하는 기색이 역력했다.

"제가 실수한 부분에 대해 책임을 지겠습니다. 기우에서 다시 말씀드리면 선고유예 안 나온 게 제 잘못이라는 건 절대 아닙니다. 선고 결과를 확인할 필요가 없다고 말해서 항소할 수 있는 권리를 막은 결과에 대해 제가 책임진다는 것입니다."

"변호사님, 이거 감사해서 어떻게 해야 할지…." 그는 그렇게 말하면서도 계좌번호를 불러줬다. 전화를 끊고 그 계좌로 30만 원을 송금했다. 스스로 도취한 변론에 빠져 있다가 배상까지 하게 되니 부끄러워 속이 끓었다.

그날 해야 할 일이 아직 많이 남아 있었지만 하던 일을 다 접고 퇴근 준비를 서둘렀다. 보기 좋게 당한 내가 꼴도 보기 싫어 '변호사 정혜진' 명패가 놓인 책상에 더 앉아 있을 수 없었다. 오후에서 저녁으로 시간대가 옮겨갈 무렵, 도로엔 여느 때처럼 차들이 분주히 오갔다. 나야 다음날 일찍 와서 밀린 일을 수습하면 되겠지만, 그는 언제 터질지 모르는 형사책임의 위험을 안고 그날도 지게차를 운전하고 있었을 것이다.

돈과 국선의 상관관계

“아이고, 죄송합니다. 조사받을 때와 민사 소송 때 변호사 비용이
너무 많이 들어 여력이 좀 없습니다. 그리고 이래저래 상담을
받아 보니 무죄가 되긴 어렵다고 해서요.”

“피고인, 직업이 회사원이라고 했죠? 어떤 회사인가요?”

증인신문이 끝나자 재판장이 피고인에게 물었다. 뭔가 못마땅한
표정이었다. 증거조사를 하면서 직업을 다시 확인하는 이유를 알
수 없었다. 재판장은 제1회 공판기일에서 재판에 출석한 사람이 공
소 제기된 그 피고인이 맞는지 확인하기 위해 이름과 연령, 직업과
주소를 확인한다. 재판 도중 다시 직업을 묻는 일은 흔치 않다. 피
고인이 식재료 유통 회사에 다닌다고 하자 재판장이 다시 묻는다.

“월급을 얼마 받아요?”

그 질문을 듣고야 감이 왔다.

개인의 취향

....

그날 증인신문에서 호화로운 펜션 사진 여러 장이 제시됐다. 파티 동호회 카페에서 만난 젊은 남녀 몇 명이서 바다가 보이는 그 펜션에서 파티를 하며 놀았는데 내 피고인이 그날 처음 만난 여성에게 강제로 입을 맞추었다고 강제추행으로 기소된 사건이었다. 대리석 바닥, 이국적 분위기가 물씬 나는 러그, 화려한 샹들리에, 홈 시어터 장비, 세련된 가죽 소파와 침구, 그리고 푸른 바다가 보이는 전망까지, 드라마에서나 봄 직한 고급 펜션이었다. 증거조사를 하기 전에는 수사 기록을 볼 수 없는 재판장은 파티 장소 사진을 처음 보고, 그런 고급 펜션을 빌려 파티를 열 정도의 피고인이 왜 국선변호인 선정 청구를 했나 의아하셨던 모양이었다. 난 속으로 배시시 웃었다. '재판장님, 곧 아시게 되겠지만 이 피고인 돈 없는 거 맞아요. 실업급여 132만 원 받으면서 저런 파티를 했대요.' 나도 피의자신문조서에 있는 문답으로 그 사실을 알았다.

문: 재산이 얼마나 되나요.
답: 제 명의로 된 재산은 없고요. 실업급여 132만 원 받고 있습니다.
　　그 전에는 월급을 200만 원 정도 받았습니다.

저런 데서 파티를 하려면 돈이 얼마나 드는지 나도 궁금했다. 그래서 그와 처음 상담할 때 슬쩍 물어봤다.

"파티 좋아하는 사람들끼리 모여서 엔분의 일 내는 거니까 돈이 그렇게 많이 드는 건 아닙니다. 서울서 호텔이나 와인 바 빌려서 파티하는 거랑 별 차이 안 납니다."

그의 답은 내게 아무런 정보가 되지 못했다. 호텔에서도, 와인 바에서도 파티를 해본 적이 없으니 말이다. 아무튼 그는 '실업급여를 받으면서 호화로운 펜션 파티를 했다'는 데에 거리낌이 있거나 모순을 느끼지는 않는 것 같았다. 그야말로 '개취(개인의 취향)'이니 존중할 수밖에 없는 일이다.

형사 재판에서 국선변호를 받는다고 하면 돈이 없는 사람이라고 생각한다. 대개는 그렇다. 돈이 얼마나 없어야 돈이 없는 사람인지 일률적으로 정의할 수는 없겠지만 모아둔 돈 한 푼 없는 실업자의 상태에서도 당당하게 파티를 즐긴 그도 '돈이 없는 사람'임이 분명하다. 이 정도는 그래도 봐줄 만하다. 객관적으로 보기에도 재산이나 소득이 상당한데 국선변호를 선택하는 사람들도 있다.

국선으로 시간 끌기

업무상 횡령으로 재판을 받던 40대 남자가 있었다. 동업하던 중 거래처에서 받은 물품 대금을 꿀꺽했다. 그를 고소한 그의 동업자는 재판 때마다 한 무리의 '어깨들'을 거느리고 재판을 방청했다. 그는 돈을 갚겠다고 하면서 계속 시간만 끌었다(못 갚는 건지 안 갚는 건지 알 수 없었다). 변론 종결하던 날 오전 10시 재판이었는데, 그가 11시

반에 법정에 갈 거라고 사무실에 전화를 남겼다. 동업자 일행이 조폭인데 아무래도 자기를 해칠 것 같다며 그들이 다 돌아간 뒤에 온다는 것이었다. 직원에게 문자로 이 사실을 전달받고 참 가지가지 한다고 생각했다.

피고인이 오지 않아도 변호인은 일단 출석해야 하니 10시에 맞춰 법정으로 갔다. 법정 앞에 동업자 일행이 잔뜩 앉아 있었다. 나를 알아보고는 동업자가 "걔, 안 와요?"라고 물었다. 나는 시큰둥하게 "저도 몰라요" 했다. 재판장이 내게 피고인은 무슨 일로 출석하지 않는지 물으셨지만 동업자 일행이 방청석에 있어 사실대로 말할 수가 없었다. "저도 모르겠습니다." 이 답이 최선이었다. 재판장은 다음에도 불출석하면 영장을 발부한다며 재판을 몇 주 뒤로 연기했다. 동업자 일행은 허탈한 표정으로 나갔다.

그가 늦게라도 온다고 했으니 할 수 없이 기다렸다. 11시 20분쯤 직원에게 연락이 왔다. 그가 법원 주차장에 있는데 혹시 '어깨들'과 마주칠까 봐 불안해서 법정으로 가지 못하고 있다는 거였다. 주차장에 갔더니 그가 독일제 고급 승용차 주변을 서성이고 있었다. 그 승용차를 가리키며 본인 차냐고 물으니 그렇다고 했다. 그 좋은 차 앞에 서서 그는 계속 불안해했다.

"아까 그 사람들 가는 거 제가 봤습니다. 그리고 혹시 마주치더라도 벌건 대낮에, 그것도 법원에서, 국선변호인이 옆에 있는데 그 사람들이 뭘 어쩌겠어요?"

그제야 그는 나를 따라 법정으로 향했다. 덩치 좋은 40대 남자 피고인의 보디가드 역할을 수행하며 그를 법정으로 데리고 와 연기 됐던 재판을 무사히 받았다.

법정을 나서며 "선고일까지 돈 안 갚으면 법정구속될 각오하고 나오셔야 합니다" 했더니 당연하다는 듯 그가 말했다.

"어차피 저도 각오하고 있습니다. 그 새끼한테 돈 주느니 그냥 살고 나와야죠. 검사가 1년 구형했으니 8개월이나 10개월 정도 생 각하면 되겠죠?"

폼 나는 차를 몰고 다니면서 남의 돈 고작 몇천만 원 갚지 않고 '갚겠다, 갚겠다' 빈말만 해대는 사람이 그렇게 시간 끌기용으로 국 선변호사를 이용하기도 한다.

돈 있어도 국선

벌금 100만 원의 약식 명령을 받고 정식 재판청구를 한 의사 사모 님 사건도 가관이었다. 그 사모님은 남편과 바람을 피우는 것으로 의심되는 여자를 폭행했다는 혐의였다. 남편이 상대와 바람을 피 웠는지는 두 사람만 알겠지만(바람을 피웠다 한들 간통죄가 폐지됐으니 국가는 관심 밖이다), 그녀가 하이힐 구두를 벗어 상대 여자의 머리를 때린 장면이 CCTV에 고스란히 녹화돼 있었다. 그녀는 공소사실에 대한 입장을 밝히지는 않고, 자기 남편을 유혹한 그 여자가 나쁜 여 자인데 왜 자기가 재판을 받아야 하냐며 법정에서 울고불고 난리를 쳤다. 재판 진행이 원활하게 되지 않으니 재판부가 국선변호인을 선정해줬다.

그녀에게 나는 두 번째 국선변호인이었다. 첫 번째 국선은 연세 있으신 남자 변호사였는데 증거 기록을 보고 그녀에게 쓴소리를 한 모양이었다. 남자 변호사라서 여자를 이해해주지 못하니 여자 변호사로 바꿔달라고 그녀가 탄원서를 써냈다. 사무실에서 그녀와 한 시간 반을 이야기했지만 그녀 입장이 때렸다는 걸 인정하는 건지 아닌지조차 파악할 수 없었다. 그러고는 거의 매일 귀찮을 정도로 전화를 자주 걸어왔고, 통화가 시작되기만 하면 수십 분 동안 이것저것 물어보곤 했다. 그녀의 질문은 사건 해결에 아무런 도움이 되지 않거나 이 사건 재판에서 해결될 일이 아니었다. 내가 사무실에 없을 때는 직원에게 온갖 필요 없는 질문을 해서 직원이 다른 일을 못 할 정도였다. 참다못해 한 소리를 했다.

"지난번 사무실에 방문하셨을 때 제가 사건에 대해 충분히 듣고 상담했잖아요. 이제 남은 건 증인들 나와서 법정 증언하는 거 듣고 판사님이 유무죄를 판단하는 건데, 이렇게 사무실에 전화를 많이 하셔서 필요 없는 이야기로 저와 직원 시간을 뺏으면 저희가 다른 일을 못 하잖아요. 그렇게 억울한 게 많으시면 사선변호인 선임하셔서 원하시는 만큼 말씀하세요. 경제적 여력도 되시잖아요."

그녀는 변호사를 구할 돈이 없다고 했다. 공소장에 있는 주소를 보니 이 지역에서 가장 부촌에 있는, 브랜드만 들어도 누구나 부러워하는 아파트였다. 인터넷에 그 아파트를 검색했더니 그녀가 사는 동이 그 아파트에서도 가장 넓은 평수였다. 내가 보기에 그녀는 사선변호인을 선임할 능력이 안 되는 게 아니라 수임료를 쓰기 싫은 듯했다. 본전(원래 받은 약식 명령의 벌금)이 100만 원인데 변호인을 선임하려면 최소 그 몇 배는 줘야 한다. 자기가 유죄라는 걸 어느 누구보다 잘 알 테니 굳이 돈 들여 변호인을 선임할 필요가 없는 것이다. 나는 최후통첩을 했다.

"사선변호인 선임할 여력이 안 되신다니 제가 어떻게 할 수는 없겠네요. 이제 저희 사무실에 전화는 삼가주시기 바랍니다. 전화가 사건에 전혀 도움이 되지 않고요. 오히려 저희 일에 방해만 됩니다. 제가 변론 준비는 충분히 해가겠습니다. 꼭 하시고 싶은 말이 있으시면 이메일로 보내주세요."

그녀는 자기한테 쓴 시간이 도대체 얼마나 된다고 그러느냐며, 변호인의 조력을 받을 권리를 운운했다. 나는 눈 하나 깜짝 않고 "그럼 오늘은 이만 전화를 끊겠습니다"하며 냉정하게 전화를 끊었다. 그 일 이후로도 그녀가 사무실에 몇 번 더 전화를 했는데, 나는 최후통첩에 충실하게 사무적으로 꼭 필요한 만큼만 응대했다. 결국 그녀는 '성의도 없고 사건 파악이 전혀 돼 있지 않으며 상담조차 해주지 않는 변호사'에게서는 충분한 조력을 받을 수 없다고 재판부에 탄원서를 써냈고, 그 사건은 세 번째 국선변호인에게 갔다. 국선변호인 취소 결정문을 받던 날, 재판부와 그 다음 국선변호인에게는 미안했지만, 그녀 사건을 뗄 수 있어서 너무 기쁜 나머지 직원과 얼싸안고 환호성을 질렀다.

국선으로 생색내기

조물주 위에 있다는 건물주 사건도 있었다. 강남 한복판에 자기가 소유한 건물이 있어서 가만히 있어도 차임으로만 한 달에 수천만 원씩 통장에 꽂힌다고 스스로 자랑하는 나이 지긋한 아저씨였다. 재판을 받으러 나올 때마다 수행비서라는 젊은 남자가 따라왔다. 그 아저씨는 가벼운 공무집행방해 혐의로 재판을 받았는데 사건 상담은 뒷전이고 내게 식사 대접을 해야 한다며 자꾸 고집을 피웠다. 마음만 감사히 받겠다고 하니 부담스러워서 그러느냐며 그럼 신용카드를 줄 테니 직원들과 사무실 전체 회식을 하라고도 했다. 그것도 마음만 받겠다고 하니 자기 때문에 수고해서 밥 한번 산다는 데 그게 뭐가 문제냐며 화까지 냈다. 돈도 많으신데 왜 사선변호인을 선임하지 않느냐는 나의 말에 자기는 국선변호가 좋다고 했다.

어느 날 내가 없는 사이에 그 아저씨가 내게 줄 자료라며 사무실에 서류 봉투를 맡기고 갔다. 변호사님이 직접 열어봐야 할 서류니까 봉투를 뜯지 말라고 직원에게 신신당부를 했단다. 열어보니 서류는 없고 두툼한 편지 봉투만 덜렁 들어 있었다. 모두 5만 원 권 지폐였다. 그에게 바로 전화를 했다. 왜 봉투를 두고 가셨느냐고 물으니 밥을 사준대도 안 먹는다고 해서 할 수 없이 그랬단다. 그 돈으로 직원들 고기 회식을 시켜주라고 했다. 도로 가져가시라고 했더니 자기는 가져갈 이유가 없다며 전화를 끊어버렸다.

이런 경우는 나도 처음이라 고민했다. 경찰서에 맡겨야 하나, 그런데 뭐라고 하고 맡겨야 하나…. 고민하다가 우체국 전신환을 떠올렸다. 주소가 적힌 공소장을 들고 당장 우체국으로 갔다. 전신환을 부치러 왔다고 하니 얼마를 부치느냐고 물었다. 봉투째 직원에게 줬더니 지폐 세는 기계로 그 돈을 세었다. 사선변호사를 선임할 수 있을 정도의 돈이었다. 수수료는 4만 5천 원이었다. 돈을 거절하는 데도 내 돈을 들여야 한다는 사실에 짜증이 났지만 다른 대안이 없었다. 사무실로 와서 다시 전화했다. 전신환으로 돈을 돌려보내는 데 내 돈 4만 5천 원이 들었다는 것을 알렸다. 내가 왜 이 돈을 써야 하는지 모르겠지만 다른 방법이 없어서 참는다는 말과 함께 다음에는 꼭 사선변호사를 선임하시라고 당부했다.

수행 비서까지 거느린 건물주 아저씨는 왜 국선변호를 선택했을까. 그 속을 정확히 알 수는 없지만 비교적 저렴한 비용으로 크게 생색을 낼 수 있다는 계산이 깔린 게 아니었을까. 사선변호사를 선임하면 자기가 돈을 주더라도 결국 그 돈은 정당한 변호사 비용이니 생색낼 수 없지만, 국선변호인에게 밥을 사거나 봉투를 주면 생색낼 수 있으니까 후자를 택했을 것이다.

국선변호가 절실한 이들

형사소송법에서는 반드시 변호인이 있어야 하는 사건 외에는 피고인이 '빈곤 그 밖의 사유'로 변호인을 선임할 수 '없는' 경우에 국선변호인 선정 청구를 할 때, 그리고 피고인의 연령, 지능, 교육 정도 등을 참작하여 권리 보호를 위해 필요하다고 인정하는 때 법원이 국선변호인을 선정해줘야 한다고 정하고 있다.[22]

하지만 현실에서는 피고인이 공소사실을 다투면 앞서 말한 경우에 해당하지 않더라도 변호인을 선임할 수 '없는' 경우인지 묻지 않고 국선변호인을 선정해주는 경우가 많다. 경제적 형편이 되는데 사선변호인을 선임하지 않는다고 해서 그냥 두면 증거 의견이나 증인신문 등 재판 절차를 제대로 진행하기 어렵기 때문이다. 피고인의 교육 수준이 아무리 높아도 형사 재판에 쓰이는 용어를 제대로 이해하기는 쉽지 않다.

이런 현상은 약식 명령에 대한 정식 재판청구 사건(사건번호가 '고정'으로 분류돼 흔히 '고정 사건'이라고 한다) 법정에서 가장 많이 벌어진다. 변호사를 선임하려면 최소 몇백만 원이 드니 피고인은 경제력이 되더라도 본전을 생각해서 사선변호인을 선임하지 않는다. 재판 진행의 편의를 위해 국선변호인을 자꾸 붙여주다 보니 중산층에 해당하는 사람들도 국선변호를 당연한 권리로 받아들이는 경향도 있는 것 같다.

국선변호인은 사건을 받은 이상 피고인이 어떤 사정으로 국선변호를 받든 이유 막론하고 사건에 최선을 다해야 하는 게 당연하다. 원론적으로 말한다면 의사 사모님에게 '난 못하겠으니 사선변호인 선임하라'고 소리친 일은 국선변호인으로서 매우 부적절한 행동이었을지 모른다. 그렇다고 못할 말을 한 건 아니지 않느냐는 생각이 한편으로 든다.

한번은 대학 교수가 실적으로 인정되지 않을 논문을 실적이 되는 양 꾸몄다가 나중에 그게 밝혀져 위계로 학교 승진 평가 업무를 방해를 했다는 혐의로 기소된 사건이 내게 왔다. 마찬가지로 약식 명령에 대한 정식 재판청구 사건이었다. 흔히 명문 대학이라고 하는 곳은 아니더라도 명색이 교수인데 왜 국선변호인 선정 청구를 했는지 궁금해서 결례를 무릅쓰고 물었다.

"아이고, 죄송합니다. 이번 사건 조사받는 과정에서 변호사를 샀는데 일단 그 기간이 2년이나 걸렸어요. 제가 학교를 상대로 승진 임용취소 무효를 구하는 민사 소송을 먼저 했다가 패소해서 지금 이렇게 기소됐는데요. 조사받을 때와 민사 소송 때 변호사 비용이 너무 많이 들어 여력이 좀 없습니다. 그리고 이래저래 상담을 받아 보니 무죄가 되긴 어렵다고 해서요."

솔직해서 좋았다. 어느 정도 경제적 여건이 되는 사람이 국선변호를 받는다는 것에 대해 미안해할 줄도 모르는 '의사 사모님'과는 달리 말은 통하는 사람일 것 같았다. 어차피 벌금이 나올 사안이라면 굳이 벌금만큼 혹은 벌금 이상의 돈을 써서 변호사를 살 이유가 없다는 계산이었을 것이다.

그러나 국선변호는 우리 사회가 공동으로 부담하는 비용이다. 형편이 되는데도 변호인을 굳이 선임하지 않는 이들에게 국선변호인을 붙여주는 건 공동의 비용을 늘리는 일이다. 안타까운 현실이다. 분명 '빈곤 기타 사유'로 변호인을 선임할 수 없는 경우에 해당하는지 법원에서 좀 더 엄격하게 따질 필요가 있다.

이웃집 아줌마의 가르침

———

"국가가 잘못한 걸 바로잡으려고 재판받는데, 재판에서 도움을 주는 사람은
국가에서 선임해주는 국선변호사네요. 국가가 이런 고마운 일도 하네요."
그러고 보니 내가 하는 일도 국가가 지원하는 일이었다.

'일반교통방해'라는 죄명의 항소심 사건으로 50대 후반의 그녀를 만
났다. 그녀는 서울광장에서 열린 대규모 시위에 참가했는데 그날 시
위대가 신고된 행진 경로를 일탈해 도로를 점거했다. 그 행위가 '육
로를 불통하게 하는 방법으로 교통을 방해'했다는 이유로 약식 기소
됐다. 그녀는 시위에 참여했을 뿐인데 형사 처벌하는 건 맞지 않는
다는 주장으로 항소했고, 검사는 1심 판사가 벌금을 너무 많이 깎아
줬다고 항소했다(약식 명령은 300만 원이었는데 1심은 70만 원을 선고했다).

무슨 권한으로 증거를 수집하는가

수사보고서에 의하면 그날 시위에 모인 사람들은 6만 8천 명이었

다. 나는 사건 자체보다 그 많은 사람 중에 그녀가 어느 동네에 사는 몇 년생 누구라는 걸 경찰이 어떻게 특정할 수 있었는지 궁금했다. 그녀는 유명한 시위꾼도, 경찰의 정보망에 올라갈 수준의 인물도 전혀 아니었다. 시위 참가자가 일일이 지문을 찍는 것도 아닌데 그걸 알아내는 건 정말 대단한 정보력이 아닌가. 단순한 사건이었지만 그 점은 눈여겨볼 만했다.

경찰은 시위 현장에서 '채증'이라는 걸 한다. 말 그대로 증거를 수집하는 일이다. 이 사건을 맡을 때만 해도 나는 경찰들이 채증을 위해 직접 사진을 찍는 줄 알았다. 그러려면 얼마나 많은 경찰이 동원돼야 할지, 내가 생각한 게 맞는지 근거 규정을 찾아봤다. 경찰청 예규 '채증활동규칙'이 있었다. 각종 집회·시위 및 치안 현장에서 불법 또는 불법이 우려되는 상황을 촬영, 녹화, 녹음하기 위해 '채증요원'이라는 걸 두고, 경찰 정보과에서 이들을 관리한다. 채증요원은 사진 촬영 담당, 동영상 촬영 담당, 신변보호원 등 3명을 하나의 조로 편성해 활동하고, 경찰 정보과에서는 '채증판독프로그램'이란 걸 이용해서 인적사항이 확인되지 않은 불법행위자의 인적 사항을 확인한다. 경찰이 막노동 식으로 사진 한 장 한 장 들여다보는 게 아니었다. 역시 IT 강국답다고 생각했다.

시위대 중 일부는 SNS를 한다. 자신의 일상을 올리며 주변 사람들, 혹은 멀리 있지만 마음의 거리가 가까운 사람들과 소통하며 같이 울고 웃는 가상공간이다. 그녀는 페이스북 사용자였다. 일상을 늘 페이스북에 올리던 습관대로 그날도 자연스럽게 시위 참가 사진과 간략한 소감을 기록했다. 경찰은 채증판독프로그램으로 그날 수집한 수많은 채증 사진 중 딱 두 장에 등장하는 한 사람이 그녀의 페이스북 사진 속 인물과 동일 인물일 가능성이 있다는 걸 확인했다. 채증 사진 속의 그녀는 아이패드를 들고 시위대 속에 서 있는 모습이었고, 페이스북 사진은 같이 시위에 참여한 다른 사람이 찍어준 인물 사진이었다. 그런데 그녀의 페이스북 계정을 경찰이 어떻게 알았단 말인가. 그녀의 SNS 친구 중 정보경찰이라도 있는 걸까. 수사보고서에는 이렇게 기재돼 있었다.

> 판독 경위: 페이스북 검색 중 집회 참석자가 참석 당일 본인의 사진을 등재한 것을 발견하고 채증 자료와 대조하여 동일한 복장의 대상자를 발견하여 판독.

'페이스북 검색 중'이라는 말은 무작위로 SNS를 뒤졌다는 말일 것이다. 요주의 인물도 아닌 평범한 그녀는 사진 속에서 쇠파이프나 각목은커녕 하다못해 시위 팻말 하나 들지 않았고, 당시 경찰과 대치한 상태도 아니었다. 어찌 그녀뿐이겠는가. 채증판독프로그램을 운영하면서 경찰은 엄청나게 많은 사람의 페이스북과 블로그, 트위터, 인스타그램을 뒤졌을 것이다. 미국 정부의 대규모 감시 행위를 폭로한 전 미국 중앙정보국 요원 에드워드 스노든이 한국에 살았다면 이 부분을 파헤쳐 달라고 부탁하고 싶은 심정이었다.

그 페이스북이 누구의 것인지 확인하는 건 누워서 떡 먹기다. 압

수수색 영장을 발부받아 확인한 페이스북 사용자의 휴대폰 위치 내역에 그날 시위 현장에서 발신한 기록이 있었다. 그렇게 그녀는 '피의자'로 특정됐다. 경찰이 그녀를 소환해 두 장의 채증 사진을 제시하며 물었다. "이 사람, 본인 맞죠?"

그녀는 경찰에 불려가니 일단 기분이 나빴다. 게다가 경찰이 채증 작업이라며 사진을 찍는 거 자체가 잘못됐다고 생각하던 참이었다. 그래서 진술거부로 일관했다. 난생처음 피의자 신분으로 경찰에 소환됐지만 주눅 들지 않았다. 그녀가 일절 답을 하지 않으니, 경찰은 채증 사진 속 인물과 페이스북 사진 속 인물이 동일인인지에 대해 국립과학수사연구원에 감정을 의뢰했다. 회신 결과는 '단정적으로 판단하기는 곤란하나 두 인물은 동일인의 가능성이 있음'으로 나왔다.

그녀가 써낸 탄원서를 찬찬히, 유심히, 진지하게 읽었다. 평범한 주부였던 그녀는 딸아이 열 살 때 남편이 지병으로 세상을 떠나면서 학습지 논술 강사 일을 시작했다. 근검절약하면서 생활해 좁은 집이나마 장만했고 딸도 대학까지 보냈다. 대학을 졸업한 딸은 취업을 위해 열심히 노력했지만 길은 쉽게 열리지 않았다. 취업 때문에 고생하는 모습을 보며 딸이 살아갈 이 나라의 현실을 진지하게 고민하게 됐단다. 그 나이가 돼서야 신문도 읽고, 이런저런 모임에도 나갔다. 노동자 권익을 위하는 어떤 당의 당원이 된 것도 그 무렵이었다. 다행히 딸은 어렵게 중소기업 정규직 자리를 얻었지만, 이 나라 청년들이 다 정규직은 아니었다. 비정규직으로 취업한 딸

친구들 사연이 안타까웠고, 딸이 어느 날 갑자기 비정규직으로 전락할 수도 있다는 걱정이 있었다. 그래서 그날 시위에 나갔다. '쉬운 해고, 평생 비정규직, 노동개악 중단', '모든 노동자의 노동기본권 보장, 모든 서민의 사회 안전망 강화', 그런 슬로건에 동참하고 싶었다.

시위 당일 오후 3시쯤 서울광장 앞에 도착했는데 광장은 광장이 아니었다. 덕수궁 앞에서부터 플라자호텔까지 차벽에 전투경찰로 꽉 막혀 있었다. 군중이 미는 대로 떠밀려서 서울광장에서 광화문 쪽으로 이동하며 걸었다고 했다. 차벽이 이미 광장을 다 막아버려 허가된 공간 밖으로 떠밀릴 수밖에 없는 상황이었단다. 경찰이 집회 장소를 통제함으로써 집회에 참석한 시민을 도로로 나갈 수밖에 없도록 만들었다. 그걸 '일반교통방해죄'라는 이름으로 벌금을 내라고 하고 전과자가 되게 한다면 시민들은 할 말이 있어도 집회에 참석하지 못할 것이라고 썼다. 논술 강사를 해서인지 글에 상당한 설득력이 있었다.

상담 일정을 잡고 그녀를 사무실에서 만났다. 그녀는 국선변호인 선정 청구를 한 것에 묘한 감정을 느끼는 것 같았다.

"국가가 너무 한심하다고 생각했거든요. 무차별적으로 불법 채증이나 하고. 그리고 저 같은 사람 찾아내느라 채증 사진을 얼마나 뒤졌겠어요? 그런 일 하라고 내가 세금을 낸 건지, 참…. 1심에서 변호인 없이 재판받고 제가 법을 잘 몰라서 유죄를 받았나 싶었어요. 항소심에서는 변호인이 있어야 할 것 같은데 변호사 선임할 형편은 안 되고, 그래서 국선변호인을 신청했어요. 국가가 잘못한 걸 바로잡으려고 재판받는데, 재판에서 도움을 주는 사람은 국가에서 선임해주는 국선변호사네요. 국가가 이런 고마운 일도 하네요.”

그러고 보니 내가 하는 일도 국가가 지원하는 일이었다. 국선전담변호사라는 지위가 새삼스럽게 느껴졌다.

“그러게요. 그런데 이런 사건은 민주사회를 위한 변호사 모임(이하 민변)에서 무료 변론해주지 않나요?”

“우리 당에서 기소된 사람들이 많았거든요. 특히 청년들이요. 저는 괜찮으니 청년들 변호해달라고 했어요. 저는 나이도 많고, 전과 하나 남는다고 사는 데 뭐 큰 지장이 있겠어요. 그런데 청년들한테 300만 원이 얼마나 큰 돈이에요? 그리고 벌금 운운하면 앞길 창창한 애들한테 ‘시위하면 전과자 된다’고 협박하는 거랑 뭐가 달라요? 청년들은 이 재판이 무섭죠. 아무튼 바로잡아야죠.”

이 아줌마에게 여러모로 정이 갔다.

1심에서는 변호인이 있든 없든 그 당원 모두 유죄 판결을 받았단다. 당시 대법원 판례에 따르면 신고된 집회나 시위가 당초 신고 범위를 현저히 일탈해 도로 교통을 방해한 때에는 일반교통방해죄가 성립했다.[23] 1심 판결은 그 법리를 충실히 따른 결과였다. 나는 그녀에게 대법원 판례를 출력해서 보여주고 설명하며 ‘이런 대법원 판례가 있으니 결론이 뒤바뀌긴 어려울 것 같다’고 설명했다. 그녀가 반박했다.

“제가 법이니 판례니 하는 건 잘 모르겠어요. 하지만 토끼몰이하

듯이 경찰이 차벽으로 사방을 막은 상황이었고, 사람들이 하도 많아서 밀리는 대로 가다 보니 도로였어요. 지금 변호사님 설명대로라면 그런 사정은 고려하지 않고 단지 결과적으로 도로로 나갔다, 그래서 차가 이동하기에 불편했다, 그 이유만으로 죄가 된다고 하는 거 아닙니까. 그럼 시위에 참여했다는 것만으로 형사 처벌하는 것과 똑같잖아요."

그녀 말도 일리가 있었다. 하지만 대법원 판례에 비춰보면 1심 판단도 틀리지 않았다. 너무 고난도의 사건이었다. 그때 갑자기 어떤 교수님의 신랄한 명언이 떠올랐다. "정의를 찾지 말고 판례를 찾아라. 그래야 이 땅에서 법조인이 될 수 있다."[24] 무죄를 주장하는 피고인에게 판례부터 들이민 것을 보면 나도 어느새 어쩔 수 없는 기성 법조인이 된 듯했다.

공감 가는 부분이 있으니 좀 더 연구해보겠다고 하고 그녀를 보냈다. 신랄한 명언의 역설적 화법에 충실하기 위해 일단 판례를 덮어뒀다. 이 사건에서 그녀가 한 행위가 비난받아야 할 행위인지 단순히 상식에 비춰서만 생각해봤다. 그녀가 단순한 시위 참가자에 불과하다는 건 객관적 사실이었다. 시위대가 신고된 범위를 일탈해 교통 방해를 야기했다고 하더라도 그 책임을 단순 시위 참가자에게까지 묻는 것이 옳은가. 당시 시위에 참여한 사람이 너무 많아 인도로 가려고 해도 갈 수 없는 상황이었고, 인도로 행진할 수 없어서 도로로 행진한 것뿐이었는데 말이다. 자신이 통제할 수 없는 상황에서 일어난 일이었다. '단순 시위 참가자에게 교통 불편에 대한 형사적 책임을 묻는 건 옳지 않다'라는 게 설득력 있는 결론일 것 같았다.

상식에 근거한 답을 낸 다음 다시 대법원 판례를 읽어봤다. 시각을 넓혀 다시 읽으니 그 사안의 피고인은 시위 주최 측이었다. 집회가 신고된 범위를 현저히 이탈했을 때 시위 주동자들과 단순 시위 참가자는 구별해서 판단할 필요가 있다고 주장하면 대법원 판례에도 모순되지 않고, 그녀의 주장도 받아들여질 수 있을 것 같았다. 이 명백한 차이가 지금까지는 왜 그렇게 보이지 않았던 걸까. 50대 아줌마는 법을 전혀 몰라도 그냥 아는 것이었는데 말이다.

법학전문대학원에 다닐 때 어느 교수님이 인용했던 독일 학자 이야기가 생각났다. 사례 문제를 풀 때 법적 사고방식을 체계적으로 동원해 결론에 도달한 후 그 결론이 정의의 관점에서 수긍할 만한 것인지를 검토할 때 그 학자는 "우리 할머니는 이러한 결론에 대해서 뭐라고 하실까?"라고 묻는다고 했다. 할머니로 대표되는 법률 문외한(하지만 건전한 상식을 가진 분)이 그 결론에 대해 "그건 옳다고 할 수 없어"라는 반응을 보인다면 법적 사고 과정에서 무엇인가 잘못 판단했을 가능성이 아주 높다는 것이다. 교수님 말씀을 그대로 옮기자면 '개념에만 너무 집착하여 포섭이 실질 가치를 반영하지 못하고 형식적으로만 행해지는 경우'에 그러한 일이 생긴다.[25]

나는 무릎을 쳤다. 이 사건에서 나는 앞뒤 따져보지도 않고 대법원 판례를 무조건 따르다 50대 이웃집 아줌마(독일학자가 말한 '우리 할머니'와 같은 존재다)의 반응을 보고서야 내 결론이 뭔가 잘못됐음을 알 수 있었다. 앞서 인용한 명언이 비판한 건 죄 없는 판례가 아니라 나같이 판례를 비판 없이 수용하는 '무늬만 법조인'이었다.

나는 반성하며 만회하려는 심정으로 공들여 서면을 썼다. 하늘은 반성하는 자를 돕는 건지 내 사정을 잘 아는 옆방 변호사님이 고맙게도 민변 친구를 통해 도움이 될 만한 자료도 보내왔다. 민변 변호사들이 비슷한 사건 때 쓴 탄탄한 변론요지서에다, 일반교통방해 사건에서 어느 유명한 시민단체 상근 활동가에 대한 아주 따끈따끈한 하급심 무죄 판결문까지 있었다. 그 사건에서는 상근 활동가가 속한 단체가 집회 주최 측이 아닌 사정 등을 들어 일반교통방해의 고의가 없다고 판단했다.

하늘은 반성하는 자를 왕창 돕는 건지 결정적으로는 그녀의 항소심 선고일을 코앞에 둔 시점에 대법원에서 새로운 법리의 판례가 나왔다. 시위대가 신고된 범위를 현저히 일탈해 교통을 방해하면 일반교통방해죄가 성립한다는 기존의 판시에 더하여, 그런 경우에도 참가자 모두에게 당연히 일반교통방해죄가 성립한다고 할 수 없고, 실제로 그 참가자가 교통 방해를 유발하는 직접적인 행위를 했거나, 그렇지 아니할 경우에는 그 참가자의 참가 경위나 관여 정도 등에 비춰 그 참가자에게 공모공동정범으로서의 죄책을 물을 수 있는 경우라야 일반교통방해죄가 성립한다는 첫 판례였다.[26] 환상적인 타이밍이었다.

국가란 무엇인가

판결은 예상대로 1심을 파기하고 무죄였다. 해피엔드로 끝난 그녀 사건이 내 기억에 다시 소환된 건 채증 작업에 대한 헌법재판소의 결정이 났을 때였다. 합법적인 집회·시위 현장에서 채증을 위한 촬영 행위가 시민들의 초상권, 개인정보자기결정권 및 집회의 자유를 침해한다고 헌법 소원을 낸 사건이었다. 헌법재판소는 문제가 된 시위 현장에서의 경찰의 채증 활동에 대해 4(합헌) 대 5(위헌)로 헌법에 위반되지 않는다고 결정했다(헌법에 위반된다고 결정하려면 6명 이상이 위헌 의견이어야 한다).

그녀는 당시 내게 경찰이 채증이나 하려고 세금을 쓰는 거냐, 채증 자체가 불법 아니냐며 불평했다. 나는 채증이 불법이라고까지는 생각하지 않았다. 하지만 헌법재판관 다섯 명이, 무려 다섯 명이나 그녀에게 "나는 당신 말이 맞다고 생각해요"라고 한 셈이다. 5인의 위헌 의견은 법적으로 우아한 문장이라는 점만 다를 뿐, 그녀의 불평 내용과 똑같았다.

이 사건 집회는 평화적이었으므로 미신고 집회로 변하여 집회 주최자의 불법행위가 성립한 것을 제외하고는 다른 불법행위에 대한 증거자료를 확보할 필요성과 긴급성이 있었다고 할 수 없다. 집회가 신고 범위를 벗어났다는 점을 입증하기 위한 촬영의 필요성은 있을 수 있지만, 이는 집회 현장의 전체적 상황을 촬영하는 것으로 충분하다. 그러나 이 사건 촬영 행위는 여러 개의 카메라를 이용해 근거리에서 집회참가자들의 얼굴을 촬영하는 방식으로 이루어졌다. 여기에는 집회 참가자들에게 심리적 위축을 가하는 부당한 방법으로 집회를 종료시키기 위한 목적이 상당 부분 가미되어 있었다고 보인다.[27]

그녀에게 과연 국가란 무엇이었을까. 정책을 잘못 입안해 시위하게 만들고, 불법적인 행동을 하지 않았음에도 무차별적으로 시위대 사진을 찍고, 그 사진을 무수한 SNS와 대조하며 단순 시위 참가자를 찾아내 기소하고, 한편으로는 국선변호인을 붙여주면서 방어하게 하고, 대법원에서 새 법리가 나왔으니 무죄라고 하고, 채증이 위헌은 아니라고 하면서도 반대 의견으로 당신 말도 일리가 있다며 위로하는, 이 모든 모순이 가능한 존재. 그게 바로 국가였다.

그녀의 국가는 수많은 그와 그녀들이 끊임없이 '국가란 무엇인가' 질문함으로써 만들어내는 것이기도 했다. 재판에서 따지며 질문을 던진 시민들 덕분에 대법원은 보다 정교한 새 법리를 내놓았고, 헌재 재판관들은 치열한 법리 다툼을 했고, 경찰은 채증 집행 요건을 보다 엄격하게 했으며,[28] 나라에서 비용을 받는 국선변호인은 제법 고민되는 연구를 해야 했다. 건전한 상식에 입각해 끊임없이 질문해온 '이웃집 아줌마들'에게 진심으로 존경을 표한다.

사소하고 조각난
이야기를 넘어

마다가스카르섬에 사는 '헤미헤라토이데스 히에로글리피아'라는 종의 나방은 잠자는 새의 눈꺼풀을 들어올려 새 눈가에 맺혀 있는 눈물을 마신다. 그렇게 함으로써 소금과 단백질 같은 영양을 보충한다. 한 작가가 이를 이야기의 은유로 읽었다. 이야기를 하는 이가 있고 듣는 이가 있다. 주는 행위는 능동적이고 받는 것은 수동적이라고 생각하기 쉽지만 (눈물을) 주는 이(새)는 잠들어 있고, 그걸 받는 이(나방)는 깨어 밤을 가로지르며 날아간다. 그러므로 이야기를 듣는다는 것은 우리의 '불완전하고 조각난, 미완의' 자아의 가능성을 넓히는 것이라고 그 작가는 썼다.[29]

　나도 가끔은 잠든 새의 눈물을 마시는 나방이 됐다. 마음에 큰 병이 있는데도 수십 년 방치되고 치료를 받지 못해 이상한 행동을 하는 이들, 폭력이 일상인 환경을 견뎌내고 살아남아 폭력을 그토록 두려워하고 미워했으면서도 어느새 자신이 폭력을 행사하는 것을 발견하는 한때 피해자였던 가해자들, 돈이 너무 궁한 나머지 앞뒤 가리지 못하고 대출이나 취업의 미끼를 덥석 물었다가 부지불식간에 엄청난 범죄 조직의 하수인이 되고 만 이들, 절대 다시는 '이런 짓'을 하지 않겠다고 다짐했건만 이를 지지해줄 사회 안전망이 없는 상황에 순간의 유혹 앞에서 번번이 무너져버리는 무력한 이들, 어리숙하고 모자란 탓에 '진짜 나쁜 놈들'에게 이름을 빌려줬다가 범죄자가 되고 자신도 모르는 빚까지 떠안는 이들…. 내가 그동안 살아온 제도권 주변에서는 잘 보이지 않던 상처 난 삶이 여기저기 그렇게도 흔하게 널려 있었다. 고백건대 미처 눈물을 보려고 하지도 않거나 혹은 애써 외면하며 지나친 적이 훨씬 더 많았지만, 내 마음의 문을 두드린 몇몇 이들이 내어준 눈물을 마신 덕에 나는 변호사로, 그 이전에 한 인간으로 조금씩 성장했다.

사소하고 조각난 이야기들을 마무리하며 내가 그 잠든 새가 되길 바란다. 누군가 내 눈물로나마 날아오를 힘을 얻었으면 한다. 빙산의 일각에서 본 보잘것없는 이야기들이 다른 누군가의 마음으로 건너가 닫힌 문을 열어젖히고 그 누군가가 들려줄 또 다른 이야기의 재료가 됐으면 좋겠다. 국선변호제도를 더 효율적으로 운영할 방법이든, 더 크고 구조적인 '악'에 대한 대책이든, 범죄에 취약한 계층의 자립을 돕는 방안이든, 형벌이 아니라 치료가 필요한 이들을 어떻게 해야 할지에 대한 제안이든, 그 무엇이든 말이다.

내가 선 이 자리에서는 이렇게 작고 분절된 이야기밖에 할 수 없지만, 우리들의 이야기가 쌓이고 쌓이다 보면 결국은 널찍한 공간을 만들어내 그 안에서 우리 사회의 '불완전하고 조각난, 미완의' 경계를 조금씩 넓힐 수 있지 않을까. 이야기의 힘은 그런 것이라고 믿는다.

1 '정신건강증진 및 정신질환자 복지서비스 지원에 관한 법률'에 따르면 경찰은 정신질
환자로 추정되는 사람으로서 자신의 건강 또는 안전이나 다른 사람에게 해를 끼칠 위
험이 큰 사람을 의사의 동의를 받아 3일(공휴일은 제외)이내 응급입원을 의뢰할 수 있는
데, 아마도 당시 경찰은 이 규정에 근거하여 아이들 엄마를 응급입원 의뢰했을 것이다.

2 "부모의 죗값 치르는 아이들, 수용자 자녀의 인권", 《법률신문》, 2018. 12. 3.

3 사단법인 아동복지실천회 세움이라는 단체는 부모의 죄가 아이들에게 미쳐서는 안 된
다는 점과 모든 아동들은 유엔아동권리협약의 무차별원칙에 따라 당당하게 살아갈 권
리가 있다는 점을 강조하며 2015년부터 수감자 자녀 지원 활동을 해오고 있다.

4 J. D. 밴스 지음, 《힐빌리의 노래: 위기의 가정과 문화에 대한 회고》, 김보람 옮김, 흐름
출판, 2017, 369쪽.

5 위의 책, 403쪽.

6 "의대 자퇴 뒤 7년 징역, 특전사의 아들도 … 이들은 왜 병역을 거부했나", 《중앙일보》,
2017. 9. 13.

7 현민 지음, 《감옥의 몽상》, 돌베개, 2018, 171쪽.

8 그의 동네 형과 그가 탈북한 때는 1990년대 중반으로 이른바 '고난의 행군' 시기다. 이 시기 북한에서 발생한 대기근으로 사망한 사람들은 많게는 100만 명 이상(통일연구원), 적게는 33만 명(통계청)으로 추정된다. 소설가 장강명은 그 시기 딜북한 지성오라는 인물의 삶을 그린 소설 《팔과 다리의 가격》에서 가장 보수적인 숫자 33만 명으로 보더라도 3년 내내 하루도 빠짐없이 300명이 매일 죽어나가야 얼추 그 수치에 이르게 된다고 설명했다.

9 2016년 5월 29일 개정된 '가족관계의 등록 등에 관한 법률'에 따르면 혼외자의 출생신고의무자(모─동거친족─분만에 관여한 의료인의 순서로 의무가 있다)가 출생신고를 하지 아니하여 자녀의 복리가 위태롭게 될 우려가 있는 경우에는 검사 또는 지방자치단체의 장이 출생신고를 할 수 있도록 되어 있다. 그러나 그 이전에는 이런 조항이 없었고, 이 사건은 그 조항이 없던 시절에 일어났다.

10 박상규·박준영 지음, 《지연된 정의: 백수 기자와 파산 변호사의 재심 프로젝트》, 후마니타스, 2016, 188쪽.

11 2017년 '구속사건 논스톱 국선변호' 제도(피의자가 구속영장실질심사를 받을 때 배정된 국선이 1심 공판까지 맡는 제도)가 시행되기 전까지는 국선전담변호사에게 1심 구속 사건이 많이 배정됐고, 1심 구속 사건 중 가장 흔한 유형이 특가절도였다.

12 "2만 원과 라면 10개 훔쳤다고 징역 3년6월… '장발장法' 사라지나", 《조선일보》, 2015. 2. 17.

13 하종은 지음, 《왜 우리는 술에 빠지는 걸까: 알코올중독으로부터 회복에 이르기 위한 70가지 이야기》, 소울메이트, 2014, 189쪽.

14 데이비드 셰프 지음, 《뷰티풀 보이: 약물 중독에 빠진 아들을 구하려는 한 가족의 끝없는 사랑 이야기》, 서소울 옮김, 옥당, 2010, 398쪽.

15 "수용자 1000명, 정신과 의사 8명… '구멍'난 치료감호소", 《세계일보》, 2019. 5. 20.

16 "인권위, 공주치료감호소장에 과도한 강박관행 개선 권고", 국가인권위원회, 2018. 11. 26.

17 2013년 7월 30일부터 치료감호 출소자가 정신건강복지센터에 등록하여 상담, 진료, 사회 복귀훈련 등 정신건강복지센터의 정신보건서비스를 받을 수 있는 제도가 생겼다. 그의 사건은 제도 시행 후에 발생했으나 당시 그도, 나도 그런 제도가 있는 줄 몰랐다.

18 박주영 지음, 《어떤 양형 이유》, 김영사, 2019, 206~209쪽.

19 형사소송법에 의하면 범죄의 증거를 인멸할 염려가 있다고 인정할 만한 상당한 이유가 있는 때에는 구속된 피고인과 변호인 외의 타인과의 접견을 금할 수 있다. 수사기관에서는, 당시 그가 범죄를 부인하면서, 가족을 매개로 삼아 공범과 입을 맞출 가능성도 있기 때문에 위 규정에 근거해 접견을 불허했다고 해명했다. 그러나 이 사건 재판부는, 그의 경우처럼 수사단계에서 변호인을 선임하지 못한 경우 가족과의 접견까지 금하면 피의자가 정서적, 법률적 도움을 받을 길이 완전 차단되므로, 증거인멸의 우려가 명백할 때에만 이루어져야 하는데, 증거인멸의 우려가 명백했다는 사정을 찾아볼 수 없으므로 그의 자백은 효력이 없다고 판단했다.

20 아툴 가완디 지음, 《어떻게 죽을 것인가: 현대 의학이 놓치고 있는 삶의 마지막 순간》, 김희정 옮김, 부키, 2015, 306~308쪽. 미국의 의학 윤리학자 에제키엘 엠마누엘ㆍ린다 엠마누엘 부부가 1992년에 발표한 논문에서는 의사-환자 관계를 4가지 모델로 나눠 분석했는데, 이 책에서는 3가지 모델만 설명했다.

21 자동차손해배상보장법에서 말하는 '자동차'란 자동차관리법의 적용을 받는 자동차와 건설기계관리법의 적용을 받는 건설기계 중 대통령령으로 정하는 것을 일컫는데, 들어올림장치가 있는 지게차는 건설기계관리법의 적용을 받는 건설기계이면서 대통령이 정하는 범위에는 포함되지 않는다.

22 대법원의 국선변호에 관한 예규는 '빈곤 그 밖의 사유'를 피고인이 월평균수입 270만 원 미만이거나 국민기초생활 보장법에 따른 수급자이거나 한부모가족지원법에 따른 지원대상자이거나 기초연금법에 따른 기초연금 수급자이거나 장애인연금법에 따른 수급자이거나 '북한이탈주민의 보호 및 정착지원에 관한 법률'에 따른 보호대상자인 경우로 한정하고 있다.

23 대법원 2008. 11. 13. 선고 2006도755 판결.

24 배종대 지음, 《형법각론: 제9전정판》, 홍문사, 2015, 서문.

25 안병하, 〈민법사례의 효율적 풀이를 위한 일 제언〉, 《강원법학》 제33권, 2011.

26 대법원 2016. 11. 10. 선고 2016도4921 판결.

27 헌법재판소 2018. 8. 30. 선고, 2014헌마843 결정.

28 "집회 현장에서 경찰의 촬영 행위", 《법률신문》, 2018. 10. 11., 경찰위원회는 2017. 9. 1. '집회시위 자유보장 권고안 및 부속의견'을 내놓고, 채증은 ①과격한 폭력행위가 '임박' 했거나, ②폭력 등 불법행위가 행하여지거나 행하여진 직후, ③범죄수사 목적의 증거보전 필요성과 긴급성이 있는 경우에만 할 수 있도록 했다고 한다.

29 리베카 솔닛 지음, 《멀고도 가까운: 읽기, 쓰기, 고독, 연대에 관하여》, 김현우 옮김, 반비, 2016.

국선변호사, 세상과 사람을 보다

변론을 시작하겠습니다

초판 1쇄 발행 2022년 9월 19일
초판 2쇄 발행 2023년 2월 28일

지은이 정혜진
펴낸이 성의현
펴낸곳 (주)미래의창

편집주간 김성옥
책임편집 김다울
디자인 공미향
홍보 및 마케팅 연상희 · 이보경 · 정해준 · 김제인

출판 신고 2019년 10월 28일 제2019-000291호
주소 서울시 마포구 잔다리로 62-1 미래의창빌딩(서교동 376-15, 5층)
전화 070-8693-1719 **팩스** 0507-1301-1585
홈페이지 www.miraebook.co.kr
ISBN 979-11-92519-15-9 03810

※ 책값은 뒤표지에 있습니다.

생각이 글이 되고, 글이 책이 되는 놀라운 경험. 미래의창과 함께라면 가능합니다.
책을 통해 여러분의 생각과 아이디어를 더 많은 사람들과 공유하시기 바랍니다.
투고메일 togo@miraebook.co.kr (홈페이지와 블로그에서 양식을 다운로드하세요)
제휴 및 기타 문의 ask@miraebook.co.kr